Gesine Carl,
Ich bin falsch

Gesine Carl

Ich bin falsch

Thriller

Konkursbuch
Verlag Claudia Gehrke

Prolog

»Was weißt du schon von Liebe?« Mit diesen Worten reiße ich den Rosenstrauß aus der Porzellanvase, die auf einem Beistelltischchen neben der Terrassentür steht, und schleudere die Blumen zu Boden. Danach hole ich aus – und einen Augenblick später zerspringt die Vase an der Hauswand in tausend Stücke. Mehrere Partygäste schreien auf, die tanzenden Paare frieren schlagartig in ihrer Position ein, und du starrst mich aus weit aufgerissenen Augen an. Die Vase ist genau über dem Tisch mit den Getränken aufgeprallt, und mehrere Scherben sind in der Schüssel mit der Bowle gelandet, sodass die rote Flüssigkeit in alle Richtungen spritzt. Die restlichen Scherben liegen auf dem Steinboden der Terrasse verstreut.

Mich würdigt man keines Blickes mehr, während ich mit aller Kraft auf den Rosen herumtrampele. Stattdessen warten alle voller Spannung darauf, dass du mein Urteil verkündest. Als du schließlich das Wort ergreifst, siehst auch du durch mich hindurch und sprichst mich nicht an.

»Schafft sie weg«, sagst du mit ausdrucksloser Stimme zu zwei kräftigen Männern in dunklen Anzügen.

»Geht klar«, antwortet einer der beiden, ebenfalls ohne eine Miene zu verziehen. Im Gleichschritt kommen sie auf mich zu, der eine fasst unter meine Achseln, und der andere umklammert meine Fußgelenke. Die Bewegungsabläufe wirken so routiniert, als ob die Männer seit Jahren nichts anderes getan hätten.

Gemessenen Schrittes tragen sie mich über die Terrasse und durch den Garten bis zum Zaun des Nachbargrundstücks. Doch anstelle der gepflegten Blumenbeete, die ich vorhin noch gesehen habe, erstreckt sich dort jetzt eine Müllkippe.

»Da gehörst du hin«, bemerkt der Mann, der mich an den Knöcheln festhält – in einem so sachlichen Tonfall wie ein Moderator, der die Wettervorhersage verliest. Mit einem eleganten Schwung werfen sie mich über den Zaun, und ich lande auf einem Berg aus Lumpen, Abfall und verbeulten Metallfässern mit Warnhinweisen.

Dann wird alles schwarz.

Kapitel 1

Endlich war sie angekommen. Nur ein Schritt trennte sie noch von ihrem Ziel, ihrem Arbeitsplatz für die nächsten drei Jahre, der ihr immer noch wie eine Art Kredit erschien, dessen sie gar nicht würdig war. Deshalb konnte sie auch kaum glauben, dass sie diesen Moment tatsächlich und nicht nur im Traum erlebte. Ganz abgesehen davon, dass der Albtraum aus der vergangenen Nacht sie noch immer verfolgte – aber daran durfte sie jetzt nicht denken. Es würde schwer genug sein, diesen Tag mit einer einigermaßen selbstsicheren Fassade zu bewältigen, und immerhin tauchte der Traum inzwischen nur noch in größeren Abständen auf, während er sie anfangs mehrmals pro Woche heimgesucht hatte.

War das wirklich sie, Merle Jansen, die hier gerade vor der Tür ihres zukünftigen Büros stand, im Historischen Seminar der Universität Hamburg, das sich im sogenannten »Philosophenturm« befand?

Sie freute sich auf den Neubeginn in einer anderen Stadt – und zugleich hatte sie Angst davor, trotz aller guten Absichten wieder zu scheitern. Als ihr damals das Doktorandenstipendium in Saarbrücken bewilligt wurde, war sie voller Elan und Zuversicht gewesen, aber dann war alles ganz anders gekommen. Daher wollte sie jetzt nicht noch einmal den Fehler machen, zu euphorisch an etwas Neues heranzugehen. Sie hatte einfach unglaubliches Glück gehabt, diese Stelle als wissenschaftliche Mitarbeiterin zu bekommen, obwohl ihre Dissertation nach drei Jahren noch immer nicht fertig war, doch nun musste sie sich dieses Glück erst einmal nachträglich verdienen.

Gerade hatte sie im Geschäftszimmer bei Frau Martin ihren Büroschlüssel in Empfang genommen, und gleich würde sie ihre neuen Kolleginnen kennenlernen. Sie brauchte nur an die grau gestrichene Tür zu klopfen, doch irgendetwas hielt sie zurück. War es die Angst vor der Konfrontation mit fremden Menschen, von denen sie nicht wusste, wie sie ihr begegnen würden, oder war es eher der Wunsch, diesen Übergang in einen neuen Lebensabschnitt ganz bewusst wahrzunehmen und zu gestalten? Sie gönnte sich noch einen Moment Aufschub und vertiefte sich erneut in die Aufschrift auf dem Türschild:

»Phil 959
Dr. Carina Wagner
Merle Jansen, M.A.
Studentische Hilfskräfte:
Sarah Lorenz/Julia Schmidt«

Dass ihr eigener Name bereits auf dem Schild stand, verlieh ihr zumindest für den Augenblick ein Gefühl von Sicherheit. Die anderen Namen las sie mehrmals und versuchte sich die drei Frauen vorzustellen, aber »Sarah Lorenz« und »Julia Schmidt« blieben zweidimensionale Buchstabenfolgen, die keine Rückschlüsse auf die Trägerin des Namens zuließen. Lediglich von »Dr. Carina Wagner« hatte Merle spontan eine bildhafte Vorstellung: Vor ihrem geistigen Auge sah sie eine große, dunkelhaarige Frau, die innere Harmonie und Gelassenheit ausstrahlte. Außerdem brachte sie den Namen intuitiv mit einem warmen, dunklen Rot in Verbindung. Sie wusste, dass solche Gedanken für jeden Außenstehenden völlig verrückt klingen mussten, doch sie war seit ihrer Kindheit damit vertraut, bestimmte Namen in Farbe zu sehen. Trotzdem rief sie sich jetzt energisch zur Ordnung: Merle, spinn nicht wieder so rum, du sollst in diesem Büro einfach nur arbeiten. Ohne Träumereien oder noch Schlimmeres. Du zählst jetzt bis drei und dann gehst du da rein! Solche Ultimaten funktionierten bei ihr leider meist erst zeitverzögert, aber nachdem sie insgesamt fünfmal bis drei gezählt hatte, gelang es ihr tatsächlich, an die Tür zu klopfen.

Es ertönte ein mehrstimmiges »Herein«, und als sie die Tür öffnete, wandten sich ihr drei Augenpaare zu. »Guten Morgen«, sagte sie, wobei ihr der Klang ihrer eigenen Stimme unnatürlich und fremd vorkam, »ich bin Merle Jansen, die neue Mitarbeiterin bei Professor Paulsen.«

Die drei Frauen lächelten sie an und standen sogar auf, um sie zu begrüßen. Eine Frau mit langen schwarzen Haaren ergriff als Erste das Wort. Sie war anscheinend nur wenig jünger als Merle und wirkte in ihrer bunten Kleidung wie ein Paradiesvogel. »Herzlich willkommen, ich bin Sarah!« Ein offenes Lächeln und eine spontane Umarmung. »Wir duzen uns hier übrigens alle«, fuhr sie fort, »ich hoffe, das ist okay für dich.«

»Ja, klar.«

Eine etwa zwanzigjährige Studentin mit einem blonden Zopf stellte sich als Julia vor. Auch sie umarmte Merle, doch die Geste fiel bei ihr flüchtiger aus als bei Sarah. Merle hatte den Eindruck, dass Julia gegenüber Unbekannten ähnlich zurückhaltend war wie sie selbst.

Die beiden setzten sich wieder an ihre Schreibtische, die an der linken Längsseite des Raumes standen, und nun kam »Dr. Carina Wagner« auf sie zu. Merle traute ihren Augen kaum – hatte sie bei ihrer Türschild-Analyse etwa hellseherische Fähigkeiten gehabt? Die Frau war tatsächlich groß und von kräftiger Statur, hatte schulterlange kastanienbraune, etwas stufig geschnittene Haare und trug zu ihrer schwarzen Hose ein weinrotes Oberteil. Vom ersten Eindruck her schätzte Merle sie auf Mitte dreißig. Auch Carina hieß sie herzlich willkommen und wünschte ihr »alles Gute für den ersten Arbeitstag«. Bei der anschließenden Umarmung hatte Merle das Gefühl, als ob Carina eine enge Freundin begrüßte, die sie lange nicht mehr gesehen und sehr vermisst hatte. Sie fühlte sich in Carinas Armen so geborgen, dass sie am liebsten die Zeit angehalten hätte. Gern hätte sie dieser Berührung anschließend noch eine Weile nachgespürt, doch nun redeten Sarah und Carina gleichzeitig auf sie ein, zeigten ihr, wie sie sich an ihrem Dienst-Laptop anmelden musste, schimpften über den maroden Philosophenturm und die schlechte Ausstattung der Arbeitsplätze und versicherten ihr, dass »Paulchen«, wie Sarah ihren gemeinsamen Chef nannte, »echt okay« sei. Außerdem boten sie ihr an, dass sie sich bei Fragen jederzeit an sie wenden könne. Julia hörte weitgehend schweigend zu, lächelte Merle aber häufiger an und sagte ebenfalls, dass sie immer ansprechbar sei, wenn diese etwas wissen wolle.

Nach etwa einer halben Stunde wandten ihre Kolleginnen sich wieder ihrer Arbeit zu, und Merle fing an, die Ordner mit Quellentexten durchzusehen, die Professor Paulsen bereits auf ihrem Schreibtisch deponiert hatte. Da er freitags immer zu Hause arbeitete, würde sie ihn erst am Montag sehen, doch sie hatten nach ihrem Vorstellungsgespräch noch einige Male telefoniert und E-Mails ausgetauscht, sodass sie schon relativ genau wusste, wie ihr zukünftiger Arbeitsalltag aussehen würde.

Sie würde an einer kommentierten Quellenedition zur Kulturgeschichte des Reisens mitarbeiten, die ihr Chef herausgab. Malte Paulsen hatte schon einige Quellen zusammengestellt, aber sie würde die Erste sein, die diese Texte intensiver las, und sie durfte auch die Entscheidung treffen, welche Quellen tatsächlich in die Edition aufgenommen werden sollten. »Ich vertraue Ihnen da völlig«, hatte ihr Chef im Vorstellungsgespräch gesagt, »Sie sind ja bereits eine Expertin auf diesem Gebiet.« Das war natürlich übertrieben, doch zumindest ging es in ihrer Doktorarbeit um ein ähnliches Thema: Sie analysierte darin verschiedene Reiseberichte von Schriftstellern und bildenden Künstlern aus dem achtzehnten Jahrhundert und versuchte herauszufinden, inwieweit ihnen das Reisen dabei geholfen hatte, ihren eigenen Stil zu entwickeln.

Ihre neue Stelle war also ein besonderer Glückstreffer, da ihr die Arbeit an der Edition auf jeden Fall auch für ihre Dissertation von Nutzen sein würde. Außerdem betonte Herr Paulsen immer wieder, dass sie sich ausreichend Zeit nehmen solle, um die Doktorarbeit berufsbegleitend fortzusetzen: »Sie haben in dem Editionsprojekt ja nur eine halbe Stelle«, hatte er gestern Abend noch in einer E-Mail geschrieben, »und vorerst sollte die Arbeit an der Dissertation für Sie sogar im Vordergrund stehen, damit Sie diese so rasch wie möglich abschließen können.«

Während sie die Quellentexte im ersten Ordner überflog und damit anfing, ein provisorisches Inhaltsverzeichnis zu erstellen, verirrte sich ihr Blick immer wieder zu Carina, die an der Stirnseite des Raumes saß. Ihr Schreibtisch war der einzige, der am Fenster stand, und man konnte von dort aus, wie die Kollegin ihr vorhin gezeigt hatte, sogar einen winzigen Zipfel der Alster erkennen. Sie freute sich schon darauf, dass sie sich von nun an jeden Tag sehen würden, und ertappte sich plötzlich bei der Vorstellung, wie sie Carina an einem kleinen Tisch in einem Weinlokal ge-

genübersaß, vertieft in ein persönliches Gespräch, in dem sie ihr unbefangen alles anvertrauen und einfach sie selbst sein konnte. Vorsicht, Merle, ermahnte sie sich selbst und schaute rasch wieder in ihren Text, du willst immer zu viel auf einmal – mach nicht wieder denselben Fehler wie bei Elea!

Gegen Mittag verabschiedeten sich Sarah und Julia, da ihre Arbeitszeit für diesen Tag beendet war. Dabei erwähnte Sarah, dass es ohnehin eher ungewöhnlich sei, dass alle Kolleginnen gleichzeitig da seien. Merle würde also vermutlich noch öfter mit Carina allein im Büro sitzen, allerdings leider nur noch einige Monate lang, da Carina im Frühjahr das Einzelbüro einer Kollegin übernehmen würde, deren Vertrag auslief. Sie würde dann in den elften Stock ziehen, wo dem Historischen Seminar ebenfalls einige Räume zur Verfügung standen. Das hatte sie vorhin erzählt, als sie und Sarah über die Raumknappheit im Philosophenturm schimpften. »Wobei ich ja noch Glück habe«, hatte sie augenzwinkernd gesagt, »zu viert im Büro zu sitzen, ist zwar etwas eng, aber immerhin hatte ich bisher immer sehr nette Kolleginnen, und das geht ja jetzt anscheinend auch so weiter.« Bei diesen Worten war Merle die Röte ins Gesicht gestiegen, und sie hatte rasch den Blick abgewandt.

»Oh, schon halb eins«, bemerkte Carina plötzlich und drehte sich zu ihr um. »Was hältst du von einer Mittagspause? Ich brauche unbedingt etwas zu essen.«

Merle stimmte freudig zu, obwohl sie immer noch viel zu aufgeregt war, um Appetit zu haben.

»Prima! Dann würde ich dich zur Feier deines ersten Arbeitstages gern ins *Abaton* einladen, das ist gleich neben dem Campus.«

Merle war völlig überrascht und merkte, dass sie wieder rot wurde, während sie mühsam nach Worten suchte: »Einladen? Aber das ist doch nicht nötig.«

Carina bestand jedoch darauf, ihrer Ansicht nach war der erste Tag an einem neuen Arbeitsplatz ein besonderer Anlass, den man ein bisschen feiern sollte. Und falls Merle darauf bestehe, könne sie sich ja irgendwann mal revanchieren. Das klang schon fast wie ein Versprechen, dass es weitere gemeinsame Mittagspausen geben würde.

Das *Abaton Bistro* gefiel Merle sofort: Helle Holztische, an den Wänden viele Schwarz-Weiß-Fotografien und große Spiegel. Auf dem Weg dorthin hatte Carina ihr schon erzählt, dass sich im selben Gebäude auch ein gleichnamiges Programmkino befinde, das sehr beliebt sei.

Während sie auf das Essen warteten, war sie auf einmal wieder so nervös, dass sie ihre Hände keinen Augenblick lang ruhig halten konnte; sie strich sich ständig die Haare aus dem Gesicht oder spielte mit ihrem Kettenanhänger. Carina bemerkte das offenbar, denn sie lächelte ihr zu und legte ihr kurz die Hand auf den Unterarm. Wie weich sich ihre Handinnenfläche anfühlte! Da Merle an diesem ungewöhnlich warmen ersten September nur ein kurzärmeliges T-Shirt trug, konnte sie die Berührung direkt auf der Haut spüren. Außerdem fiel ihr Carinas breiter Ring mit einem roten Stein auf, der farblich genau zu ihrem Oberteil passte.

»Das ist bestimmt alles ganz schön viel für dich«, sagte Carina mitfühlend, »ein neuer Job, so viele fremde Menschen und dazu noch ein Umzug. Wenn ich mich richtig erinnere, hat Paulsen erzählt, dass du vorher in Saarbrücken gewohnt hast, stimmt das?«

»Ja«, erwiderte Merle, »dort hatte ich ein Stipendium in einem Graduiertenkolleg. Aber ursprünglich komme ich aus Norddeutschland, meine Eltern leben in Bad Segeberg, und ich habe in Kiel studiert.«

»Also doch ein Nordlicht, kein Wunder, dass du so perfekt Hochdeutsch sprichst. Bei mir ist ja nicht zu überhören, dass ich aus der Nähe von Stuttgart komme. In Saarbrücken war ich noch nie; hat es dir dort gefallen?«

Schlagartig tauchten die Bilder wieder auf, von denen sie sich wünschte, sie mit ihrem Umzug hinter sich gelassen zu haben: Ein Doktorvater, vor dem sie bis heute Angst hatte, Berge von Quellen und Literatur, deren bloßer Anblick sie erschlug, einsame Tage am Schreibtisch, die meist nicht einmal durch das Klingeln des Telefons unterbrochen wurden – bis sie irgendwann keine Zeile mehr schreiben konnte und manchmal erst nachmittags aufstand, um dann stundenlang die Wände anzustarren.

»Nein, ich konnte mich dort nie richtig eingewöhnen«, entgegnete sie nach einer kurzen Schweigepause, »die anderen Stipendiaten aus dem Kolleg hatten in Saarbrücken schon längst ihren eigenen

Freundeskreis, sodass sie kein großes Interesse an neuen Kontakten hatten.«

Elea war eine Ausnahme gewesen, aber an sie wollte Merle jetzt auch nicht denken – sie konnte ohnehin nichts mehr wiedergutmachen.

»Oh, sorry«, antwortete Carina, »ich wollte bei dir keine alten Wunden wieder aufreißen.«

»Kein Problem, das ist schon in Ordnung. Wie du siehst, habe ich Saarbrücken ja überlebt.«

In diesem Moment brachte die Kellnerin das Essen (sie hatten beide eine Quiche mit Salat bestellt), Carina wünschte ihr einen guten Appetit und widmete sich dann erst einmal ihrem Teller.

»Wie bist du eigentlich darauf gekommen, dich auf diese Stelle zu bewerben?«, wollte sie einige Minuten später wissen.

Schon wieder wurde Merle rot – hörte das denn nie auf? »Ach, das war ein witziger Zufall«, leitete sie ihre Antwort ein und berichtete, dass sie vor etwa einem Jahr in einem Sammelband einen Aufsatz über einige der Reiseberichte aus ihrem Dissertationsprojekt veröffentlicht hatte. Etwas später hatte Herr Paulsen auf einer Tagung den Herausgeber dieses Bandes getroffen; sie waren ins Gespräch gekommen, und als Paulsen erwähnt hatte, dass er demnächst eine Stelle ausschreiben wolle, hatte ihn der Herausgeber auf Merles Aufsatz aufmerksam gemacht und ihm ihre Kontaktdaten gegeben.

Carina zeigte sich beeindruckt: »Respekt! Darauf kannst du dir echt was einbilden, Paulsen ist ganz schön kritisch. Auch und gerade, was den Stil angeht.

Er beklagt sich immer wieder darüber, dass die meisten deutschsprachigen Wissenschaftler total steif und langweilig schreiben würden.«

Merle schwieg verlegen und war dankbar, dass Carina nach einer kurzen Pause weitersprach und eine Bitte äußerte: Ob Merle wohl bei Gelegenheit ab und zu mal einen Text von ihr überarbeiten könnte? Sie, Carina, sei in der Rechtschreibung und Grammatik manchmal unsicher, und oft finde sie auch einfach nicht die passende Formulierung, um das auszudrücken, was sie sagen wolle.

»Ja, natürlich, sehr gerne«, beeilte Merle sich zu versichern. Sie konnte sich zwar überhaupt nicht vorstellen, dass jemand wie Carina wirklich Schreibprobleme oder irgendwelche anderen Schwächen hatte, fühlte sich durch ihre Bitte aber sehr geehrt. Zugleich dachte sie wieder an die Zeit zurück, als sie jenen Aufsatz geschrieben hatte, dem sie ihren neuen Arbeitsplatz verdankte: Damals war sie für zwei Wochen in Berlin gewesen, um in der Staatsbibliothek zu forschen – und dort, weit weg von der Tristesse ihres Saarbrücker Alltags, konnte sie wie durch ein Wunder auf einmal wieder schreiben und fand sogar Freude daran. Als sie wieder im Saarland war, verschlang sie der Sumpf dann vollständig.

»Magst du auch noch einen Kaffee?« Carinas Stimme befreite sie im richtigen Moment aus ihren Erinnerungen. Nein, sie wollte nicht mehr in der Vergangenheit leben, sondern ganz neu anfangen, als neuer Mensch auf neutralem Terrain, auf dem sie sich unbefangen bewegen konnte, ohne ständig auf emotionale Stolpersteine achten zu müssen. Hier gab es keine Trümmerfelder gescheiterter Beziehungen und keine enthaupteten Standbilder gefallener Gottheiten, und so sollte es auch bleiben.

Beim Kaffee fragte Carina sie, ob sie in Hamburg schon jemanden kenne. »Nein, leider nicht«, antwortete Merle, »ich hoffe, dass ich hier leichter Kontakte knüpfen kann als in Saarbrücken.«

»Ach, bestimmt. Hier im Historischen Seminar sind viele nette Leute in deinem Alter, und einige von ihnen wirst du bald regelmäßig in Paulsens Kolloquium sehen, wenn das Semester beginnt. Und wir können uns demnächst auch gern mal privat treffen, wenn du möchtest.«

Hatte sie das wirklich gesagt? Merle traute ihren Ohren kaum und hätte Carina am liebsten sofort nach einem Datum und einer Uhrzeit gefragt, doch sie erwiderte nur: »Das würde mich sehr freuen!«

»Ich habe damals auch schnell Freundschaften geschlossen, als ich nach Hamburg kam«, fuhr ihre neue Bürokollegin fort, »und letztes Jahr habe ich hier sogar meine große Liebe gefunden, nachdem ich vorher endlos lange Single war.«

Ihre Augen strahlten vor Glück, und Merle konnte ihr ansehen, dass sie in diesem Moment gedanklich ganz bei ihrem Freund war. Oder waren sie vielleicht sogar schon verheiratet?

»Verheiratet sind wir noch nicht«, fügte Carina hinzu, als ob sie Merles Gedanken gelesen hätte, »aber seit drei Monaten wohnen wir zusammen in unserem eigenen Haus, und ich bin immer noch jeden Morgen total glücklich, wenn ich dort aufwache und ihn neben mir sehe. Außerdem finde ich es wunderbar, endlich einen eigenen Garten zu haben.«

Wieder drängte sich der Gedanke an Elea in Saarbrücken auf, die ihren Freund Ende Juni geheiratet hatte. In einem der letzten Gespräche zwischen ihr und Merle war es ebenfalls um Hauskauf-Pläne gegangen. Aber diese Parallelen mussten natürlich überhaupt nichts zu bedeuten haben. Sie wollte jetzt nur noch nach vorne sehen und sich einfach darauf freuen, Carina allmählich besser kennenzulernen. Der Grundstein dafür war ja bereits gelegt, und das war Anlass genug, um mit ihrem ersten Tag an der Universität Hamburg mehr als zufrieden zu sein.

Kapitel 2

Wie rasch die ersten Arbeitstage verflogen waren! Merle konnte kaum glauben, dass schon wieder Freitag war. Sie war gegen halb sieben nach Hause gekommen, hatte gegessen und saß jetzt mit einem Tee aus frischen Pfefferminzblättern auf dem Balkon, um die Abendsonne zu genießen und die vielfältigen Eindrücke aus ihrem neuen beruflichen Alltag Revue passieren zu lassen. Vor ihr auf dem kleinen runden Tisch lag ihr Tagebuch, in das sie schon seit Ewigkeiten nichts mehr eingetragen hatte. Aber heute hatte sie etwas erlebt, was sie auf jeden Fall schriftlich festhalten wollte.

Insgesamt war ihr beruflicher Start in Hamburg bisher recht erfolgreich verlaufen, Merle hatte erleichtert festgestellt, dass es ihr wieder besser gelang, morgens einigermaßen zeitig aufzustehen und sich in den Tag hinauszuwagen. Ihr Chef übte in dieser Hinsicht zwar keinerlei Druck aus; da er der Meinung war, dass man geistige Tätigkeit keinem starren Stundenplan unterwerfen sollte, konnten seine Mitarbeiterinnen sich ihre Arbeitszeit weitgehend frei einteilen. Aber ihr selbst war es wichtig, sich wieder an eine gewisse Struktur zu gewöhnen, nachdem sie in Saarbrücken zeitweilig überhaupt keinen Tag-und-Nacht-Rhythmus mehr gehabt und allmählich den Eindruck bekommen hatte, außerhalb der Zeit zu leben. Wobei in ihrer schlimmsten Phase eigentlich gar nicht mehr von »leben« die Rede sein konnte, sie hatte ihr Dasein nur noch ertragen. Wenn sie aufwachte, was oft erst am frühen Nachmittag der Fall war, geriet sie schon bei dem Gedanken in Panik, dass sie nun das Bett verlassen und ins Bad gehen musste, um dort so unendlich anstrengende Tätigkeiten wie Duschen und Zähneputzen zu bewältigen. Ganz abgesehen davon, dass ihr das Aufstehen mit all seinen Folgeerscheinungen auch völlig sinnlos erschien, da ihr der Tag ohnehin nichts Gutes bringen konnte. An ihrer Dissertation zu arbeiten, war längst unvorstellbar geworden, wenn sie einen Satz schreiben wollte, erschienen ihr die Wörter wie abstrakte Formen, die keinen Sinn oder gar Zusammenhang besaßen, und oft verstand sie nicht einmal mehr das, was sie las. Seit sie die Zusage bekommen hatte, dass sie im September die Stelle in Hamburg antreten würde, konnte sie allmählich wieder ein bisschen schreiben, doch sie dachte immer noch viel zu lange über jede Formulierung nach und hatte Angst davor, erneut zu versagen, zumal sie ja jetzt an zwei Projekten parallel arbeiten musste. Daher war es vermutlich kein Wunder, dass es heute Vormittag zu einer sehr peinlichen Situation gekommen war – und das ausgerechnet in Gegenwart von Carina, der Merle sich eigentlich nur von ihrer besten Seite zeigen wollte. Sarah und Julia waren zum Glück nicht da gewesen.

Nachdem sie zunächst nur die Quellen in ihrer Sammlung überflogen hatte, um sich einen Überblick zu verschaffen, hatte sie sich für heute vorgenommen, einen der Quellentexte zusammenzufassen und ein paar erste Gedanken und Fragen zu notieren. Also keine besonders anspruchsvolle Aufgabe, doch allein die Vorstellung, schreiben zu müssen, verursachte ihr derartige Panik, dass sie wieder einmal völlig blockiert war. Als Carina gegen 10:15 Uhr gekommen war, hatte Merle gerade einmal drei Sätze zustande gebracht, die sie ebenso banal wie hölzern fand. Ihre Kollegin bemerkte sofort, wie niedergeschlagen sie war, und fragte besorgt, was denn los sei. Merle wollte aus ihrer Schreibblockade kein großes Thema machen und mit einer möglichst knappen und sachlichen Bemerkung darüber hinweggehen, doch ihr kamen schon nach wenigen Worten die Tränen und ihre Stimme versagte. Auch jetzt, während sie diese Situation in ihrem Tagebuch beschrieb, wäre Merle am liebsten wieder im Boden versunken. Zugleich jedoch löste die Erinnerung ein kribbelndes Glücksgefühl in ihr aus, denn Carina hatte so liebevoll reagiert, wie Merle es niemals zu hoffen gewagt hätte.

Sie legte ihren Stift aus der Hand und blickte sich um. Die Teekanne war leer und die Dämmerung bereits so weit fortgeschritten, dass es zum Schreiben in Kürze zu dunkel sein würde. Sollte sie in der Wohnung weiterschreiben? Nein, sie wollte die entscheidende Szene des heutigen Tages unbedingt noch hier draußen zu Papier bringen, und dazu brauchte sie das passende Ambiente. Rasch holte sie Streichhölzer und ein paar Windlichter, die ausreichend Helligkeit spendeten und den Balkon in ein warmes Licht tauchten. Zur Feier des Tages gönnte sie sich außerdem noch ein Glas Vinho Verde. Jetzt hatte sie einen würdigen Rahmen geschaffen, um wieder in ihre Erinnerung einzutauchen.

Als ihr die Tränen gekommen waren, hatte Carina sie in den Arm genommen und an sich gezogen. Danach hatten sie eine Weile über Versagensängste und jenen überkritischen Blick auf die eigenen Leistungen gesprochen, den ihre Kollegin offenbar auch aus eigener Erfahrung kannte. Carina erzählte, dass ihr erst die Beziehung zu Hannes ein Grundvertrauen in sich selbst vermittelt habe. Seitdem gehe sie viel entspannter durchs Leben, und diese Gelassenheit wünsche sie Merle auch.

»Als sie von jenem ›Grundvertrauen in sich selbst‹ sprach«, schrieb Merle weiter, »stiegen mir erneut die Tränen in die Augen, und vermutlich spiegelte mein Blick eine Mischung aus Trauer und Sehnsucht wider. Ich wünsche mir dieses Gefühl so sehr, doch es wird mir nur dann zuteil, wenn es in meinem Leben jemanden gibt, in dessen bedingungsloser Liebe ich mich so geborgen fühlen kann, dass alle Ängste und Zweifel machtlos werden. Das konnte ich ihr natürlich nicht sagen, und als sie mich fragte, warum ich wieder weinen müsse, entgegnete ich nur, dass ich bei jedem Satz, den ich schreibe, sofort vor mir sehen würde, wie Paulsen beim Lesen unzufrieden und enttäuscht den

Kopf schüttelt. Und wenn ich an meiner Dissertation arbeite, habe ich die gleiche Szene vor Augen – nur eben mit meinem Doktorvater aus Saarbrücken. Daraufhin schlug Carina mir vor, ich solle mir stattdessen ihr Gesicht vorstellen, das mich anlächelt. Außerdem lobte sie mich noch einmal dafür, dass ich ihr in den letzten Tagen schon mehrmals bei Formulierungen geholfen habe. Dieser Vorschlag machte mich beinahe sprachlos, ich stotterte ein rasches Danke und fügte hinzu, dass ich jetzt bestimmt wieder weiterschreiben könne und sie nun auch nicht länger von ihrer eigenen Arbeit abhalten wolle. Tatsächlich kam ich dann überraschend gut voran, da der Gedanke an ihr Lächeln meinen Worten Flügel verlieh. Ihr Freund ist wirklich zu beneiden – und ich sehne schon jetzt den Montag herbei.«

Kapitel 3

Endlich Freitagabend – sie hatte es wieder einmal kaum noch erwarten können. Früher, in der Ära vor Hannes, hatte sie gerade am Freitag oft lange im Büro gesessen, um der Einsamkeit in ihrer Wohnung zu entfliehen, aber seit sie ihn kennengelernt hatte, lebte sie für die Abende und die Wochenenden – von den Urlauben ganz zu schweigen. Ihre Familie und all ihre Freunde und Bekannten hatten sie für verrückt erklärt, als sie bereits sechs Monate nach der ersten Begegnung mit Hannes zusammengezogen war, und nicht etwa in eine Wohnung, sondern in ein Haus, das sie gemeinsam gekauft hatten. Auch sie selbst hätte sich einen solchen Schritt früher nie vorstellen können, doch als sie Hannes Ende November erstmals im *Abaton* getroffen hatte, war für sie sofort alles klar gewesen. Schon nach wenigen Sätzen hatten sie beide den Eindruck gehabt, als ob sie einander schon immer gekannt hätten, und alles Weitere hatte sich mit einer derartigen Natürlichkeit von selbst ergeben, dass Carina manchmal versucht war, von einer »göttlichen Bestimmung« zu sprechen, obwohl ihr Religion eigentlich nicht viel bedeutete. Ja, schon vor dem Treffen hatte sie eine unerklärliche Zuversicht gespürt, auch wenn ihre bisherigen Erfahrungen mit der Partnersuche per Internet bestenfalls unfreiwilligen Unterhaltungswert besessen hatten.

Und nun war sie hier, in einem gemütlichen Einfamilienhaus in Niendorf, und bereitete das Abendessen vor, auf das sie sich am Freitag immer ganz besonders freute. Wenn es irgendwie möglich war, machte sie freitags eher Schluss, um bei Bedarf noch letzte Einkäufe zu erledigen und dann in aller Ruhe zu kochen und den Tisch zu decken. Heute war es so warm, dass sie sogar auf der Terrasse essen konnten – dabei kam in ihr jedes Mal Urlaubsstimmung auf. Diesmal hatte sie sich etwas besonders Leckeres überlegt: Als Vorspeise Feldsalat mit Weintrauben und Walnüssen und anschließend Zanderfilet mit Kartoffelgratin. Hannes liebte Fisch und würde sicher begeistert sein. Auch der passende Wein durfte natürlich nicht fehlen, sie hatte den Grauburgunder sicherheitshalber schon heute Morgen in den Kühlschrank gestellt, um es auf keinen Fall zu vergessen.

Während sie routiniert in der Küche hantierte – sie war während der Beziehung mit Hannes rasch zu einer passionierten Köchin geworden –, blickte sie gedanklich auf die letzten Tage zurück. Zunächst war sie nicht begeistert von der Aussicht gewesen, ihr Büro nun noch mit einer weiteren Kollegin zu teilen, auch wenn es zeitlich zum Glück absehbar war, aber diese Merle schien ja ganz nett zu sein. In ihrer Unsicherheit war sie manchmal richtig süß und wirkte dadurch fast wie ein Kind, sodass Carina unwillkürlich von Beschützerinstinkten ergriffen wurde. Zugleich tat es ihr leid, dass die jüngere Kollegin derartig von Selbstzweifeln gequält wurde, für die es nicht einmal einen erkennbaren Grund gab. Aber sie wusste natürlich, dass Schreibblockaden nicht ausschließlich rational zu erklären waren – oft waren es, wie sie immer wieder in ihren Sprechstunden erlebte, gerade die besonders begabten Studierenden, die bei jeder Seminararbeit Höllenqualen durchlitten. Sie freute sich jedenfalls, dass es ihr heute so gut gelungen war, Merle zu trösten und ihr die Eingewöhnung am neuen Arbeitsplatz vielleicht ein wenig zu erleichtern. Zweifellos war es nicht einfach, als Single irgendwo neu anfangen zu müssen, wo man niemanden kannte; sie hatte diese Erfahrung ja selbst oft genug gemacht.

Als Hannes sie beim Essen fragte, wie ihr Tag gewesen war, kam sie auch kurz auf Merle zu sprechen. Wie immer hörte er aufmerksam zu und lobte sie wieder einmal für ihre herzliche Art und ihre Hilfsbereitschaft, doch gegen Ende ihrer Erzählung fragte er irritiert nach: »Habe ich das richtig verstanden – sie soll sich dein Lächeln vorstellen, wenn sie beim Schreiben nicht weiterkommt?« Auf Carinas bestätigendes Nicken hin fuhr er fort: »Also, ehrlich gesagt finde ich das etwas bedenklich – hast du keine Angst, dass Merle sich auf diese Weise total auf dich fixiert? Du neigst ja sowieso dazu, Problemkinder anzuziehen. Wenn ich da nur an die Geschichten aus deinen Sprechstunden denke …«

Carina lachte beruhigend. »Ach, mach dir da mal keine Gedanken. Wenn das Semester beginnt, findet Merle hier bestimmt ganz schnell Freunde und kommt prima allein klar. Außerdem hilft sie mir ja auch bei meinen Texten, sie ist sprachlich einfach super. Und was meine Sprechstunden angeht, habe ich mir fest vorgenommen, die Zeiten jetzt konsequenter einzuhalten. Die privaten Probleme der Studierenden sind wirklich nicht mein Job, da hast du völlig recht.«

»Na, dann ist ja alles gut«, entgegnete Hannes. »Und jetzt lass uns von etwas anderem reden: Dein Essen heute war der absolute Wahnsinn, das musst du unbedingt mal wieder kochen, wenn wir Gäste haben. Hast du zum Nachtisch vielleicht noch Lust auf ein Eis? Ich lade dich natürlich ein.«

»Sehr gern«, stimmte Carina zu, die insgeheim schon auf einen derartigen Vorschlag gehofft hatte. Der freitägliche Abendspaziergang zur nahe gelegenen Eisdiele war nach dem Einzug ins Haus rasch zu einem Ritual geworden, das sie beide liebten, und jetzt im September musste man die letzten schönen Tage unbedingt ausnutzen.

Kapitel 4

»Ey, Alte, halt's Maul, sonst passiert was!« Lena Behrends fuhr vor Schreck zusammen und drehte sich um. War André zurückgekommen, ohne dass sie es bemerkt hatte? Aber außer ihr war niemand im Zimmer. Sie brauchte einen Augenblick Zeit, um zu realisieren, dass die Stimme von draußen gekommen war und auch ganz anders klang als die ihres Freundes. Hier im Schanzenviertel war es keine Seltenheit, dass es auf der Straße zu Streitereien kam, und da ihr Schreibtisch direkt am Wohnzimmerfenster stand, konnte sie lautere Äußerungen in ihrer Wohnung im ersten Stock oft genau verstehen. Normalerweise störte sie das auch nicht weiter; wenn sie konzentriert bei der Arbeit war, nahm sie diese Geräuschkulisse von der Straße kaum wahr. Doch jetzt raste ihr Herz immer noch, und ihre Hände zitterten. Ging das etwa wieder los mit diesen schrecklichen Panikattacken? Das konnte sie sich momentan absolut nicht leisten, ihr Zeitplan für die nächsten Monate war ohnehin kaum zu bewältigen. Nein, sie durfte sich nicht noch einmal von ihren Ängsten unterkriegen lassen.

Entschlossen stand sie auf und machte das Fenster zu. Anschließend schaltete sie das Deckenlicht ein.

Wenn nur die Schreibtischlampe brannte, wirkte der Raum unheimlich, die Schatten in den Ecken machten sie nervös, und sie geriet allzu schnell in Grübelspiralen, die nirgends hinführten als in die totale Blockade. In diesen Momenten, die ihr jedes Mal wie Stunden erschienen, saß sie wie paralysiert da, unfähig, etwas zu tun oder einen noch so alltäglichen Gedanken zu fassen. Manchmal musste sie sich sogar hinlegen, weil ihr so schwindelig wurde, dass der Untergrund zu schwanken begann und sich alles um sie drehte.

Bleib ruhig, Lena! Du schaffst das!, versuchte sie sich selbst Mut zuzusprechen. Wahrscheinlich war sie einfach nur überarbeitet und brauchte eine kleine Pause, auch wenn der Zeitdruck bereits enorm war. Ein Blick auf die Uhr – es war 21:10 Uhr – verriet ihr, dass sie seit fast acht Stunden praktisch ununterbrochen gelernt hatte. Zwischendurch war sie lediglich auf die Toilette gegangen und hatte sich irgendwann am Nachmittag einen Kaffee gekocht. Gegessen hatte sie seit dem späten Frühstück mit André nichts mehr, und das letzte halbe Brötchen hatte sie angebissen liegen lassen, da der Streit ihr wieder einmal den Appetit verdorben hatte. Noch immer hatte sie seine letzten Worte im Ohr: »Krieg erst mal dein Leben auf die Reihe, bevor du mir Vorschriften machst! Du bist ja schlimmer als meine Mutter!« Danach hatte er seine Jacke vom Garderobenhaken gerissen und war aus der Wohnung gestürzt – nicht ohne wieder einmal mit aller Kraft die Tür hinter sich zuzuschlagen. Allmählich hatte Lena Angst, dass die Nachbarn sich über diesen Lärm beschweren könnten.

Seit Andrés überstürztem Aufbruch gegen zwölf Uhr hatte sie nichts mehr von ihm gehört, ihre Nachricht mit der Bitte, noch einmal in Ruhe über alles zu reden, war unbeantwortet geblieben, obwohl sie bei WhatsApp als gelesen angezeigt wurde. Bestimmt war André zu einem seiner Freunde gegangen, mit denen er regelmäßig Kneipentouren unternahm oder stundenlang in Computerspielen versank. Seit er Urlaub hatte, saß er auch zu Hause fast die ganze Zeit am Laptop oder vor dem Fernseher, und darüber war es heute auch zum Streit gekommen: Das gemeinsame Wohnzimmer war zugleich Lenas Arbeitszimmer, und sie konnte sich beim besten Willen nicht konzentrieren, wenn im Hintergrund ständig lautstarke Schusswechsel ertönten oder ein Fußballspiel kommentiert wurde. Deshalb hatte sie ihren Freund heute gebeten, Kopfhörer zu verwenden oder mit seinem Laptop in die Küche zu gehen. Sie hatte es wirklich freundlich gesagt, und er wusste ja auch, dass sie am Mittwoch die Klausur nachschreiben musste, die sie im Juli wegen ihrer Prüfungsangst nicht bestanden hatte. Aber seine Reaktion zeigte unmissverständlich, dass sie besser den Mund gehalten hätte: Sie sei »eine miese Egofotze«, die ihm »keinen Spaß« gönne; in der Küche gebe es keinen Platz für seinen Laptop, weil der »Winztisch ständig vollgemüllt« sei, und außerdem würde sie ihr Studium sowieso nie schaffen, weil sie »einfach nichts in der Birne« habe. »Und dein Kaffee schmeckt auch mal wieder wie Katzenpisse!«, fügte er abschließend hinzu und schaltete demonstrativ den Fernseher ein.

Lena kämpfte bereits mit den Tränen, doch diesmal wollte sie sich nicht so leicht geschlagen geben: »Dann koch dir den Kaffee doch selbst!«, gab sie zur Antwort. »Und wenn du die Küche unordentlich findest, kannst du ja auch mal aufräumen – wenigstens jetzt, wo du Urlaub hast!«

Daraufhin kam es zu Andrés Schlusswort, das sie wie ein Giftpfeil traf, obwohl sie gegen dieses Gift doch eigentlich längst immun sein müsste. »Krieg erst mal dein Leben auf die Reihe!« – solche Bemerkungen fielen jede Woche mehrmals, aber Lena hatte noch immer keinen Weg gefunden, um damit umzugehen. Eine schlagfertige Antwort fiel ihr nicht ein; wenn sie zeigte, dass sie verletzt war, wurde ihr Freund dadurch nur noch mehr angestachelt, und ignorieren konnte sie diese Worte beim besten Willen nicht. Erst recht nicht, wenn ihr wieder eine Prüfung bevorstand oder sie eine Seminararbeit schreiben musste und die Versagensängste ohnehin schon Tag und Nacht übermächtig waren.

Sie versuchte weiterzulesen, doch die Buchstaben verschwammen ihr vor den Augen, und der Inhalt des Textes blieb ihr unverständlich. Nein, es hatte keinen Sinn mehr; sie musste eine Pause machen und etwas essen, auch wenn André sie ohnehin schon wahlweise als »fette Kuh« oder »verfressene Sau« titulierte. Vielleicht konnte sie sich dann später am Abend wieder besser konzentrieren, sofern ihr Freund nicht betrunken nach Hause kam und erneut Streit suchte.

Im Kühlschrank war noch ein Rest Nudeln mit Tomatensauce von gestern. Lena wärmte sich die Nudeln auf, streute etwas Parmesan darüber und setzte sich zum Essen an den Küchentisch. Danach ging es ihr körperlich etwas besser, doch die Panik wich einer lähmenden Erschöpfung. Selbst wenn sie die Klausur am Mittwoch erfolgreich bewältigte, konnte sie sich anschließend keine Ruhe gönnen, denn bis zum Beginn des Semesters musste sie noch zwei Hausarbeiten schreiben und nebenbei ziemlich viel arbeiten; ihre Chefin hatte schon angekündigt, dass auf Lena viele Sonderschichten zukommen würden, da eine fest angestellte Kollegin drei Wochen Urlaub eingereicht hatte. Das alles war beim besten Willen nicht zu schaffen, sie war jetzt schon völlig am Ende. Aber was sollte sie tun? Auf ihren Job im Teeladen konnte sie auf keinen Fall verzichten, zumal André nur wenig zum Haushalt beitrug, obwohl er als Elektriker nicht schlecht verdiente. Herrn Professor Meyerding brauchte sie gar nicht erst nach einem späteren Abgabetermin für ihre Seminararbeit zu fragen, der Literaturwissenschaftler war allgemein bekannt dafür, dass er die »Studierenden von heute« für »faules Pack« hielt. Die Einzige, mit der sie reden konnte, war Frau Dr. Wagner im Historischen Seminar, bei der sie bereits zwei Lehrveranstaltungen besucht hatte. In den Sprechstunden hatte Lena schon mehrmals zumindest andeutungsweise von ihrer Prüfungsangst erzählt, und Frau Wagner hatte sehr verständnisvoll reagiert. Seitdem hatte Lena immer wieder an diese Gespräche gedacht und sich gewünscht, sich der mütterlich wirkenden Dozentin ausführlicher anvertrauen zu können. Sonst gab es ja leider niemanden, mit dem sie über ihre Ängste sprechen konnte – André hielt ohnehin nichts von ihr, vor ihren Freundinnen schämte sie sich, und ihre Eltern kamen erst recht nicht in Betracht. Lena war die Erste aus der Familie, die studierte, was gegenüber Verwandten und Freunden bei jeder Gelegenheit voller Stolz erwähnt wurde, und sie brachte es einfach nicht übers Herz, ihre Eltern zu enttäuschen. Ganz abgesehen davon, dass sie ohnehin schon genug Sorgen mit den beiden jüngeren Geschwistern hatten – Jakob hatte große Schwierigkeiten beim Lernen, und Hanna litt an mehreren schweren Allergien.

Entschlossen stand Lena auf und begann die Küche aufzuräumen. Am Donnerstag hatte Frau Wagner ihre nächste Sprechstunde; wenn Lena morgen früh gleich ins Historische Seminar ging, könnte sie sich bestimmt noch auf der Liste eintragen, die immer an der Bürotür aushing. Am besten trug sie sich gleich für zwei Termine ein, dann hätte sie insgesamt dreißig Minuten Zeit, um ihre Situation in Ruhe zu erklären und um eine Fristverlängerung zu bitten. Ja, das war ein guter Plan – und jetzt konnte sie zumindest einigermaßen beruhigt schlafen gehen.

Kapitel 5

Es war Donnerstag, kurz vor zwölf Uhr, und im Büro herrschte eine angespannte Stille. Carina hatte gleich bei der morgendlichen Begrüßung erwähnt, dass sie bis Ende der Woche mit einem Aufsatz fertig werden müsse, und Sarah schien ebenfalls unter Zeitdruck zu stehen – sie hatte seit über einer Stunde keinen Blick mehr auf ihr Smartphone geworfen. Das war noch nie vorgekommen, seit Merle hier arbeitete.

Merle selbst fiel es heute schwer, sich zu konzentrieren, ihre Gedanken verirrten sich immer wieder zu der gestrigen Mittagspause mit Carina, die leider überhaupt nicht so verlaufen war, wie sie es sich erhofft hatte. Dabei hatte sie sich so gefreut, endlich wieder mit Carina essen zu gehen, nachdem es weder am Montag noch vorgestern zu einer gemeinsamen Pause gekommen war. Das Gespräch beschränkte sich dann jedoch auf arbeitsbezogene Themen, und eine Reaktion von Carina irritierte Merle noch immer: Sie hatte Merle ein bisschen von ihrem Projekt erzählt – sie arbeitete an einer Quellenedition zur Geschichte der Gartenkunst mit, die ebenfalls von Herrn Paulsen herausgegeben wurde – und dabei erwähnt, dass sie sich in diesem Themenbereich auch habilitieren wolle. Als Merle Genaueres über das Thema ihrer Habilitationsschrift wissen wollte, reagierte Carina merkwürdig zugeknöpft: »Merle, das ist jetzt nicht gegen dich gerichtet, aber ich rede einfach sehr ungern über Arbeiten, von denen so viel abhängt – ich glaube, ich bin in diesem Punkt ein bisschen abergläubisch.«

Merle entschuldigte sich umgehend und versuchte, das Thema zu wechseln, doch die Unterhaltung kam nicht mehr richtig in Gang. »Magst du noch einen Kaffee?«, fragte sie schließlich, als sie mit dem Essen fast fertig waren. »Ich lade dich auch ein.«

Doch Carina winkte ab: »Lieb von dir, aber das schaffe ich heute nicht. Ich muss zusehen, dass ich weiterkomme, damit dann wenigstens das Wochenende frei ist, Hannes beschwert sich schon, weil ich so viel arbeite.« Daraufhin stand sie auf, ergriff ihr Tablett und war bereits auf halbem Weg zur Geschirrrückgabe, bis Merle es schaffte, ihr zu folgen.

Ob aus dem privaten Treffen, das Carina an ihrem ersten Arbeitstag ja selbst vorgeschlagen hatte, wohl jemals etwas werden würde? Momentan hatte Merle große Zweifel. Aber vielleicht war es besser, gleich am Anfang enttäuscht zu werden, bevor aus ihren Hoffnungen wieder einmal Erwartungen wurden, in deren Fallstricken sie sich dann rettungslos verfing.

Plötzlich riss Carinas Stimme sie aus ihren Gedanken: »Merle, kannst du dir bitte mal schnell einen Satz von mir durchlesen? Ich bin mir gerade unsicher, ob ich hier ›gebe‹ oder ›gäbe‹ verwenden muss.«

»Natürlich, gern!« Schon stand sie neben Carinas Schreibtischstuhl. »Es muss ›gäbe‹ heißen, weil du hier ›als ob‹ verwendet hast.«

»Super, auf dich ist doch immer Verlass! Vielen lieben Dank!«

Dieses Lob tröstete Merle wieder ein wenig, und sie machte sich mit neuem Schwung an die Arbeit. Wenig später meldete ihre Kollegin sich erneut mit einer Frage zu Wort: »Merle, heißt es ›insofern, als‹ oder ›insofern, dass‹? Ich kann mir das nie merken.«

Bevor Merle antworten konnte, fing Sarah an zu schimpfen: »Mensch, Carina, kannst du das nicht selbst nachschlagen oder wenigstens zu Merle rübergehen, sodass nicht das ganze Büro mithören muss? Jetzt habe ich ganz vergessen, was ich schreiben wollte.«

»Oh, das tut mir leid, entschuldige bitte! Ich habe wirklich nicht daran gedacht, dass es dich stören könnte.«

»Schon okay, ich hätte es dir ja auch etwas netter sagen können. Aber ich muss den Kram für Paulsen dringend fertig machen, und um kurz nach zwei müssen wir ja schon hier raus, weil du dann Sprechstunde hast.«

»Es heißt übrigens ›insofern, als‹, Carina«, entgegnete Merle rasch, was ihre Kollegin mit einem dankbaren Lächeln kommentierte. Danach wurde nicht mehr gesprochen, bis es gegen halb zwei an der Tür klopfte: Herr Paulsen war da und bot Merle und Sarah an, dass sie während Carinas Sprechstunde gern in seinem Büro weiterarbeiten könnten; er habe ohnehin den ganzen Nachmittag auswärtige Termine. Da es in seinem Arbeitszimmer zwei Computer gab, war das eine bequeme Lösung, und vor allem Sarah reagierte sehr erleichtert: »Super, dann schaffe ich Ihre Literaturliste ja heute doch noch!«

Eine gemeinsame Mittagspause gab es auch heute nicht, Carina und Sarah hatten sich belegte Brötchen vom Bäcker mitgebracht, die sie nebenbei am Schreibtisch aßen, und Merle war wieder einmal der Appetit vergangen, wie so oft, wenn Carina angespannt oder abwesend wirkte.

Um kurz vor zwei packten Merle und Sarah ihre Sachen zusammen, um das Büro zu wechseln. Vor der Tür von Raum 959 blieb Sarah noch kurz stehen und warf einen Blick auf die Liste mit den Sprechstundenterminen: »Na toll, Problem-Lena ist wieder da! Dann brauchen wir frühestens um vier wieder hier anzukommen, die überzieht immer total.« Auf Merles verständnislosen Blick hin erläuterte sie, dass Lena Behrends in fast jede Sprechstunde von Carina komme und sich am liebsten für den letzten Termin oder sogar für die beiden letzten Termine eintrage, um »in Ruhe ihren ganzen Frust abzuladen«.

»Eigentlich tut sie mir leid«, fügte Sarah hinzu, »sie hat extreme Prüfungsängste und kaum Geld, die Eltern haben dauernd Stress mit den kleinen Geschwistern, und ihr Freund scheint ein richtiges Ekel zu sein. Wahrscheinlich ist Carina die Einzige, die sie mal ein bisschen aufbaut.« Mir tut sie auch leid, dachte Merle, doch zugleich wünschte sie sich sehnsüchtig, in den nächsten Stunden an Lenas Stelle zu sein.

Als Sarah und sie um kurz nach vier wieder zu ihrem Büro hinübergingen, steigerte sich dieser Wunsch bis zur Unerträglichkeit. An der Tür hing immer noch das »Bitte nicht stören«-Schild, und man konnte von draußen zwar keine einzelnen Worte verstehen, aber dennoch genug hören, um sich ein klares Bild von der Situation zu machen. Lena wirkte beim Sprechen wie ein gehetztes Wild, und ihre Sätze wurden immer wieder von Schluchzen unterbrochen, während Carinas warme und beruhigende Stimme sie wie ein Umhang umhüllte, der alle Ängste und Sorgen aussperrte. Vielleicht nahm Carina sie sogar in den Arm oder streichelte ihre Hand, doch das wollte Merle sich lieber gar nicht vorstellen. Erst um Viertel nach vier öffnete sich die Tür, und die inzwischen unter Tränen lächelnde Lena wurde folgendermaßen verabschiedet: »Alles wird gut, Sie schaffen das. Daran glaube ich ganz fest, und das sollten Sie auch tun!«

Merle zwang sich ebenfalls zu einem Lächeln und beeilte sich, an ihren Schreibtisch zurückzukehren. Auf keinen Fall durfte Lena ihr ansehen, dass Merle ihr in diesem Moment am liebsten das Gesicht zerkratzt hätte, um die Spuren von Carinas Zuwendung zu zerstören.

Kapitel 6

Eigentlich war im Büro alles wie immer – und doch erkannte sie den inzwischen so vertrauten Raum an diesem Morgen kaum wieder. Ja, mehr noch: Merle fühlte sich dort völlig fehl am Platz und wäre am liebsten sofort umgekehrt, hätte die grau gestrichene Tür hinter sich zugeschlagen, wäre die neun Stockwerke hinuntergerannt und mit dem Rad nach Hause gefahren, um sich dort für den Rest des Tages im Bett zu verkriechen. Oder gleich für den Rest der Woche.

Dieser Tag fühlte sich schon sinnlos und falsch an, als wie üblich um 7:30 Uhr der Wecker klingelte und sie beim besten Willen nicht aufstehen konnte. Es war, als läge sie unter einer zentnerschweren Bleidecke, die jeden Elan und alle Motivation erstickte. Dabei hatte sie von ganzem Herzen darauf gehofft, dass diese ihr nur allzu bekannte Bleidecke in ihrer alten Wohnung und ihrem alten Leben in Saarbrücken zurückgeblieben wäre. Die einzige Aktivität, zu der sie sich aufraffen konnte, bestand darin, den Wecker mit halb geschlossenen Augen noch dreimal neu zu stellen. Zweimal gewährte sie sich je fünfzehn Minuten Galgenfrist und beim dritten Mal zehn Minuten, und als sie sich um 8:10 Uhr dann endlich aus dem Bett quälte, hatte sie das Gefühl, sich in einem trüben Gewässer gegen eine starke Strömung vorwärts bewegen zu müssen. Natürlich hätte sie einfach später aufstehen können, da es ihren Chef ja ohnehin nicht interessierte, wann sie mit der Arbeit begann, doch sie wollte nicht riskieren, erneut ihren normalen Tagesrhythmus durcheinanderzubringen, den sie jetzt immerhin seit fünf Wochen konsequent eingehalten hatte.

Da Merle so spät aufgestanden war, blieb keine Zeit mehr für einen Kaffee zu Hause, aber die fehlende Dosis Koffein war sicher nicht der Grund dafür, dass ihr die Fahrt mit dem Rad zur Uni heute so schwerfiel, obwohl es an einem so strahlend schönen Oktobermorgen eigentlich ein Vergnügen sein müsste, an der Alster entlangzuradeln. Anscheinend hatte jenes trübe Gewässer mit Gegenströmung inzwischen die Grenzen ihrer Wohnung verlassen und mehrere Stadtteile Hamburgs überflutet. Und selbst der starke schwarze Café Crème aus der Mensa des Philosophenturms, den sie insbesondere am Montagmorgen so liebte, vermochte sie heute nicht zu trösten: Er schmeckte einfach nur bitter, so bitter wie jener erste Morgen ohne Carina, die eine ganze Woche lang mit Hannes im Urlaub sein würde. Genauer gesagt, in St. Peter-Ording, aber es war ja gleichgültig, wie der Ort hieß, der ihr Carina wegnahm.

Auch nach dem Kaffee fühlte sie sich noch wie narkotisiert, die Worte, die sie schreiben wollte, verschwanden immer wieder in den undurchdringlichen Nebelschwaden, die ihr Gehirn ausfüllten, und sogar das Tippen, das ihre Finger sonst nebenbei erledigten, kostete heute wahrscheinlich mehr Kraft als damals im Zeitalter der mechanischen Schreibmaschinen, das sie nur noch aus Büchern und Erzählungen kannte. Als Sarah gegen zehn kam, hatte Merle noch so gut wie nichts geschafft, und sie musste sich zusammenreißen, um sich ihre schlechte Laune nicht anmerken zu lassen. Das hatte Sarah wirklich nicht verdient, Merle fand sie sehr sympathisch, war fasziniert von ihrem trockenen Humor und dachte immer noch gern an ihren gemeinsamen Feierabendwein vor zwei Wochen zurück, als sie bis tief in die Nacht im *Roxie* gesessen hatten.

Ganz im Gegensatz zu ihr war Sarah anscheinend in bester Stimmung, sie hatte für sie beide aus der Mensa Kaffee und Croissants mitgebracht und begrüßte Merle mit einem Redeschwall: »Guten Morgen, Merle! Ich dachte, ich bringe uns heute mal Frühstück mit – ich habe es wieder nicht geschafft, rechtzeitig aufzustehen, typisch Montagmorgen eben, und vielleicht war es bei dir ja genauso.« Merle nickte bestätigend, und Sarah sprach gleich weiter: »Dann lag ich mit meiner Vermutung ja richtig. Also, guten Appetit! – Du bist natürlich eingeladen«, fügte sie rasch hinzu, als sie sah, dass Merle nach ihrem Portemonnaie kramte. »Übrigens sind wir in dieser Woche nur zu zweit im Büro, Carinas Urlaub war ja schon länger geplant, und Julia hat sich spontan freigenommen – ich habe den Eindruck, sie hat neuerdings einen Freund in Bremen.«

Plötzlich schmeckte auch dieser zweite Kaffee wieder unangenehm bitter. Falls das stimmte, war Merle damit nun also die Einzige im Büro, die nicht in einer Beziehung lebte. Carinas Freund Hannes war ohnehin ein häufiges Gesprächsthema, und Sarahs Freund Finn hatte Merle sogar schon kennengelernt, denn er kam öfter vorbei, um Sarah von der Arbeit abzuholen. Offenbar war sie wieder einmal das, was übrigblieb, weil es niemand haben wollte. Und das war ja auch kein Wunder, denn so lange, wie sie sich zurückerinnern konnte, war sie schon immer nicht gut genug gewesen. – O je, nun hatte sie Sarah gar nicht mehr zugehört. Was sagte sie gerade?

»Das wird bestimmt eine richtig entspannte Woche – ganz ohne Deutsch-Nachhilfe für unsere liebe Frau Dr. Wagner! Nervt dich das eigentlich nicht, dass sie dich ständig mit Fragen löchert?«

Merle hatte schon öfter den Verdacht gehabt, dass Sarah nicht besonders gut auf Carina zu sprechen war, doch so deutlich wie heute hatte sie das noch nie geäußert.

»Ach, das ist kein Problem für mich«, entgegnete sie, »Carina ist mir gegenüber ja auch immer sehr hilfsbereit.«

»Du bist wirklich zu gut für diese Welt, Merle.« Sarahs Miene zeigte eine Mischung aus Bewunderung und Unverständnis. »Ich wäre an deiner Stelle schon längst an die Decke gegangen – ganz abgesehen davon, dass ich es peinlich finde, dass eine promovierte Wissenschaftlerin derartige Sprachprobleme hat und dann noch zu faul ist, um selbst irgendwo nachzuschlagen.«

Als Merle nichts erwiderte, wechselte Sarah zum Glück das Thema, und sie redeten noch eine Weile über andere Dinge, bevor sie sich dann beide ihrer Arbeit zuwandten.

Der Tag schleppte sich dahin, Merle kam weiterhin nur sehr langsam voran, und ihr fiel irgendwann auf, dass sie alle paar Minuten auf die Uhr sah. Einzig die Mittagspause mit Sarah vermochte sie vorübergehend aufzuheitern, sie unterhielten sich gut, und die Fröhlichkeit ihrer Kollegin wirkte einfach ansteckend. Aber durfte sie überhaupt jemanden mögen, der so abfällige Bemerkungen über Carina machte?

Ab dem späten Nachmittag war Merle allein im Büro, und sobald Sarah die Tür hinter sich geschlossen hatte, war es mit ihrer Konzentrationsfähigkeit endgültig vorbei. Sie war außerstande, auch nur ein weiteres Wort zu schreiben, und das penetrante Blinken des Cursors auf ihrem Bildschirm wirkte nach wenigen Minuten so vorwurfsvoll und zugleich verhöhnend, dass sie den Computer ausschaltete. Doch selbst der dunkle Monitor verkündete noch immer gnadenlos ihr Urteil: »Versagerin! Du wirst es nie zu etwas bringen! Und dass du in den letzten Wochen wieder arbeiten konntest, verdankst du ausschließlich Carina. Es ist allein der Abglanz ihres Lichtes, das dich erhellt, ohne sie bist du ein graues Nichts.« Ja, genauso fühlte sie sich auch, trotz der Wärme dieses noch immer goldenen Oktobertages fröstelte sie, und sie hatte plötzlich das Gefühl, in eine unendliche Leere zu stürzen. Sie hielt es ohne Carina einfach nicht mehr aus; sie musste ihre Nähe spüren, jetzt, sofort, augenblicklich – aber wie? Sie hatte keine Handynummer von ihr, und selbst wenn sie die Nummer hätte, würde sie sich höchstwahrscheinlich trotzdem nicht trauen, Carina unaufgefordert anzurufen – erst recht nicht in ihrem wohlverdienten Urlaub, in dem sie garantiert Besseres zu tun hatte, als sich mit ihrer lebensuntüchtigen Kollegin abzugeben. Doch plötzlich kam ihr die rettende Idee: Wie ferngesteuert stand sie auf, ging die wenigen Schritte zu Carinas Schreibtisch und nahm auf ihrem Stuhl Platz. Hing wirklich noch ein Hauch ihres Parfüms im Raum oder bildete Merle sich das nur ein? Egal – schon die Illusion reichte aus, um sie zu trösten.

Sie legte die Hände auf die Tastatur von Carinas Computer und stellte sich vor, wie ihre Kollegin diese Tasten nutzte, um ihr eine E-Mail zu schreiben, eine Nachricht voller Zauberworte, die sie in düsteren Momenten immer wieder lesen konnte.

Und sie würde ihr natürlich eine ausführliche Antwort schicken, in der sie Carina ihr Innerstes offenbarte, diesen Abgrund voller Dämonen und gescheiterter Träume, dessen Anblick bisher noch jeden Menschen überfordert hatte. Schon seit einiger Zeit erwischte sie sich immer wieder dabei, wie sie in Gedanken Briefe oder E-Mails formulierte, und auch jetzt hätte sie Carina nur zu gern einen Gruß in den Urlaub geschickt, aber wahrscheinlich schaute sie während der freien Tage gar nicht in ihren dienstlichen Posteingang. Ganz abgesehen davon, dass sie es sicher aufdringlich fände, ohne jeden Anlass eine Mail von Merle zu bekommen. Für den Anfang wäre Merle sogar damit zufrieden gewesen, ihr eine Nachricht über WhatsApp schreiben zu dürfen.

Ihr Blick schweifte über die Gegenstände auf dem Schreibtisch: Auf der Schreibunterlage lag ein Terminkalender im Format DIN A5, den Carina selbst eingebunden hatte. Wie gern hätte Merle die Eintragungen gelesen, doch sie beherrschte sich und strich nur vorsichtig über den Einband, der – wie könnte es auch anders sein – ein Muster in verschiedenen Rottönen aufwies. Rot war einfach Carinas Farbe, es verging kein Tag, an dem sie nicht ein rotes Kleidungsstück oder zumindest ein rotes Accessoire trug. Ob sie Merles Namen wohl auch schon einmal in ihren Kalender eingetragen hatte? Vermutlich nicht, denn ihre gemeinsamen Mittagspausen, die sich meist spontan ergaben, hatten ja nicht den Charakter einer richtigen Verabredung.

In einer flachen schwarzen Metallschale lagen einige Stifte, darunter ein edel aussehender silberfarbener Kugelschreiber mit einer Gravur ihres Vornamens. Als Merle neulich erwähnt hatte, wie gut ihr dieser Stift gefalle, hatte Carina ihr voller Stolz erzählt, dass er ein Weihnachtsgeschenk von Hannes sei. Ob sie ihm mit diesem Kugelschreiber wohl Liebesbriefe schrieb? Merle hielt das für unwahrscheinlich, da die beiden ja zusammenlebten und sich ohnehin täglich sahen. Wobei das für sie kein Hinderungsgrund wäre, sie würde ihrer Partnerin trotzdem immer wieder kleine Liebesbotschaften zukommen lassen, Briefe oder Gedichte, die sie abends auf ihrem Kopfkissen finden würde oder morgens neben ihrem Lieblings-Kaffeebecher. Oder einfach Notizzettel mit einem Zitat oder einem Gruß, die ihr plötzlich irgendwo in der Wohnung begegneten und sie daran erinnerten, dass Merle an sie dachte.

Wirklich ein stilvolles Schreibgerät, ihr Freund hatte offenbar einen guten Geschmack. Allerdings fände Merle es passender, wenn er Carina einen Stift mit seinem Namen schenken würde, damit er in symbolischer Form stets bei ihr wäre.

Von Hannes stammte auch der gläserne Briefbeschwerer in Herzform, der auf einem kleinen Papierstapel ruhte. Obenauf lag die Einladung zu einem Vortrag, darunter erkannte sie einige Zeitungsausschnitte. Merle nahm das Glasherz in die Hand und wünschte sich, es zum Leben erwecken zu können. Carinas Herz in ihren Händen. Doch das Glas blieb natürlich kalt und hart – und plötzlich schämte sie sich so sehr für ihr Tun, dass sie den Briefbeschwerer rasch an seinen Platz zurücklegte und das Büro geradezu fluchtartig verließ. Wie kam sie bloß dazu, sich an einem fremden Schreibtisch breitzumachen und dabei auch noch in so kitschigen sprachlichen Bildern zu denken?

Als sie zu Hause war, zog sie sofort Sportkleidung und Laufschuhe an und machte sich wieder auf den Weg, rannte viel zu schnell los, sodass sie schon nach einer halben Runde um den Stadtpark völlig erschöpft war. Aber sie gönnte sich keine Pause, sondern zwang sich, in etwas moderaterem Tempo weiterzulaufen und nach den üblichen zwei Runden noch eine dritte anzuschließen. Erst nach neunzig Minuten – inzwischen war es bereits dunkel geworden – hatte sie den Eindruck, für jene schwachen Momente an Carinas Schreibtisch ausreichend Buße getan zu haben.

Kapitel 7

Donnerstag, 16:10 Uhr. Noch drei Tage, sechzehn Stunden und fünfzig Minuten bis zur absoluten Deadline. Am kommenden Montag, dem sechzehnten Oktober, wollte Frau Wagner bis spätestens neun Uhr Lenas Seminararbeit haben, damit sie vor dem Semesterbeginn noch ausreichend Zeit für die Korrektur hatte. Das war ein großes Entgegenkommen, da der Abgabetermin eigentlich bereits am dreißigsten September gewesen war, und Lena tat alles, was in ihren Kräften stand, um so schnell und so gut wie möglich voranzukommen. Noch immer hatte sie die ermutigenden Worte ihrer Dozentin im Ohr, und sie wünschte sich nichts sehnlicher, als sich dieses Vertrauens würdig zu zeigen und endlich einmal das zu leisten, wozu sie imstande war, ohne bei jedem Satz von Selbstzweifeln blockiert zu werden, die sie irgendwann in völliger Sprachlosigkeit zurückließen. Aber wie sollte sie das unter diesen Bedingungen schaffen? Seit André vor zehn Tagen nach einer heftigen Auseinandersetzung mit seinem Chef seinen Job als Elektriker gekündigt hatte, war er auch während der Woche den ganzen Tag zu Hause, sodass sie keine ruhige Minute mehr zum Arbeiten hatte. Er schlief bis mittags und verbat sich währenddessen jede Lebensäußerung, die mit irgendeiner Art von Geräusch verbunden war. Bevor er aufstand, durfte Lena nicht einmal die Kaffeemaschine oder den Wasserkocher benutzen; duschen konnte sie auch nur noch abends, und er war sogar schon wiederholt ausgerastet, als sie es gewagt hatte, die Toilettenspülung zu betätigen. Sobald er wach war, verlangte er nach Kaffee und Frühstück, wobei er den Kaffee dann jedoch fast immer als »Katzenpisse« verschmähte und stattdessen bereits das erste Bier öffnete. Den Rest des Tages verbrachte er wie üblich vor dem Fernseher oder am Laptop und fing zwischendurch immer wieder Streit an. Bis heute hatte er sich nicht dazu aufgerafft, bei der Agentur für Arbeit anzurufen – ganz abgesehen davon, dass zunächst ohnehin kein Anspruch auf finanzielle Leistungen bestand, weil er das Arbeitsverhältnis ja selbst gekündigt hatte. Er trug also nichts mehr zum Haushalt bei, und Lena wusste nicht, wie es weitergehen sollte.

16:27 Uhr. Schon wieder hatte sie fast zwanzig Minuten damit verbracht, auf den Bildschirmschoner zu starren, der auf schwarzem Hintergrund den Schriftzug »ad absurdum« zeigte. Die Worte bewegten sich in Schlangenlinien über den Monitor und drehten sich dabei um sich selbst. Als Lena diesen Bildschirmschoner vor über zwei Jahren installiert hatte, war er eine harmlose Spielerei gewesen; die Formulierung hatte ihr einfach gut gefallen, und es vermittelte ihr ein Gefühl von Intellektualität, lateinische Begriffe zu verwenden. Inzwischen aber erschienen ihr diese Worte wie eine höhnische Bilanz ihres bisherigen Lebens und zugleich wie eine Zukunftsprognose, der sie hilflos ausgeliefert war.

»Ey, du Schlampe, es ist kein Bier mehr da. Merkst du eigentlich noch irgendwas?« Plötzlich stand André hinter ihr und packte sie grob an der Schulter. Lena erschrak so sehr, dass sie kein Wort herausbrachte. »Hörst du schlecht?«, brüllte er und schlug, als sie noch immer nicht zu einer Antwort fähig war, mit beiden Handflächen auf die Tastatur ihres Laptops. »Geh sofort einkaufen!«

»Lass mich wenigstens erst noch den Text abspeichern«, erwiderte Lena, »die Arbeit muss unbedingt bis Montag fertig werden.«

»Sehr witzig! Du schreibst doch sowieso nichts, sondern glotzt nur dämlich auf den Bildschirm! Zu mehr reicht es bei dir ja auch nicht. – Ich zähle jetzt bis drei, und dann …«

Lena beeilte sich, auf »Speichern« zu klicken, doch ihre Hände zitterten so stark, dass es ihr erst beim zweiten Versuch gelang. Als André »drei« sagte, hatte sie es gerade noch geschafft, das Dokument zu schließen und sich an ihrem Laptop abzumelden. Wortlos griff sie nach ihrer Umhängetasche, schlüpfte rasch in ein Paar Schuhe und verließ die Wohnung.

Als sie nach etwa einer halben Stunde mit dem Bier und einigen anderen Einkäufen zurückkehrte, war André nicht mehr da. Auf dem Küchentisch lag ein Zettel mit der Nachricht: »Bist du jetzt auch noch zu doof zum Einkaufen? Habe keinen Bock mehr zu warten und trinke mein Bier woanders. Du bezahlst.« Lena erstarrte. Sie wusste, wie wütend André werden konnte, wenn etwas nicht nach seinen Vorstellungen verlief, auch wenn sie sich keiner Schuld bewusst war. Schneller hätte sie die Besorgungen wirklich nicht erledigen können. Trotzdem musste sie versuchen, das Positive an der Situation zu sehen – immerhin hatte sie jetzt erst einmal Ruhe zum Arbeiten, solange er unterwegs war. Sie räumte ihre Einkäufe ein und griff anschließend nach der Kaffeedose auf der Anrichte, in der sie immer das Haushaltsgeld aufbewahrten. Als sie die Dose öffnete, um das Wechselgeld vom Einkaufen hineinzulegen, traute sie ihren Augen nicht: Erst gestern hatte sie fünfzig Euro in die Kasse gelegt, die so gut wie leer gewesen war. Nun war der Schein weg.

Kapitel 8

Perfekt – jetzt war alles für Carinas Rückkehr bereit! Es war 8:30 Uhr am Montagmorgen, und Merle war extra früher ins Büro gekommen, um ihre Vorbereitungen zu treffen. Die Fensterbank über Carinas Schreibtisch war blitzsauber, und Merle hatte sogar die Übertöpfe der Pflanzen abgewischt, sodass sie wieder wie neu aussahen. Und die Gießkanne hatte sie schon am Freitag neu gefüllt, nachdem sie zum letzten Mal die Blumen gegossen hatte. Diese Aufgabe hatte Sarah ihr während der gesamten letzten Woche nur allzu gern überlassen; Merle hatte ihren Kommentar zu diesem Thema noch im Ohr: »Lass mich bloß mit Carinas Topfpflanzen in Ruhe. Einmal habe ich eine Amaryllis zu oft gegossen und musste mir anschließend noch wochenlang anhören, dass ich ihre kostbare Lieblingsblume ruiniert hätte. Stell dir vor, sie hat wirklich ›kostbar‹ gesagt – dabei bekommt man diese Dinger doch heutzutage schon für drei Euro im Supermarkt.«

Da Merle ebenfalls nichts von Pflanzen verstand, hatte sie nach Sarahs Äußerung natürlich noch mehr Angst, etwas falsch zu machen, doch anscheinend hatte sie Carinas Pflegehinweise ordnungsgemäß befolgt, denn all ihre Schützlinge erfreuten sich weiterhin bester Gesundheit.

Am liebsten hätte Merle ihr heute einen Blumenstrauß gekauft, um ihre Rückkehr zu feiern, doch ein solches Geschenk erschien ihr dann doch zu auffällig, und sie wollte Carina auf keinen Fall in Verlegenheit bringen. Daher hatte sie sich stattdessen für Pralinen in einer roten Schachtel und für einen Blumengruß in Papierform entschieden. Die Auswahl der passenden Postkarte war ihr nicht leichtgefallen; sie wusste, dass Carina Rosen liebte, aber rote Rosen kamen selbstverständlich nicht in Frage, und jede andere Farbe würde ihr nicht gerecht – Carina war einfach das personifizierte Rot. Voller Leben, Wärme und bestimmt auch Leidenschaft. Sie konnte also nur hoffen, mit den leuchtenden Mohnblumen ihren Geschmack zu treffen. Immerhin entsprach dieses Rot exakt dem Farbton der Pralinenschachtel. Die Karte und die Süßigkeiten hatte sie zwischen den Blumentöpfen drapiert, wo sie einem flüchtigen Betrachter möglicherweise gar nicht auffallen würden, doch sie war sicher, dass Carina ihre Begrüßungsgeschenke auf den ersten Blick bemerken würde.

Nun blieb ihr noch etwa eine halbe Stunde, um ihre Vorfreude zu genießen und die viel zu lange Woche ohne Carina Revue passieren zu lassen. Nach ihrem verbotenen Gastspiel an Carinas Schreibtisch am Montagnachmittag, für das sie sich immer noch schämte, waren die restlichen Tage in grauer Ereignislosigkeit dahingekrochen, Merle hatte sich jeden

Morgen zur Arbeit zwingen müssen und sich, wann immer es ging, in Tätigkeiten geflüchtet, die keine große Denkleistung erforderten. Zumindest waren jetzt all ihre Unterlagen systematisch in akkurat beschrifteten Ordnern abgeheftet, und sie war mit ihren Literaturrecherchen vorangekommen.

Die einzige Abwechslung bot der Donnerstagabend, als Sarah sie spontan fragte, ob sie Lust hätte, mit ihr noch im *Roxie* einen Cocktail zu trinken. Aus dem einen Cocktail wurden drei, und Merle genoss den Abend mit Sarah auch diesmal wieder sehr, es war fast wie in jenen unkomplizierten Freundschaften in den ersten Jahren ihres Studiums, die wie von selbst entstanden und nie offiziell erklärt oder gar hinterfragt werden mussten. Aber eben nur fast, denn sie konnte in Sarahs Gegenwart nie völlig unbefangen sein: Zum einen hatte sie das Gefühl, Carina zu verraten, da sie inzwischen ja wusste, dass Sarah sie nicht besonders mochte, und zum anderen kam sie sich gegenüber Sarah gemein vor, weil sie die Zeit noch viel lieber mit Carina verbringen würde als mit ihr. Auch am Donnerstag hatte sie sich wiederholt dabei ertappt, wie sie sich vorstellte, dass Carina an Sarahs Stelle säße, doch dieses Bild war nicht stimmig, da Carina eine typische Studentenkneipe wie das *Roxie* garantiert nicht mehr betreten würde. Außerdem trank sie bestimmt keine Billigcocktails durcheinander, sondern allenfalls edlen Rotwein aus stilvollen Gläsern.

8:50 Uhr: Ein Geräusch riss sie aus ihren Gedanken, die Tür schwang mit dem üblichen leichten

Quietschen auf, und Carina betrat den Raum. Merle stand auf und ging einen Schritt auf sie zu, wobei sie spürte, wie sich ein Strahlen auf ihrem Gesicht ausbreitete. Sicher würde Carina sie gleich umarmen, nachdem sie sich eine ganze Woche nicht gesehen hatten.

»Guten Morgen, Carina! Wie schön, dass du –«

Ihre Begrüßung blieb unvollendet, denn Carina schnitt ihr das Wort ab. Schnurstracks marschierte sie auf ihren Schreibtisch zu, als wäre sie ein General, der in die alles entscheidende Schlacht zieht, die keine Sekunde Aufschub duldet: »Morgen, Merle! Ich habe wahnsinnig viel zu tun, die letzte Woche vor Semesterbeginn ist immer der totale Stress.«

Als sie ihren Satz beendete, hatte sie bereits ihre Jacke über die Stuhllehne geworfen und den Computer eingeschaltet. Ihr Blick hatte Merle kaum gestreift, vermutlich wäre es ihr nicht einmal aufgefallen, wenn sie sich während ihrer Abwesenheit die Haare giftgrün gefärbt hätte. Schweigend ließ Merle sich wieder auf ihren Stuhl fallen und starrte wie paralysiert auf den Monitor, bis ihr nach mehreren Minuten bewusst wurde, dass sie noch immer nicht ihr Passwort eingegeben hatte.

Um Punkt neun Uhr ertönte ein zaghaftes Klopfen, das von Carina mit einem unwirschen »Herein« beantwortet wurde. In der Tür stand eine sehr übernächtigt wirkende Lena Behrends, die Carina eine Mappe entgegenhielt: »Guten Morgen, Frau Wagner! Nochmals ganz herzlichen Dank, dass ich meine Arbeit noch –«

»Schon gut – danke«, fiel Carina ihr ins Wort.

»Wann kann ich –«

Auch diesmal ließ Carina die Studentin nicht ausreden: »Nächste Woche in meiner Sprechstunde, tragen Sie sich bitte in die Liste ein.«

Lena verabschiedete sich mit einem Nicken und verließ den Raum. Während sie die Tür hinter sich schloss, warf Carina die Mappe mit Schwung in einen ohnehin schon überquellenden Ablagekorb auf ihrem Schreibtisch.

An diesem Vormittag wurde kaum gesprochen, Julia und Sarah, die gegen zehn Uhr kamen, wurden von Carina ebenfalls mit einem flüchtigen Gruß fast ohne Blickkontakt abgefertigt. Merle konnte sich in dieser Atmosphäre noch weniger konzentrieren als während der gesamten letzten Woche.

Um kurz vor halb eins sprang Carina plötzlich auf. »O je, schon so spät! Ich muss sofort zu Paulsen, wir sind zum Essen verabredet – vor dem Semesteranfang ist das unsere letzte Besprechung.«

Merles Postkarte und die Pralinen standen nach wie vor unbemerkt zwischen den Blumentöpfen auf der Fensterbank.

Nachdem Carina das Büro verlassen hatte, verdrehte Sarah die Augen. »Meine Güte, hat die heute eine Laune! Und so viel Stress kann sie im Moment eigentlich gar nicht haben, in ihrem Einführungskurs macht sie ja eh immer dasselbe, und das Seminarthema hatte sie auch schon mal. – Ich habe übrigens Hunger, kommt ihr mit in die Mensa?«

Julia schloss sich an, Merle hingegen suchte nach einer Ausrede. »Ich gehe heute lieber nicht mit, ich fühle mich nicht so gut. Vielleicht habe ich irgendwas mit dem Magen.«

Eigentlich war es gar keine richtige Ausrede, denn ihr war wirklich seit Carinas Ankunft übel, und sie hätte jetzt beim besten Willen nichts essen können.

Ihre Kolleginnen glaubten ihr offenbar sofort. Sarah meinte, dass sie »ganz blass« aussähe, und Julia riet ihr, unter diesen Umständen besser auf Kaffee zu verzichten, sie dürfe sich stattdessen gern an den Teevorräten in ihrem Regalfach bedienen.

Tatsächlich kochte Merle sich einen Earl Grey und versuchte während ihrer Teepause, beruhigend auf sich einzureden: Jetzt mach dich mal nicht gleich verrückt, es hat bestimmt nichts mit dir zu tun, dass Carina heute so kurz angebunden ist, die anderen hat sie ja auch kaum wahrgenommen. Wahrscheinlich ist sie einfach nur unter Zeitdruck, du weißt ja gar nicht, was sie in dieser Woche noch alles zu erledigen hat.

Doch sie vermochte ihren eigenen Worten keinen echten Glauben zu schenken. Immer wieder drängte sich hartnäckig eine andere innere Stimme dazwischen, die ihr zuflüsterte: Und wenn schon? Auch bei noch so viel Stress hätte sie ja wohl die paar Sekunden für eine Umarmung opfern und mal einen Blick auf die Fensterbank werfen können. Dass sie das nicht getan hat, kann also nur eines bedeuten: Du bist ihr völlig egal. Wann begreifst du das endlich?

Irgendwann gab sie es auf. Sie goss den Rest des mittlerweile lauwarmen Tees ins Waschbecken und wandte sich wieder ihrer Arbeit zu. Schreiben konnte sie heute definitiv nicht, aber vielleicht gelang es ihr ja wenigstens, einen der Aufsätze zu lesen, die sie am Freitag in der Bibliothek kopiert hatte.

Um zehn nach eins kamen Julia und Sarah zurück, um halb zwei Carina. Bevor sie sich wieder an den Schreibtisch setzte, griff sie zur Gießkanne – und stellte die Kanne dann sofort wieder ab. »Oh, was ist das denn?« Sie betrachtete zunächst die Mohnblumenkarte, überflog den Text (Merle hatte lediglich einen kurzen Willkommensgruß geschrieben) und nahm anschließend die Pralinenschachtel in die Hand. Bildete Merle es sich nur ein, oder zeigte Carinas Gesicht wirklich einen Anflug von Röte? Zum ersten Mal an diesem Tag sah die Kollegin sie richtig an. »Vielen Dank, Merle, das ist ja lieb von dir! Auch wenn es natürlich nicht nötig gewesen wäre.« Nach einer kurzen Schweigepause fügte sie nachdenklich hinzu: »Sag mal, haben die Sachen heute Morgen auch schon da gestanden?« Als Merle nickte, wurde die Rötung ihrer Wangen gleich mehrere Nuancen intensiver – jetzt war es garantiert keine Einbildung mehr.

Mit ausgebreiteten Armen kam Carina auf sie zu. »Ach, Merle, das tut mir so leid – komm mal her!« Sie drückte Merle an sich und hielt sie einen Moment lang fest. Merle war erleichtert, konnte sich aber trotzdem in dieser so lange ersehnten Umarmung nicht vollkommen entspannen, weil sie nicht allein im Raum waren. Die Gesichter von Julia und Sarah wollte sie sich lieber gar nicht vorstellen.

»Ich glaube, ich war heute Morgen richtig unhöflich«, fuhr Carina fort, wobei ihr Blick auch die beiden anderen Kolleginnen einschloss, »aber so kurz vor Semesteranfang herrscht bei mir immer Ausnahmezustand. Diesmal ist durch meinen Urlaub ja auch einiges liegen geblieben, und heute muss ich auf jeden Fall pünktlich um halb fünf gehen. Nachher kommt nämlich noch ein Kollege von Hannes vorbei, um unseren neuen Kronleuchter im Wohnzimmer aufzuhängen.«

Bei dem Wort »Kronleuchter« gab Sarah ein unterdrücktes Kichern von sich; Carina zog kurz die Augenbrauen hoch, sprach dann jedoch unbeirrt weiter: »Ja, ich träume schon seit Jahren von einem Kronleuchter, aber in einer kleinen Mietwohnung kommt er ja gar nicht richtig zur Geltung. Daher war für mich bei unserem Hauskauf von Anfang an klar, dass ich hohe Decken und ein großes Wohnzimmer haben wollte.«

Da Sarah sich offensichtlich nur noch mühsam beherrschen konnte, wechselte Merle rasch das Thema. »Wie war denn dein Urlaub? Du hast noch gar nichts erzählt.«

»Es war einfach traumhaft«, schwärmte Carina, »lange Strandspaziergänge bei wunderbarem Herbstwetter und eine sehr gemütliche Ferienwohnung. Ich habe während der Woche in St. Peter-Ording nicht eine Sekunde an meine Arbeit gedacht und mich richtig gut erholt.«

»Das klingt beneidenswert«, erwiderte Merle, »mir gelingt es leider nie, im Urlaub vollständig abzuschalten.«

»Ja, früher als Single konnte ich das auch nicht, aber wenn Hannes bei mir ist, kann ich den Rest der Welt komplett vergessen.«

Mit einem seligen Lächeln ging Carina zu ihrem Schreibtisch zurück, und auch Merle nahm rasch wieder Platz und wandte sich dem Bildschirm zu, damit niemand ihr Gesicht sehen konnte. Schlagartig überfiel sie wieder die Übelkeit, eine eiserne Kralle schloss sich um ihren Magen, und der Boden unter ihrem Stuhl schien zu schwanken. Sie war für Carina nur ein Rest. Wertlos, unwichtig, vielleicht sogar schmutzig und hässlich, und auf keinen Fall einer Erinnerung würdig.

Um drei fand die monatliche Mitarbeiterbesprechung bei Herrn Paulsen statt, und es gelang Merle, die Gedanken an Carina währenddessen weitgehend zu verdrängen. Nach etwa einer Stunde hatten sie alle Tagesordnungspunkte besprochen, und Julia begann schon, die Kaffeetassen und Wassergläser zusammenzuräumen, als dem Professor plötzlich noch etwas einfiel: »Ach ja, Frau Jansen, bevor ich es vergesse: Nächste Woche beginnt dann ja auch mein Doktorandenkolloquium, das vierzehntägig stattfindet – ich würde mich sehr freuen, wenn Sie daran teilnehmen und möglichst noch vor Weihnachten Ihr interessantes Promotionsprojekt vorstellen würden. Über den genauen Termin können wir ja in der ersten Sitzung noch reden.«

Wie erstarrt stand Merle da; sie wunderte sich, dass sie noch in der Lage war, ein »Ja, gern« als Antwort hervorzubringen. Ein Vortrag im Doktorandenkolloquium – was für ein Albtraum! Mit Entsetzen erinnerte sie sich an die regelmäßigen Projektpräsentationen im Graduiertenkolleg, die bei ihr immer schon Wochen vorher für schlaflose Nächte und Panikattacken gesorgt hatten. Ohne Eleas Unterstützung hätte sie diese Termine sicher niemals überstanden. Hilfesuchend blickte sie zu Carina – sie musste doch bemerken, wie es ihr gerade ging! Natürlich erwartete Merle nicht, dass Carina sie in Gegenwart ihres Chefs in den Arm nahm, aber sie könnte doch zumindest kurz ihre Hand drücken oder ihr ein aufmunterndes Lächeln schenken. Doch ihre Kollegin schaute unbeteiligt in eine andere Richtung, und auch als sie wieder im Büro waren, kam sie nicht mehr auf das Thema zu sprechen.

Schon wenig später packte sie ihre Sachen zusammen, wobei sie die Pralinen und die Karte auf dem Schreibtisch liegen ließ. Merle wagte nicht, sie daran zu erinnern, aber Sarah rief sie zurück, als sie schon fast an der Tür stand: »Carina, hast du nicht noch etwas vergessen?«

Im ersten Augenblick wusste sie anscheinend nicht, was Sarah meinte, doch dann besann sie sich, ging nochmals zu ihrem Schreibtisch und steckte das Geschenk in ihre Umhängetasche. Die geputzte Fensterbank war ihr noch immer nicht aufgefallen oder sie hatte es jedenfalls nicht kommentiert. »O je, heute bin ich wirklich sehr unaufmerksam«, sagte sie mit einem entschuldigenden Lächeln, während ihr Blick bereits wieder abwesend wirkte. »Aber ich bin mit den Gedanken schon ganz und gar bei meinem Kronleuchter. Also, dann bis morgen!« Sie eilte davon, ohne eine Antwort abzuwarten.

Wieder verdrehte Sarah die Augen und fasste sich zugleich an die Stirn: »O Mann! Ein eindeutiger Fall von Kronleuchter-Wahnsinn!«

Sogar Julia ließ sich zu einem Grinsen hinreißen: »Ob das wohl ansteckend ist?«

»Keine Sorge«, beruhigte Sarah, »du kannst dir doch eh keinen Kronleuchter leisten. Also bist du nicht gefährdet.«

Kurz danach verließen die beiden ebenfalls das Büro, und auch für Merle gab es keinen Anlass, noch länger zu bleiben, zumal sie sich ohnehin auf nichts mehr konzentrieren konnte. Aber irgendetwas trieb sie dazu, sich noch einmal an Carinas Schreibtisch zu setzen, auch wenn sie immer noch voller Scham an den vergangenen Montag zurückdachte.

Wieder griff sie nach dem Briefbeschwerer und umschloss ihn diesmal mit beiden Händen. Dabei stellte sie sich vor, wie Carina ihr Herz festhielt und es so lange wärmte, bis es wieder aus seiner Kältestarre erwachte. Zunächst gelang es ihr tatsächlich, sich in diesen tröstenden Traum zu flüchten, doch als ihr die Tränen kamen und eine davon auf ihren verschränkten Händen landete, katapultierte sie das umgehend in die Realität zurück. Schamrot verließ sie den Raum, und anders als vor einer Woche konnte sie sich nicht einmal mehr zum Laufen aufraffen, als sie wieder zu Hause war. Stattdessen legte sie sich schon gegen acht ins Bett, trank über eine halbe Flasche Rotwein, obwohl sie auch am Abend kaum etwas gegessen hatte, und las dabei traurige Gedichte. Das hatte sie zuletzt in Saarbrücken getan, und auch diesmal hatten die Worte über Verlust und unerwiderte Liebe wieder etwas Tröstliches für sie. Zumindest fühlte sie sich in ihrer Situation dann nicht mehr ganz so allein.

Kapitel 9

»Wahnsinn – einfach perfekt! Was meinst du?«

Hannes strahlte mit dem neuen Kronleuchter um die Wette und erinnerte Carina in seiner Begeisterung wieder einmal an einen kleinen Jungen unter dem Weihnachtsbaum. »Ja, er ist wirklich ein Traum«, bestätigte sie. »Noch viel schöner, als ich es mir vorgestellt habe. Komm, lass uns auf dieses Prachtstück anstoßen.«

Jens, ein Kollege und Freund von Hannes, war handwerklich sehr begabt und hatte den imposanten Leuchter in Rekordzeit über dem Esstisch montiert. Gerade hatte er sich verabschiedet, und nun gönnten Carina und Hannes sich vor dem Abendessen einen Aperitif in der Sitzecke am Kamin und ließen die veränderte Atmosphäre auf sich wirken.

»Unglaublich, wie viel so ein Kronleuchter ausmacht«, bemerkte Carina. »Ich fühle mich jetzt fast wie in einem Palast.« Sie hob ihr Glas mit dem Aperol Spritz und prostete ihrem Partner zu.

»Nur leider ohne Dienstpersonal«, antwortete Hannes grinsend, und sie ließen die Gläser aneinander klingen.

»Ach, den Haushalt mache ich ganz gern. Aber auf die Uni könnte ich im Moment gut verzichten. Immer diese Hektik vor Semesterbeginn und dazu noch verspätete Seminararbeiten. – Da fällt mir ein, ich habe noch Pralinen, möchtest du welche?«

Als sie die Uni erwähnte, fiel Carina wieder ein, dass Merles Pralinen und die Karte noch immer in ihrer Tasche lagen, die sie im Flur abgestellt hatte. Ohne eine Antwort von Hannes abzuwarten, ging sie in den Flur, um die Pralinenschachtel zu holen; ihr Freund war ein bekennender Süßschnabel, der zu Schokolade nie Nein sagte.

»Hm, sehr lecker«, meinte Hannes anerkennend und griff gleich nach der zweiten Praline. Anschließend betrachtete er mit Kennermiene die Schachtel. »Beste Qualität – hast du die extra zu Ehren des Kronleuchters gekauft?«

»Nein, sie sind ein Geschenk von Merle«, entgegnete Carina. »Von meiner neuen Bürokollegin«, fügte sie hinzu, als sie an Hannes' Gesichtsausdruck erkannte, dass er mit diesem Namen nichts mehr verbinden konnte.

»Aha, und wieso schenkt die dir was?«, fragte er verwundert.

Carina dachte einen Augenblick nach, bevor sie antwortete. »Gute Frage, ich weiß es auch nicht. Eigentlich gibt es ja keinen Anlass. Vielleicht ist sie mir immer noch dankbar, weil ich mich neulich um sie gekümmert habe, als sie mit dem Schreiben nicht weiterkam.«

»Ach ja, ich erinnere mich. Jammert sie dich immer noch mit ihren Problemen voll?«

»Nein, überhaupt nicht, mach dir keine Gedanken«, versuchte Carina ihn zu beruhigen. »Sie ist wirklich sehr nett und hilfsbereit und nicht aufdringlich. Außerdem weiß ich noch allzu gut, wie hart es ist, als Single irgendwo neu anzufangen, wo man niemanden kennt.«

»Was habe ich doch für eine einfühlsame und fürsorgliche Freundin«, erwiderte Hannes mit einem Augenzwinkern. Dann wurde sein Gesichtsausdruck ernster, und er fügte hinzu: »Bestimmt wirst du einmal eine wunderbare Mutter.«

»O ja! Aber nicht erst ›einmal‹, sondern hoffentlich bald.«

Kapitel 10

Zwanzig nach eins. Der Freitag war bereits in den Samstag übergegangen, ohne dass es Merle gelungen wäre einzuschlafen. Das Karussell ihrer Gedanken weigerte sich seit anderthalb Stunden beharrlich, zum Stillstand zu kommen. Vor einigen Wochen hatten sie die inneren Bilder von Carina noch in eine so entspannte Stimmung versetzt, dass sie innerhalb weniger Minuten einschlafen konnte – manchmal genügte es schon, sich nur an ihr Lächeln oder eine bestimmte Bemerkung von ihr zu erinnern –, doch inzwischen waren es eben diese Bilder, die sie immer wieder um den Schlaf brachten.

Inzwischen hatte Carina sie zweimal am Wochenende per Festnetz angerufen, und ebenfalls zweimal waren sie am späten Nachmittag nach der Arbeit zusammen ins Café gegangen. Dort hatten sie sich zunächst über die Uni unterhalten, später dann auch über andere Themen, wie etwa ihre Hobbys oder auch Kindheitserinnerungen. Beim Thema Kindheit hatten sie eine Gemeinsamkeit festgestellt – sowohl Merle als auch Carina hatten eine jüngere, sehr gutaussehende und überall beliebte Schwester. Aber während Carina mit ihrer Schwester mittlerweile unbefangen umgehen konnte, stand Merle nach wie vor in Swantjes Schatten und vermied den Kontakt so weit wie möglich. Carina hatte ihr in diesem Zusammenhang mehrmals gesagt, dass sie, Merle, überhaupt keinen Grund habe, sich unterlegen zu fühlen, und Merle hielt sich immer wieder an diesen Worten fest. Neben diesen ernsten Gesprächsthemen hatte es auch oft Situationen gegeben, in denen sie gemeinsam lachen konnten und Merle sich richtig unbeschwert fühlte, doch mit jedem schönen Augenblick, den sie mit Carina verbrachte, wurde ihre Sehnsucht nur noch größer.

Sie wollte mehr Zeit mit ihr verbringen, nicht nur maximal anderthalb Stunden nach der Arbeit, sondern einen ganzen Abend bis in die Nacht hinein; sie wollte ganz dicht neben ihr an einem kleinen Tisch in einer gemütlichen Bar sitzen, immer wieder ein neues Glas Wein bestellen und Carina ihre ganze Seele offenbaren, ihr tief in die Augen schauen und ihre Hand halten, bis man sie beide irgendwann hinauswarf, weil die Bar schloss.

Nach einem solchen Abend könnte sie ihren Erinnerungen bestimmt mindestens einen Song hinzufügen, der in der Bar gespielt wurde und die besondere Stimmung zwischen Carina und ihr untermalt und verstärkt hatte. Sie liebte es, mit Hilfe von Musik eine bestimmte Situation in Gedanken immer wieder zu durchleben, auch wenn sie natürlich wusste, dass sich der Segen dieser Musik rasch ins unerträgliche Gegenteil verkehren konnte. Die Lieder, die sie mit Elea verband, konnte sie bis heute nicht mehr ertragen.

Außerdem wünschte sie sich, dass Carina sie endlich zu sich nach Hause einladen würde; sie brannte darauf zu wissen, wie ihr Haus eingerichtet war (bisher wusste sie lediglich von einem Kamin und dem neuen Kronleuchter), damit sie sich alles besser vorstellen konnte, wenn Carina von ihren Abenden und Wochenenden erzählte. Ganz abgesehen davon, dass sie dort bestimmt noch vertrauter miteinander reden könnten, als es in einem Café möglich war. Natürlich ginge das nur, wenn Hannes nicht da war, aber Carina hatte erwähnt, dass er einmal pro Woche Basketballtraining hatte, und irgendwann traf er sich doch bestimmt auch mal mit Kollegen. Oder wie wäre es mit einer Fortbildung, um seine Karrierechancen zu erhöhen? Am besten eine ganze Woche lang und weit weg von Hamburg.

Kaum, dass Carina sich verabschiedet hatte, vermisste Merle sie schon und zählte die Stunden, bis sie einander wiedersehen würden. Am Freitagabend war es am schlimmsten – das Wochenende erstreckte sich vor ihr wie eine endlose Wüste, die sie durchwandern musste. Inzwischen hatte Merle zwar Carinas Handynummer und ihre private E-Mail-Adresse, da Julia im Auftrag von Paulsen eine Liste mit den Kontaktdaten seiner Mitarbeiterinnen erstellt hatte, doch ohne einen ausreichend dringenden Anlass traute sie sich nicht, Carina auf diese Weise zu kontaktieren. So blieben ihr als Wegzehrung für die Wüste der Wochenenden nur die Erinnerungen, die sie in Endloswiederholung durchlebte, akribisch darauf bedacht, sich jedes

Detail so genau wie möglich einzuprägen, um es bis an ihr Lebensende nicht mehr zu vergessen.

Ansonsten versuchte sie die Zeit mit Arbeit totzuschlagen – das hatte zumindest den Vorteil, dass sie mit ihrer Dissertation rascher vorankam. Carina hatte sich schon mehrmals besorgt darüber geäußert, dass Merle zu viel arbeite, und auch gestern war wieder eine derartige Bemerkung gefallen. Daraufhin hatte Merle erwidert: »Ein bisschen schreiben muss ich aber schon, denn sonst habe ich ja gar keinen Anlass, um mir dein Lächeln vorzustellen.«

Sie war sich sehr unsicher gewesen, wie Carina auf diese Anspielung reagieren würde, aber ihre Kollegin entgegnete lachend: »Stell dir vor: Du darfst sogar auch dann an mich denken, wenn du nicht schreibst und einfach nur entspannt das Leben genießt.«

Also konnte Merle ihr doch nicht völlig gleichgültig sein. Wahrscheinlich musste sie einfach Geduld haben und Carina die nötige Zeit geben, um sie allmählich besser kennenzulernen.

Wann hatte es eigentlich angefangen, dass Carinas Name zum Leitmotiv ihres Lebens geworden war, dass sie ihn jeden Tag unzählige Male mit ihrem rechten Zeigefinger auf die Tischplatte oder auf ihr Hosenbein schrieb? Wahrscheinlich schon viel früher, als sie es sich eingestanden hatte. Es war jedes Mal ein schleichender Prozess, den sie leider immer erst in einem fortgeschrittenen Stadium bemerkte. Manchmal bekam sie Angst vor sich selbst; sie kam sich dann vor wie ein riesiger Krake, der mit seinen acht meterlangen Armen ringsherum alles an emotionaler Nahrung an sich riss, es gierig verschlang und nach jedem Bissen nur noch hungriger wurde. Aber war das wirklich sie, oder war es nur ein Laster, das sie ausmerzen könnte, wenn sie endlich einmal diszipliniert und konsequent genug wäre? In jedem Fall durfte sie es nicht wieder so weit kommen lassen wie mit Elea, und deshalb musste sie alles tun, was in ihrer Macht stand, um dieses Untier in seine Schranken zu weisen.

Entschlossen stand sie auf, setzte sich an den Schreibtisch und nahm das Tagebuch aus der obersten Schublade. Sie würde sich wieder einmal Regeln aufstellen, wie sie es seit ihrer Kindheit so oft getan hatte, jedes Mal getragen von der Zuversicht, dass es ihr nun garantiert gelingen werde, sich neu und besser zu erschaffen. Eine halbe Stunde später las sie sich den fertigen Text noch einmal durch und war sehr zufrieden. Ja, so würde es auf jeden Fall funktionieren:

»Regeln für den Umgang mit Carina – gültig ab sofort:

Grundregel:

Ich darf von Carina nichts mehr erwarten, sondern muss lernen, mit dem Maß an Aufmerksamkeit und Zuwendung zufrieden zu sein, das sie mir freiwillig gibt. Das bedeutet konkret:

1. Ich darf mich meinen Wunschträumen nicht mehr hingeben. Vorstellungen von einem gemeinsamen Abend in einer Bar oder vergleichbare Szenarien unterliegen ausnahmslos der Zensur.

2. Die Öffnungszeiten meines Erinnerungsarchivs werden streng limitiert: Ich darf insgesamt maximal eine Stunde pro Tag an meine bisherigen Gespräche und Treffen mit Carina denken.

3. Ich darf nicht mehr in Carinas Abwesenheit an ihrem Schreibtisch sitzen und Gegenstände berühren, da ich so wieder in unkontrolliertes Wunschdenken verfallen und zudem unerlaubt in ihre Privatsphäre eindringen würde.

4. Auch in Carinas Anwesenheit ist mein Büro ausschließlich zum Arbeiten da. Jegliche Beschäftigung mit anderen Themen, sei es in Worten oder Taten, ist ausdrücklich untersagt.

5. Die Festlegung von Strafmaßnahmen bei Nichteinhaltung dieser Regeln ist unnötig, da jede Zuwiderhandlung umgehend und zwangsläufig den vollständigen Verlust der Selbstachtung nach sich zieht.«

Kapitel 11

Seit ihrem nächtlichen Tagebucheintrag war mittlerweile etwas mehr als eine Woche vergangen, und bisher gelang es Merle recht gut, sich an ihre selbst gesetzten Regeln zu halten. Allerdings fiel es ihr alles andere als leicht, manchmal kam sie sich wie ein Alkoholiker vor, der versuchte, kontrolliert zu trinken. Wenn die Gedanken an Carina die Grenzen des Erlaubten überschritten, stellte sie sich einen grimmig blickenden Mann in Uniform vor, der einen Pinsel mit schwarzer Farbe erhob und diese Gedanken mit einem breiten Zensurbalken bedeckte. Oft verfluchte sie diesen Zensor natürlich, doch sie versuchte sich immer wieder bewusst zu machen, dass er sie nur vor dem Bösen in ihr selbst bewahren wollte – wie eine Art Bewährungshelfer.

Vom Schwarz des Zensurbalkens sprang Merle an diesem Montagmorgen gedanklich unversehens wieder zur Farbe Rot, die sie immer intensiver mit Carina verband. Die Assoziationen, die ihr Name in Merle auslöste, seit sie ihn zum ersten Mal auf dem Türschild ihres Büros gelesen hatte, waren inzwischen ebenfalls deutlicher geworden: Die drei langen Vokale des Namens Carina besaßen für sie eine geradezu körperliche Realität, die sie sogar in Farbe sehen konnte – die beiden »a« waren leuchtend rot, das »i« war strahlend gelb. Gelegentlich sah Merle anstelle der einzelnen Buchstaben auch eine bildliche Übersetzung, zwei sonnenbeschienene Amaryllen mit lodernden Blütenmäulern. Sie fand, dass ein Name mit drei langen Vokalen perfekt zu Carina passte, denn für Merle brachten lange Vokale all das zum Ausdruck, was sie an Carina so bewunderte: Stärke, Präsenz, Temperament und eine Ausstrahlung, die ihr selbst wohl für immer unerreichbar bleiben würde. Ein Name mit kurzen Vokalen wie der ihre wäre für Carina viel zu unscheinbar.

Und nun hatte sie schon wieder zehn Minuten lang nichts anderes getan, als an Carina zu denken, sodass ihr für den Rest dieses Tages nur noch fünfzig Minuten übrigblieben. Dabei war es erst halb neun, und sie war gerade auf dem Weg zur U-Bahn-Station, da es so stark regnete, dass sie nicht mit dem Rad zur Arbeit fahren wollte.

Wieder einmal war Merle froh, dass das Wochenende vorbei war. Zwar hätte sie sich am Samstagabend mit einigen Leuten aus Paulsens Doktorandenkolloquium treffen können, die sich im *Bolero* verabredet hatten, doch sie hatte es vorgezogen, zu Hause zu bleiben und sich durch Arbeit abzulenken, um nicht dauernd an Carina denken zu müssen und dadurch gegen ihre Regeln zu verstoßen. Arbeit war für sie weiterhin die einzige Ablenkungsmethode, die zumindest eine gewisse Aussicht auf Erfolg hatte – die Gesellschaft anderer Menschen führte ihr hingegen nur noch schmerzlicher vor Augen, dass die einzige Person, die sie wirklich sehen wollte, unerreichbar war.

Die Mittagspause bot einen unerwarteten Lichtblick, da Carina und sie endlich wieder einmal zu zweit in die Mensa gingen. Als sie mit ihren Tabletts Platz genommen hatten, lächelte Carina sie an und sagte bewundernd: »Du bist ja richtig schick heute, ist das Oberteil neu? Und die Kette passt perfekt dazu!«

Merle wurde sofort rot und sah verlegen an sich herunter. Sie trug an diesem Montag eine Tunika mit einem Zackenmuster in verschiedenen Nuancen von Meerblau und eine Kette mit einem farblich passenden Anhänger.

»Nein«, entgegnete sie, »die Tunika habe ich mir schon in Saarbrücken gekauft, aber ich habe sie heute zum ersten Mal an. Die Kette ist sogar noch älter.«

»So schöne Sachen lässt man doch nicht im Schrank hängen! Die Farbe steht dir super, viel besser als das ewige Schwarz oder Grau. Du solltest wirklich öfter Blau tragen.« Carina sah Merle nochmals aufmerksam an und fügte dann hinzu: »Du siehst überhaupt richtig gut aus, wie eine Blume, die langsam aufblüht.«

Merle spürte, dass sie noch stärker errötete, und musste mühsam nach Worten suchen. Schließlich brachte sie heraus: »Dann bin ich im Moment wohl ein Klatschmohn – so knallrot war ich schon lange nicht mehr!«

»Kein Problem, ich mag rote Blumen«, gab Carina zur Antwort und legte einen Augenblick lang ihre Hand auf Merles Unterarm. Merle ergriff ein leichtes Schwindelgefühl, und sie freute sich jetzt schon darauf, diese Berührung in Gedanken immer wieder zu spüren.

Nachdem sie den Vormittag mit der Arbeit an ihrer Quellenedition verbracht hatte, widmete sie sich am Nachmittag ihrer Dissertation und kam ausgezeichnet voran, anscheinend hatten Carinas Worte sie wieder einmal beflügelt. Zwischendurch kam ihr wieder Carinas Lob für ihre Kleidung in den Sinn, und sie beschloss, sich eine komplette »blaue Kollektion« zuzulegen, in allen Nuancen von tiefstem Marineblau bis hin zu Lavendel. In ihren ersten Wochen in Hamburg hatte Merle tatsächlich fast nur Schwarz und Grau getragen, Nacht- und Nebeltöne, in denen man verschwinden konnte. Aber nun wollte sie nicht mehr verschwinden, sondern gesehen werden. Gesehen, gelobt und am liebsten auch begehrt, doch das durfte sie nicht denken. Sie stellte sich also erneut den schwarzen Zensurbalken vor und arbeitete rasch weiter.

Als sie das nächste Mal auf die Uhr sah, stellte sie überrascht fest, dass es schon halb sechs war. In diesem Augenblick klingelte das Telefon, das auf Carinas Schreibtisch stand. Ihre Kollegin nahm den Anruf entgegen, und Merle konnte aus ihrer Begrüßung entnehmen, dass Paulsen am anderen Ende der Leitung war. Danach sagte Carina erst einmal nichts mehr, sondern trommelte mit den Fingern ihrer linken Hand wiederholt auf die Schreibtischkante, während zwischen ihren Augenbrauen eine steile Falte erkennbar wurde. Schließlich entgegnete sie: »Tatsächlich morgen? O je, ich war sicher, dass der Abgabetermin erst eine Woche später ist. Wie konnte ich das nur vergessen? Ich kann mir das nur damit erklären, dass am Wochenende so viel los war. Aber ich kriege das schon hin, Sie können sich auf mich verlassen. – Ja, danke, Ihnen auch. Dann bis morgen.«

Nachdem sie aufgelegt hatte, wandte sie sich Merle zu: »Sag mal, Merle, musst du heute Abend eigentlich besonders pünktlich weg?«

Merles Herzschlag beschleunigte sich – wollte Carina sich jetzt etwa spontan mit ihr verabreden? Aber das würde nicht zu dem Telefonat passen, das sie gerade geführt hatte. Außerdem fiel ihr auf, dass Sarah kurz aufschaute und den Blick dann schnell wieder auf ihr Buch senkte. »Nein, ich habe nichts weiter geplant«, entgegnete Merle, »worum geht es denn?«

»Tja, ich habe folgendes Problem«, begann Carina, während sie am obersten Knopf ihrer Bluse herumspielte, »ich habe peinlicherweise völlig vergessen, dass ich morgen früh bei Paulsen einen Aufsatz abgeben muss – wir geben ja zusammen diesen Tagungsband heraus, von dem ich dir erzählt hatte, und die Zeit drängt. Aber leider habe ich heute beim besten Willen keine Zeit mehr, um meinen Text noch einmal Korrektur zu lesen, denn wir bekommen um halb acht Gäste, und so kurzfristig kann man ja niemandem mehr absagen.« Sie hielt einen Moment inne und fuhr dann fort: »Falls du wirklich nichts vorhast, wäre ich dir total dankbar, wenn du meinen Aufsatz heute Abend noch lesen und Änderungsvorschläge notieren könntest, ich komme dann morgen eine Stunde früher, um die Änderungen einzuarbeiten.«

Inzwischen tat Sarah nicht einmal mehr so, als ob sie lesen würde – sie blickte ihre beiden Kolleginnen direkt an und war offensichtlich darauf bedacht, ja kein Wort zu verpassen.

»Das ist schon in Ordnung«, erwiderte Merle, »wie lang ist der Text denn?«

Carina seufzte erleichtert auf und machte sich an ihrem Computer zu schaffen. »Knapp zwanzig Seiten; ich schicke dir den Aufsatz schnell per Mail, dann kannst du mit dem Änderungsmodus arbeiten. – Du bist wirklich ein Schatz, Merle. Und ich werde mich auf jeden Fall bei dir revanchieren.«

Ein paar Sekunden später packte sie bereits ihre Sachen zusammen und zog ihren Mantel an. Auf dem Weg zur Tür streichelte sie Merle mit einem nochmaligen »Dankeschön« flüchtig über den Rücken und war im nächsten Augenblick verschwunden.

Sarah schüttelte fassungslos den Kopf. »Unglaublich, wie kann man nur so dreist sein? Aber ich verstehe ehrlich gesagt auch nicht, weshalb du dich immer wieder bequatschen lässt. Soll sie doch selbst sehen, wann sie die Zeit zum Korrekturlesen findet!«

»Jeder kann mal was vergessen«, antwortete Merle, wobei sie schon die ersten Zeilen überflog, »und so lange wird die Überarbeitung schon nicht dauern, der Text ist ja eigentlich fertig.«

Doch sie hatte den Zeitaufwand völlig falsch eingeschätzt; als sie die letzten Änderungen eingegeben hatte, war es schon Viertel vor acht, und sie konnte keinen klaren Gedanken mehr fassen. Eigentlich wollte sie nur noch nach Hause und sich nach dem Abendessen in die Badewanne legen, aber zugleich spürte sie, dass noch irgendetwas fehlte … irgendeine symbolische Handlung, um die Korrekturen abzuschließen und dabei noch einmal Carinas Nähe zu spüren. Immerhin hatte Carina zu ihr gesagt, dass sie »ein Schatz« sei, und diese Formulierung hatte sie sicher nicht zufällig gewählt. Einige Sekunden lang blieb Merle unschlüssig sitzen, bevor sie zu Carinas Schreibtisch ging. Obwohl sie bereits wusste, dass sie diesen Verstoß gegen Regel 3 im Laufe des Abends noch bitter bereuen würde, nahm sie auf dem Stuhl Platz – sie konnte einfach nicht anders. Auf dem Tisch befand sich alles, was sie brauchte; sie riss eines der gelben Post-its ab und schrieb eine kurze Notiz: »Liebe Carina, hoffentlich sind meine Änderungsvorschläge brauchbar. Liebe Grüße von Merle.« Sie klebte den Zettel unten an Carinas Monitor und stand auf, ohne noch weitere Gegenstände auf dem Schreibtisch zu berühren.

Der Text war banal, aber darum ging es Merle nicht. Carinas Namen hatte sie mit einem roten Filzstift geschrieben und ihren eigenen in Blau, während sie für den Rest der Nachricht einen schwarzen

Kugelschreiber verwendet hatte. Auf diese Weise waren ihre Namen erstmals miteinander verbunden, und zugleich blieb durch die anderen Worte in Schwarz ein respektvoller Abstand gewahrt.

Kapitel 12

Kein Wort, seit fast zwei Wochen kein einziges Wort, das auch nur einen Funken von Interesse offenbart hätte. Merles Post-it mit den Namen in Rot und Blau hatte Carina nie kommentiert, und sie hatte bisher auch nichts unternommen, um sich für die Korrekturen zu revanchieren. Natürlich ging es Merle nicht um eine materielle Gegenleistung, doch sie hatte schon darauf gehofft, dass Carina ihr als Dank ein wenig von ihrer Zeit schenken würde, beispielsweise durch eine Einladung zum Kaffee zu Hause oder zu einem abendlichen Glas Wein. Als Merle am vergangenen Dienstag ins Büro gekommen war, hatte Carina noch immer an ihrem Aufsatz gesessen, und ihre Reaktion hatte sich auf ein flüchtiges »Wirklich sehr nett von dir – nochmals vielen Dank« beschränkt. Und in der einzigen Mittagspause zu zweit, die es seitdem gegeben hatte, wirkte Carina so geistesabwesend, dass Merle sie irgendwann darauf ansprach: »Was ist los mit dir? Hast du Sorgen oder Probleme? Du weißt hoffentlich, dass du mit mir über alles reden kannst.« Einen Augenblick lang stellte sie sich vor, dass ihre Kollegin sich ihr anvertrauen und vielleicht sogar weinen würde, so wie Merle damals in ihrer ersten Arbeitswoche, als sie befürchtet hatte, nie wieder schreiben zu können, und sie hätte nichts lieber getan, als Carinas Hände zu streicheln, sie in den Arm zu nehmen und tröstende Worte zu finden.

Doch Carinas Gesicht verriet keine Regung, als sie antwortete: »Ach, du brauchst dir keine Gedanken zu machen, ich habe gerade nur ziemlich viel Stress mit meinem Habilitationsprojekt. Und außerdem sind Hannes und ich immer noch damit beschäftigt, unser Haus einzurichten, bis Weihnachten soll alles fertig sein, und allmählich rennt die Zeit davon. Ganz abgesehen davon, dass am Wochenende meine zukünftigen Schwiegereltern zu Besuch kommen und ich noch nicht einmal weiß, was ich kochen werde.«

Unter diesen Umständen gelang es Merle immer weniger, ihre selbst gesetzten Regeln einzuhalten, und sie war dementsprechend unzufrieden mit sich. Es war immer dasselbe mit ihr, seit sie in der Grundschule zum ersten Mal Vorsätze in ihr Tagebuch geschrieben hatte. Damals war es um banale Alltagsdinge gegangen, die für die meisten Menschen vermutlich so selbstverständlich waren, dass sie keine Aufmerksamkeit darauf verschwenden mussten – so hatte sie sich beispielsweise vorgenommen, jeden Tag ihr Zimmer aufzuräumen und nicht mehr zu weinen, wenn sie jemand dabei sehen konnte –, aber trotz bester Absichten war sie nach einiger Zeit erneut in ihre alten Fehler verfallen. Manchmal dachte sie, dass sie einem Fluch unterlag, der sie für alle Zeiten dazu zwang, nicht gut genug oder gar von vornherein falsch zu sein, und infolgedessen natürlich auch nicht liebenswert.

In den letzten beiden Wochen hatte sie insgesamt wieder fünfmal an Carinas Schreibtisch gesessen und die Gegenstände darauf berührt, in der verzweifelten Hoffnung, auf diese Weise wenigstens einen Hauch ihrer Nähe zu spüren. Einmal hatte sie die Bücher betrachtet, die links neben der Schreibunterlage aufgestapelt waren. Ganz oben lag ein prächtiger, großformatiger Band über Rosenzucht im achtzehnten Jahrhundert. Die farbigen Zeichnungen wirkten so echt, dass Merle die Rosen am liebsten aus dem Buch herausgepflückt hätte, um sie Carina zu überreichen, doch bald wurde dieser Wunsch von der Vorstellung verdrängt, Carinas Lieblingsblume zu sein, die jeden Tag aufs Neue ihrer ungeteilten Fürsorge gewiss sein durfte. Ihre Topfpflanzen im Büro waren ja der lebende Beweis dafür, dass sie eine begnadete Gärtnerin war, unter deren Händen selbst die unscheinbarste Blume über sich selbst hinauswuchs.

Auch heute, am Freitagabend, hätte Merle vermutlich wieder an Carinas Schreibtisch Platz genommen, doch nun bewahrte sie eine glückliche Fügung davor: In ihrer Hand lag der lange ersehnte Vorwand für ihre erste Nachricht per WhatsApp an Carina, ein Armband aus Steinen in verschiedenen Rottönen, das ihre Kollegin am Morgen abgelegt hatte, weil es sie beim Tippen störte. Als Carina vor einer guten halben Stunde hektisch aufgebrochen war, um für den Wochenendbesuch ihrer »zukünftigen Schwiegereltern«

noch die letzten Vorbereitungen zu treffen, hatte sie das Armband auf dem Schreibtisch liegen lassen, und auch Merle war nur ein flüchtiger Abschiedsgruß zuteilgeworden. Wie gut, dass Merle das Schmuckstück bemerkt hatte, als sie vor dem Verlassen des Büros das Fenster schließen wollte.

Sie schrieb also rasch drauflos:

»Liebe Carina,

damit du keine verzweifelte Suchaktion starten musst, möchte ich dir schnell mitteilen, dass dein Armband wohlbehalten auf deinem Schreibtisch liegt. Dort wird es bis Montag auf dich warten, wenn du hoffentlich mit bester Laune aus einem rundum gelungenen Wochenende zurückkehrst. Wenn ich am Sonntag die erste dunkelrote Kerze an meinem Adventskranz anzünde, werde ich dabei an dich denken – an deine Lieblingsfarbe, die dir so ausgezeichnet steht, aber vor allem daran, dass du meinem Leben nach der düsteren Zeit in Saarbrücken wieder Licht und Hoffnung verliehen hast.

Viele liebe Grüße von

Merle«

Sie hätte noch ewig weiterschreiben können, doch ihr war bewusst, dass die Länge ihrer Nachricht schon jetzt gegen alle Gattungskonventionen verstieß. Eigentlich hätte sie sowieso am liebsten eine E-Mail an Carinas private Adresse geschickt, die sie ebenfalls noch nie verwendet hatte, aber sie befürchtete, dass Carina ihre Mails wegen des Besuchs vorerst gar nicht lesen würde. Das Signal ihres Handys würde sie hingegen sicher bemerken und vielleicht schon in wenigen Minuten antworten. Falls die U-Bahnen pünktlich waren, dürfte Carina gerade zu Hause angekommen sein, Merle hatte die Verbindung schon vor einiger Zeit auf der Internetseite des Hamburger Verkehrsverbunds recherchiert. Und den Fußweg von der Haltestelle *Niendorf Markt* bis zu Carinas Adresse hatte sie sich so oft auf dem Stadtplan angesehen, dass sie ihn mit geschlossenen Augen finden könnte.

Merle selbst war an diesem recht warmen Novembertag mit dem Fahrrad unterwegs und verbot sich, zwischendurch kurz anzuhalten und auf ihr Handy zu schauen. Nach den zahlreichen Regelverstößen der letzten Zeit wollte sie sich wieder ein wenig in Disziplin üben und die Vorfreude zugleich noch etwas länger auskosten.

Normalerweise brauchte sie etwa fünfundzwanzig Minuten, doch heute bewältigte sie die Strecke drei Minuten schneller als sonst. Merle nahm sich nicht einmal die Zeit, Jacke und Schuhe auszuziehen, sondern griff noch im Flur mit zitternden Fingern nach ihrem Smartphone, das sich wie üblich in einer Seitentasche ihres Rucksacks befand. Gleich durfte sie die Worte lesen, die sie wärmend wie roter Samt umhüllen und beschützen würden, bis sie Carina am Montag wiedersähe.

Kapitel 13

»Da gehörst du hin.« – Merle hatte den emotionslos verkündeten Urteilsspruch des Mannes im dunklen Anzug noch im Ohr, als sie schweißgebadet aufwachte. Der Albtraum fühlte sich jedes Mal so real an, dass sie zunächst sicher war, wirklich auf einer Müllkippe zu liegen, und ein paar Sekunden brauchte, um sich zu orientieren. Als sie sich vergewissert hatte, dass sie zu Hause in ihrem Bett lag, knipste sie die Nachttischlampe an und schaute auf ihr Handy. Zehn nach zwei, und noch immer keine Antwort von Carina. Wie konnte das sein, hatte ihr etwa die Technik einen Streich gespielt? Manchmal wurden Nachrichten ja erst zeitverzögert übertragen. Aber inzwischen waren bereits über achteinhalb Stunden vergangen, so lange konnte die Übermittlung doch nicht dauern. Sie hatte den gesamten Freitagabend damit verbracht, alle paar Minuten auffordernd auf ihr Display zu starren, hatte das WhatsApp-Symbol immer wieder mit ihren Blicken fixiert, als ob sie auf diese Weise den kleinen roten Kreis mit der 1 herbeizaubern könnte, der ihr den Eingang einer neuen Nachricht anzeigte. An Arbeiten oder Lesen war nicht zu denken gewesen, und auch den Versuch, sich auf einen Film zu konzentrieren, hatte sie nach kurzer Zeit aufgegeben. Irgendwann war es ihr dann doch gelungen einzuschlafen, und sie war überzeugt gewesen, beim Aufwachen die erlösende Antwort von Carina vorzufinden, mit einer ausführlichen Entschuldigung und Erklärung, weshalb es ihr beim besten Willen nicht möglich gewesen sei, sich früher zu melden. Stattdessen war dieser Albtraum zurückgekehrt, der sie zuletzt in der Nacht vor ihrem ersten Arbeitstag gequält hatte, vor der ersten Begegnung mit Carina, die alles verändern sollte.

Merle fuhr entsetzt zusammen. Das konnte doch kein Zufall sein, dass dieser Traum ausgerechnet jetzt zurückkehrte, in einer Nacht, in der sie sich mehr denn je von Carina im Stich gelassen fühlte. Nein, das war mit Sicherheit ein Zeichen, und sie musste jetzt umgehend handeln, musste sich endlich bewusst mit dem auseinandersetzen, was hinter diesem Traum steckte, anstatt die Erinnerungen weiter zu verdrängen. Das war die einzige Möglichkeit, um noch zu verhindern, dass sie wieder alles zerstörte, nachdem die Selbstkontrolle durch die Regeln in ihrem Tagebuch ja kläglich gescheitert war.

Entschlossen stand sie wieder auf, setzte sich an ihren Laptop und öffnete jene E-Mail, die sie am achten August um 22:06 Uhr in einen bisher ungekannten Abgrund aus Scham und Selbsthass gestürzt hatte:

»Betreff: Letzte Nachricht

Hallo Merle,

vermutlich wirst du dich wundern, überhaupt noch einmal von mir zu hören, nachdem ich seit dem Polterabend jeden Kontakt zu dir vermieden habe. Und damit du dir nicht wieder falsche Hoffnungen machst, möchte ich dir gleich zu Beginn Folgendes sagen: Dies ist definitiv meine letzte Nachricht an dich, und eigentlich hätte ich schon viel eher einen Schlussstrich ziehen sollen. Auf diese Weise hätte ich mir einigen Stress erspart, und damit meine ich nicht nur deinen Auftritt auf meinem Fest, für den es einfach keine Worte gibt. Dass du an jenem Abend unwiderruflich jeden weiteren Kontakt zwischen uns unmöglich gemacht hast, muss dir eigentlich selbst klar sein – du bist intelligent und reflektiert genug, um das einzusehen. Deshalb begreife ich umso weniger, wie es so weit kommen konnte. Wie kann man so mit jemandem umgehen, den man als enge Freundin bezeichnet oder sogar zu lieben glaubt? Ich muss zugeben, dass ich die wahre Natur und die Tiefe deiner Gefühle viel zu lange nicht erkannt habe, weil es außerhalb meines Vorstellungsvermögens lag, dass du in mir mehr bzw. anderes sehen könntest als einen Menschen, der dir freundschaftlich zugetan war. Aber das ändert nichts daran, dass dein Verhalten unentschuldbar ist, zumal von Anfang an offensichtlich war, dass deine Liebe für immer einseitig bleiben würde. Wenn du trotzdem nicht in der Lage warst, deine Gefühle für mich auf ein rein freundschaftliches Maß zu beschränken, dann wäre es deine Pflicht gewesen, den Kontakt zu mir zu beenden, bevor deine unkontrollierbare Liebe Schaden anrichten konnte. Aber so weit hast du offenbar gar nicht gedacht oder es war dir schlicht egal, wie ich mich fühlte – nicht nur an jenem Abend, der eigentlich zu einem der schönsten in meinem und Volkers Leben werden sollte, sondern auch schon viel früher. Seit wir uns kennen, hast du immer nur dich selbst und dein Bedürfnis nach Aufmerksamkeit und Zuneigung gesehen, das so unermesslich ist, dass kein Mensch es jemals erfüllen kann. Und um dieses Bedürfnis so weit wie möglich zu stillen, war dir jedes Mittel recht – deine ständige Suche nach Nähe und Bestätigung, die ich in derartiger Penetranz vorher nur von kleinen Kindern kannte, deine kindische Eifersucht auf alles und jeden in meiner Umgebung, deine völlig unrealistische Erwartungshaltung und die immer plumpere Art, mir zu demonstrieren, dass du ohne mich verloren bist.

Ganz abgesehen von endlosen E-Mails voller Selbstanklagen, die vorzugsweise mitten in der Nacht abgeschickt wurden, damit ich mich direkt nach dem Aufstehen genötigt sah, dir mit ausführlichen Trostworten zu antworten, denn sonst hättest du mir garantiert spätestens am Abend anklagend geschrieben, dass du wieder einmal den ganzen Tag zu deprimiert gewesen seist, um arbeiten zu können. Und wenn gar nichts mehr half, dann kamen dir garantiert im dramaturgisch passenden Moment die Tränen.

Ja, ich hätte das Ganze schon vor Monaten beenden sollen, und wahrscheinlich wäre es auch für dich besser gewesen, wenn ich dich früher aus deiner Traumwelt herausgerissen hätte, in der ich nicht nur deine große Liebe, sondern auch deine lang ersehnte Erlöserin war. Doch ich habe wider besseres Wissen immer von Neuem darauf gehofft, dass du dich ändern könntest und dass irgendwann ein echter freundschaftlicher Kontakt auf Augenhöhe zwischen uns möglich wäre, und selbst dann, als ich schon lange nicht mehr daran glaubte, hielt mich weiterhin die Angst zurück, dich durch meinen Rückzug endgültig deiner Selbstverachtung auszuliefern.

Heute habe ich von deinem Doktorvater gehört, dass du Anfang September eine neue Stelle als wissenschaftliche Mitarbeiterin an der Uni Hamburg antreten wirst, und diese Information ermöglicht es mir jetzt, dir endlich die längst überfälligen Abschiedsworte zu schreiben.

Ich wünsche dir alles Gute für deinen Neustart in Hamburg, aber auf meine Hilfe brauchst du nie wieder zu rechnen. Daher bitte ich dich dringend, ab sofort auf jegliche Kontaktversuche zu verzichten. Schreib mir nicht mehr, ruf mich nicht mehr an und streiche mich in deinem eigenen Interesse am besten auch möglichst schnell aus deinem Gedächtnis. Mein Kapitel in deinem Leben ist endgültig abgeschlossen.

Elea«

Noch heute, fast vier Monate später, traf sie jedes Wort wie ein Pfeil mit Widerhaken, und sie spürte, dass sie erneut vor Scham errötete, aber das reichte Merle noch nicht.

Sie druckte sich den Text von Eleas Abschiedsnachricht in Schriftgröße 18 aus und zwang sich, ihn im Bett wieder und wieder durchzulesen, um jeden Satz unauslöschlich in ihren Verstand und vor allem in ihre Seele einzumeißeln. Und anschließend versetzte sie sich in die Situation zurück, die der Auslöser für diese Mail war, mit der Elea sie völlig zu Recht vernichtet hatte.

Hinter der zentimeterdicken Stahltür der Verdrängung, die sich in den letzten Monaten immer nur für das Zerrbild des Albtraums geöffnet hatte, fand sie alles in unversehrter Deutlichkeit vor – ihre innere Videokamera hatte jedes Detail und jedes Wort in perfekter Bild- und Tonqualität archiviert.

Nicht zum ersten Mal dachte sie, dass ein gutes Gedächtnis weniger ein Segen als vielmehr ein Fluch sei, es mochte hilfreich sein, wenn man Lernstoff behalten musste, aber es verweigerte zugleich die barmherzige Betäubung des Vergessens.

Es war wieder der dreißigste Juni, ein strahlend sonniger Freitagabend in Saarbrücken. Auf dem Weg zu Elea begegnete Merle vielen gut gelaunten Menschen in bunter Sommerkleidung, doch in ihr war November, und ihr graues Kleid unterstrich diese Stimmung. Außerdem machte ihr die Hitze zu schaffen, sie hatte den Eindruck, sich durch glühenden, zähen Schleim vorwärtszukämpfen, der ihr die Luft zum Atmen nahm. Die hässlichen Becher vom letzten

Weihnachtsmarkt, die sie als Beitrag zum Polterabend in ihrer Umhängetasche mitschleppte, wurden mit jedem Schritt schwerer.

Vielleicht hätte sie tagsüber doch eine Kleinigkeit essen sollen, und es war sicher auch keine gute Idee gewesen, schon vor ihrem Aufbruch zur Feier zwei Gläser Weißwein zu trinken. Aber eigentlich war ihr alles egal, sie war sowieso am Ende. Als sie ankam, war sie völlig erledigt, obwohl der Weg von der Bushaltestelle nicht weit war. Die Haltestelle trug sogar denselben Namen wie die Straße, in der Elea und Volker wohnten, einen Namen, den es eigentlich gar nicht mehr geben durfte. Wenn es nach ihr gegangen wäre, hätte man den Schriftzug »Am Schönental« auf dem Straßenschild schon längst durch »Am Höllental« ersetzen müssen.

Im Garten und auf der Terrasse waren bereits einige Gäste, von denen Merle nur Volkers Bruder Rainer kannte. Ein Jahr zuvor, als die Welt noch in Ordnung gewesen war, hatten sie zu viert in einem Biergarten an der Saar gesessen. Damals befand sich ihre Liebe zu Elea noch im Stadium der heimlichen, unschuldigen Schwärmerei, die mit minimalen Mengen an symbolischer Nahrung auskam; sie konnte sich stundenlang dem Anblick eines Kettenanhängers auf Eleas sommerlich gebräunter Haut widmen oder beharrlich nach dem exakt passenden Adjektiv suchen, um den Klang ihrer Stimme zu beschreiben. Eleas bloße Gegenwart reichte aus, um Merle glücklich zu machen, so glücklich, dass sie sogar zu unterhaltsamem Small

Talk fähig war und sie zu viert sehr viel Spaß hatten. Später hatte Elea ihr gesagt, dass Volker und Rainer sie sehr sympathisch fänden, und diese Sympathie war zu jenem Zeitpunkt durchaus gegenseitig gewesen. Jetzt konnte Merle es kaum noch ertragen, Volker zu sehen, und die Begegnung mit Rainer war ihr peinlich, da sie befürchtete, dass Elea ihn mittlerweile auch eingeweiht hatte. Merles Liebe war längst allzu offensichtlich, und sie vermutete, dass Elea sie nur eingeladen hatte, um ihr durch die Symbolik des Polterabends endgültig vor Augen zu führen, dass diese Liebe aussichtslos war. Privaten Kontakt hatten sie schon länger nicht mehr, ihr letztes Treffen außerhalb des Graduiertenkollegs lag Wochen zurück, und auf Merles letzte E-Mails hatte Elea nur mit dem kurzen Hinweis geantwortet, dass sie aufgrund der Hochzeitsvorbereitungen keine Zeit zum Schreiben habe, ohne ein »leider« oder ein anderes Wort des Bedauerns.

Glücklicherweise waren die Brüder gerade damit beschäftigt, die letzten Vorbereitungen zu treffen – Volker mischte eine Bowle, und Rainer schleppte Stühle nach draußen –, sodass sie Merle gar nicht wahrnahmen. Elea begrüßte sie zumindest flüchtig, wenn auch ohne eine Umarmung – nicht einmal diese simple Geste rein freundschaftlicher Sympathie war ihr noch vergönnt. In ihrem lavendelfarbenen Kleid erschien Elea ihr überirdisch schön, und Merle kam sich neben ihr mehr denn je wie eine Vogelscheuche vor. Sie war gerade dabei, ihr ein Kompliment über das Kleid zu machen, als eine größere Gruppe von anderen Stipendiaten des Kollegs die

Terrasse betrat. Elea unterbrach sie mit einem knappen »Danke« und eilte auf die Neuankömmlinge zu. Die Begrüßung fiel deutlich herzlicher aus als bei Merle, Elea umarmte jeden und freute sich offensichtlich sehr darüber, dass so viele aus dem Kolleg ihre Einladung angenommen hatten. Merle blieb etwas abseits stehen, einige warfen ihr im Vorbeigehen ein »Hallo« zu, während ihre Aufmerksamkeit bereits wieder abschweifte. Kein Wunder, allmählich wussten alle über ihre Gefühle für Elea Bescheid und reagierten dementsprechend befremdet. Wenn sie diesen Abend überstehen wollte, ohne rettungslos im Abgrund ihrer Verlassenheit zu versinken, dann brauchte sie jetzt dringend etwas zu trinken, obwohl sie wusste, dass sie sich schon seit einigen Monaten viel zu oft in den schützenden Nebel des Alkohols flüchtete.

Die Bowle war klebrig und zu süß, sie erinnerte Merle an Zuckerguss, der so dick aufgetragen worden war, dass der Geschmack des Kuchenstücks darunter völlig überdeckt wurde, als ob man unter dieser weißen Schicht etwas unangenehm Bitteres verstecken wollte. Sie ging daher rasch zu trockenem Sekt über, den sie wie Wasser trank, und malte sich dabei aus, wie das Brautpaar nach den Flitterwochen allmählich immer deutlicher die Bitterkeit des tristen Ehealltags schmecken würde. Oder vielleicht war dieser Alltag auch gar nicht bitter, sondern hatte eher den staubigfaden Geschmack unendlicher Langeweile.

Als der eigentliche Polterabend im Garten begann und die ersten Tassen zu Bruch gingen, war Merle bereits ziemlich betrunken und kam sich in der fröhlichen Gesellschaft komplett deplatziert und überflüssig vor. Die anderen Gäste hatten mit ihr vielleicht fünf Sätze gewechselt. Eigentlich sollte sie wenigstens jetzt versuchen, sich den Konventionen anzupassen, indem auch sie ihre mitgebrachten Becher für das Glück des Brautpaares opferte, doch der bloße Gedanke daran war ihr so zuwider, dass sie es nicht fertigbrachte, ihre Tasche zu öffnen. Sie blieb daher auf der Terrasse in der Nähe der Tür stehen, damit sie jederzeit unauffällig nach drinnen verschwinden konnte, wenn sie es nicht mehr aushielt. Als Elea wieder einmal Arm in Arm mit Volker für ein Foto posierte, kam es Merle plötzlich so vor, als würde in ihr ein Schalter umgelegt, von dem sie bisher nicht einmal geahnt hatte, dass er existierte: Neben ihr stand ein Beistelltisch mit einer großen Porzellanvase, in der ein prachtvoller Rosenstrauß arrangiert worden war. Der Rotton der Rosen korrespondierte exakt mit dem Ton des Blumenmusters auf der Vase, das zwar altmodisch, aber zugleich sehr elegant wirkte. Oder besser gesagt: Merle stand neben diesem Tisch, wie bestellt und nicht abgeholt, und das schon seit einer gefühlten Ewigkeit. Aber damit war jetzt Schluss: Sie umschloss den Strauß mit beiden Händen, ohne darauf zu achten, dass die Dornen sich schmerzhaft in ihre Finger hineinbohrten, und riss die Rosen mit einem Ruck aus der Vase. Mit Schwung schleuderte sie den Strauß zu Boden und griff gleich darauf nach der Vase, die einen Augenblick später an der Hauswand in Stücke zersprang. Der Aufprall ließ die angeregten Gespräche jäh verstummen, mehrere Gäste stießen kleine Entsetzensschreie aus und sprangen zur Seite, um dem Scherbenregen zu entkommen. Die Tanzenden erstarrten mitten in der Bewegung, Elea klammerte sich Schutz suchend an Volker fest und schaute sie aus weit aufgerissenen Augen an, als ob sie nicht glauben könnte, was sie sah. Merle war eine miserable Werferin, doch diesmal hatte sie perfekt getroffen: Die Vase war genau über dem Tisch aufgeprallt, auf dem die Getränke standen, und mehrere Scherben waren in der Schüssel mit der Bowle gelandet, sodass die rote Flüssigkeit in alle Richtungen spritzte. Auf dem Grund der Schüssel lagen nun also ein paar Blüten ihrer Liebe zu Elea, ertrunken in einem See aus klebrig süßen Illusionen. Die anderen Porzellanblumen waren auf dem Steinboden der Terrasse zerschellt und wurden von den Schuhen einiger Partygäste weiter zertreten, die wie aufgescheuchte Hühner umherliefen. Merle trampelte währenddessen auf den Rosen herum, stellte sich vor, dass aus den zermatschten Blüten Blut hervorquoll, und genoss es, wie sich ihre symbolüberfrachtete Pracht in einen unansehnlichen Brei verwandelte. »Was weißt du schon von Liebe?«, schrie sie dabei, so laut und schrill wie nie zuvor. »Hoffentlich geht eure spießige Vernunftehe bald ebenso kaputt wie diese kitschige Vase!« Noch immer brachte niemand ein Wort heraus, Eleas Gesicht war totenblass geworden, und der Ausdruck in ihren Augen ließ keinen Zweifel daran, dass sie es spätestens jetzt zutiefst bereute, Merle jemals Einlass in ihr Leben gewährt zu haben.

Bei diesem Anblick hielt Merle ruckartig mitten in der Bewegung inne, als ob ein Bannfluch auf einmal seine Wirkung verloren hätte. Was hatte sie nur getan? Sie musste fort von hier, musste weglaufen, bevor irgendjemand sich von seinem ersten Schock erholte und in der Lage wäre, sie zur Verantwortung zu ziehen. So schnell sie nur konnte, rannte sie über die Terrasse und durch den Garten, ohne jemanden anzusehen. Auch als sie die Straße erreicht hatte, blieb sie nicht stehen, sondern lief weiter, immer weiter, bis sie schließlich völlig erschöpft und schweißgebadet anhalten und sich an eine Hauswand lehnen musste. Hatte ihr noch jemand etwas hinterhergerufen, als sie die Feier verlassen hatte? Sie wusste es nicht, wusste nichts mehr – klar war ihr nur, dass sie Eleas jetzt definitiv nicht mehr würdig war. Ja, mehr noch: Sie hatte sich durch ihr Verhalten außerhalb der menschlichen Gesellschaft gestellt und jede nur denkbare Strafe verdient.

An dieser Stelle brach die Aufzeichnung aus Merles Erinnerungsarchiv abrupt ab, als ob der Filmstreifen abgerissen würde. Ihre Erinnerungen an den Rest des Abends und die Nacht waren fragmentarisch; sie wusste noch, dass sie an der Haltestelle *Trierer Straße* in die Saarbahn gestiegen war und dort von einer Frau angesprochen wurde, die sie fragte, ob sie Hilfe brauche. Erst durch diese besorgte Reaktion war ihr bewusst geworden, dass sie weinte. Merle antwortete nur mit einem ausweichenden »Danke, ich komme schon klar« und starrte den Rest der Fahrt aus dem Fenster, ohne etwas von der Außenwelt wahrzunehmen, während vor ihrem inneren Auge immer noch ein Wirbel aus Rosenblättern und Scherben tobte.

Dieser schwindelerregende Tanz aus roten und weißen Flecken kam auch zu Hause nicht zum Stillstand, und dass sie dort noch mehr Wein trank, trug sicher nicht dazu bei, ihren Zustand zu verbessern. Leider war sie trotzdem noch in der Lage, die Tastatur ihres Laptops zu bedienen und im Laufe der Nacht mehrere verzweifelte Entschuldigungsmails an Elea zu schreiben, bis sie irgendwann auf dem Sofa einschlief. Wie sie am Nachmittag des folgenden Tages beim nochmaligen Lesen feststellte, waren ihre Sätze grammatikalisch korrekt und wiesen im Verhältnis zu ihrem Alkoholkonsum erstaunlich wenige Tippfehler auf, doch das änderte nichts daran, dass ihre Worte wirkungslos blieben. Das konnte ja auch nicht anders sein, aber bis diese Erkenntnis den langen Weg von ihrem Verstand bis in ihr Herz zurückgelegt hatte, vergingen noch mehrere Wochen, in denen sie immer wieder auf allen nur denkbaren Wegen versuchte, mit Elea in Kontakt zu treten. Sie schrieb endlose E-Mails und Briefe, verschickte SMS und sprach sicher zwanzig Mal auf Eleas Anrufbeantworter zu Hause. Irgendwann musste es ihr einfach gelingen, das magische »Sesam-öffne-dich« zu finden, das erlösende Wort, das den Zugang zu Elea wieder herstellte und Merles Verbannung zumindest in eine Bewährungsstrafe umwandelte. Ansonsten war Merle zu nichts mehr in der Lage, sie verbrachte die meiste Zeit im Bett, ohne jemals Ruhe zu finden, und konnte tagelang weder essen noch sich auf irgendetwas konzentrieren. Selbst der Wetterbericht im Radio war für ihre Aufmerksamkeitsspanne bereits zu lang. Und auf der einzigen Frequenz in ihrem Leben, die für sie noch von Bedeutung war, wurde nichts gesendet – Elea antwortete nie. Vielleicht hatte sie einen Großteil von Merles Nachrichten auch gar nicht gelesen beziehungsweise abgehört. Zu einer persönlichen Begegnung kam es ebenfalls nicht mehr, da die Veranstaltungen des Graduiertenkollegs für das Sommersemester bereits beendet waren.

Stattdessen erhielt Merle wenige Tage nach jenem verhängnisvollen Abend eine E-Mail von Professor Paulsen aus Hamburg, der ihren Aufsatz gelesen hatte und sie auf die Stellenausschreibung an seinem Institut hinwies. Wie sie es unter diesen Umständen geschafft hatte, ihm ihre Bewerbungsunterlagen zu schicken und in der darauffolgenden Woche in einem Vorstellungsgespräch zu überzeugen, war ihr bis heute ein Rätsel. Offenbar hatte sie gespürt, dass diese Stelle in Hamburg ihre Rettung war, und dieses intuitive Wissen erweckte in ihr ungeahnte Kräfte.

Als sie am neunzehnten Juli die Zusage erhielt, entwickelte das Geschehen eine Eigendynamik, Merle war ab sofort vollkommen mit ihrer Wohnungssuche und den Umzugsvorbereitungen beschäftigt, und es gelang ihr sogar noch, parallel ein wenig an ihrer Dissertation weiterzuarbeiten. Eine Woche vor ihrem Umzug war dann völlig unerwartet jene allerletzte Nachricht von Elea gekommen. Merle war einen Augenblick lang wie gelähmt gewesen, als sie diesen Namen in ihrem Posteingang gesehen hatte. Gleich darauf hatte sich die Schockstarre ins Gegenteil verkehrt, sie war mit Höchstgeschwindigkeit durch die Zeilen gerast und hatte die Nachricht danach sofort geschlossen, als ob von der Lektüre ein Kontaktgift ausginge. Sie hatte an jenem achten August all ihre Energie für den Neuanfang benötigt, und jede weitere Konfrontation mit dem Gift in Eleas Worten hätte sie in einem Ausmaß gelähmt, das sie sich einfach nicht leisten konnte.

Erst jetzt, mehrere Monate später, war die Zeit reif dafür, und Merle hoffte, dass sie in der Lage sein würde, dieses Gift zu therapeutischen Zwecken einzusetzen, wie eine bittere Medizin, die einen dramatischen Krankheitsverlauf gerade noch rechtzeitig verhinderte.

Damals hatte sie nicht weinen können, doch während sie sich jetzt in die Erinnerungen an Elea versenkte, war ihr Tränenstrom nicht aufzuhalten. Sie weinte so heftig wie seit Jahren nicht mehr, bis sie irgendwann völlig erschöpft wieder einschlief.

Kapitel 14

Plötzlich nahm Merle ein leises Geräusch wahr und wandte den Blick zur Tür ihres Schlafzimmers, die sich langsam öffnete. Carina betrat den Raum und hatte vorher offenbar im Flur das Licht eingeschaltet, sodass erkennbar war, dass sie den roten Wollschal um ihre Schultern gelegt hatte, den Merle in den letzten Wochen so oft an ihr bewundert hatte. Carina lächelte sie liebevoll an, nahm schweigend auf ihrer Bettkante Platz und strich ihr mehrmals über die Wangen. Mit einer anmutigen Bewegung ließ sie den Schal von den Schultern gleiten, darunter trug sie ein farblich passendes, tief ausgeschnittenes Kleid, das Merle nicht kannte. Erst jetzt fiel ihr auf, dass ihr Bettzeug verschwunden war, sie lag ohne Decke auf ihrem dunkelblauen Laken und begann in ihrem dünnen Pyjama zu frösteln. Carina legte sich dicht neben sie und deckte sie beide mit ihrem Schal zu. War dieses Gewebe schon immer so riesig und so warm wie eine Bettdecke gewesen? Sie vermochte sich nicht zu erinnern, doch das war in diesem Moment auch nicht weiter wichtig, denn Carina griff unter dem Schutz der roten Wolle nach ihrer Hand. Merle kuschelte sich an sie, spürte Carinas Wärme und ihren weichen Körper und wünschte sich, dass diese Nacht niemals enden möge. Aber was war das? Ein schriller Piepton zerriss jäh die trauliche Stille.

Merle fand sich allein in ihrem Bett wieder und tastete noch halb schlafend nach ihrem Wecker auf dem Nachttisch, doch das Piepen hatte bereits aufgehört. Außerdem fiel ihr jetzt auf, dass der Signalton ihres Weckers anders klang. Da fiel ihr Blick auf das Handy, das wie üblich ebenfalls griffbereit auf dem Nachttisch lag. Natürlich – das Piepen sollte ihr den Eingang einer Nachricht bei WhatsApp anzeigen. Das musste Carinas Antwort sein! Ihr nächtlicher Besuch war anscheinend nur ein Traumbild gewesen, bei dem Merles Sehnsucht den Pinsel geführt hatte, aber nun war Carina in ihren Worten wirklich bei ihr. Merles Herz raste, und ihre Finger zitterten so heftig, dass es ihr erst beim zweiten Versuch gelang, die Nachricht zu öffnen:

»Guten Morgen Merle,

vielen Dank für deine Nachricht. Bin sehr erleichtert, dass ich das Armband (ein Geschenk von Hannes!) nicht verloren habe. Lass es dir am WE gut gehen! LG Carina«

War das alles? Merle las den Text ein zweites und ein drittes Mal, vielleicht hatte sie ja etwas übersehen, eine zwischen den Zeilen versteckte Botschaft, die ihr zeigte, dass es Carina um mehr ging als nur um das

Armband. Doch sie fand nichts und beschimpfte sich gleich wieder für ihre Undankbarkeit.

Immerhin hatte Carina ihr überhaupt geantwortet, obwohl sie durch ihren Übernachtungsbesuch sicher stark in Anspruch genommen wurde. Und vielleicht hatte sie WhatsApp bisher auch nur zum raschen Informationsaustausch genutzt, ohne zu wissen, dass man auch auf diesem Weg mit Worten streicheln oder ein Feuer entfachen konnte.

Wahrscheinlich war es das Beste, noch ein bisschen weiterzuschlafen (es war erst zwanzig nach acht), vielleicht würde es Merle ja gelingen, noch einmal in ihren Traum zurückzukehren.

Aber sosehr sie sich auch bemühte, das Wochenende war ruiniert. Carina versuchte kein zweites Mal, ihr im Traum zu begegnen, obwohl Merle einen Großteil der Zeit im Bett vertrödelte, in Hoffnungslosigkeit erstarrt wie damals in Saarbrücken. Sie hatte sich wieder einmal von Wunschbildern narren lassen, hatte geglaubt, dass Carina sie für immer aus ihrer Erstarrung befreit habe – doch in Wahrheit hatte ihre vermeintliche Erlöserin ihr lediglich einen Hafturlaub gewährt, um sie dann ohne Vorwarnung und Begründung wieder in den Kerker der sinnlosen Leere zurückzustoßen. Alles an diesem Wochenende fühlte sich falsch an, ihre Schlafphasen waren kurz und unruhig, ihre Träume wirr und beängstigend, und wenn sie aufstand, wusste sie nichts mit sich anzufangen. Sport? – Keine Energie. – Arbeiten oder Lesen? – Keine Konzentration. – Aufräumen oder Putzen? – Das schon gar nicht; zu Haushaltstätigkeiten konnte Merle sich sogar bei guter Laune nur schwer aufraffen.

Selbst der Adventskranz, den sie am Donnerstag noch so liebevoll geschmückt hatte, vermochte sie nicht mehr zu erfreuen: Als sie am Sonntag die erste Kerze anzündete, trug das dunkelrote Wachs einen Grauschleier, und das Flämmchen flackerte so zaghaft, als ob es von vornherein vor der Finsternis kapitulieren wollte. Die Gnade des Advents war wohl doch nur für die anderen, die Schönen und Liebenswerten, die dazu ausersehen waren, glücklich zu sein und glücklich zu machen.

So wie Carina und Hannes, der Mann, in dessen Gegenwart sie den Rest der Welt vergessen konnte. Wie konnte ein Mensch mit diesem Namen derartige Zauberkräfte besitzen? Hannes. Hanneshanneshannes – ein Name für einen Teddybären. Oder für eine Kasperle-Handpuppe mit einem breiten Holzgrinsen und einer albernen Zipfelmütze. Eigentlich war Merle als Kind gern ins Puppentheater gegangen, aber das Kasperle mit seiner aufgesetzten Fröhlichkeit war ihr verhasst gewesen, sie hatte jedes Mal applaudiert, wenn das Krokodil es erschreckte. Gut, dass Carina wenigstens noch kein Foto von Hannes auf ihrem Schreibtisch stehen hatte, es war schlimm genug, dass sich sein Name nicht mehr aus Merles Kopf vertreiben ließ.

Irgendwann beschloss sie, den Adventskranz mit Nichtbeachtung zu strafen; sie schenkte sich ein Glas Rotwein ein und rückte ihren Sessel an die Fensterbank, um in die Dunkelheit hinauszublicken. Bisher gab es in ihrer Straße keine Weihnachtsbeleuchtung, nur die sparsam aufgestellten Laternen verbreiteten ein schwaches, kalt wirkendes Licht. Dieses naturgetreue Abbild ihres Seelenzustands war ihr gerade recht, sie schlürfte ihren Wein und genoss es, allmählich immer mehr mit dem grauschwarzen Nichts auf der anderen Seite der Scheibe zu verschmelzen. Wie hatte sie nur so vermessen sein können zu glauben, dass ihr jemals etwas anderes bestimmt wäre.

Plötzlich wurde die Stille durch ein Geräusch zerrissen, das Merle im ersten Moment nicht einordnen konnte. Erst als sie es zum dritten Mal hörte, wurde ihr klar, dass es sich um den Klingelton ihres Telefons handelte, das wie üblich auf einem kleinen Tisch neben der Wohnzimmertür stand. Bestimmt war es ihre Mutter, ansonsten gab es kaum noch jemanden, der sie über das Festnetz anrief. Eigentlich hatte sie gar keine Lust zu reden, doch wenn sie den Anruf jetzt nicht annahm, würde ihre Mutter es garantiert den ganzen Abend lang immer wieder probieren. Sie griff also zum Hörer und meldete sich mit ihrem Namen, ohne darauf zu achten, welche Nummer auf dem Display angezeigt wurde.

»Hallo Merle, hier ist Carina«, ertönte eine fröhliche Stimme, die Merle so sehr zum Zittern brachte, dass ihr das Telefon beinahe aus der Hand fiel und sie sich rasch auf einen Stuhl setzte, bevor ihre Beine sie nicht mehr trugen.

Erst nach einer gefühlten Ewigkeit brachte sie eine Antwort hervor: »Hallo Carina – das ist ja eine Überraschung!«

»Na, hoffentlich keine schlechte«, lachte Carina, »du hörst dich so an, als ob ich dich erschreckt hätte.«

Tatsächlich klang Merles Stimme so krächzend, als ob sie das Sprechen erst mühsam wieder lernen müsste, nachdem sie jahrelang zu Stein erstarrt gewesen war. »Nein, ganz im Gegenteil«, erwiderte sie, »ich bin nur erstaunt, weil ich dachte, dass du an diesem Wochenende ganz sicher keine Zeit zum Telefonieren hättest.«

»Hatte ich bisher auch nicht, aber Hannes' Eltern sind vor einer halben Stunde wieder gefahren, und jetzt wollte ich mich noch mal ausführlicher dafür bedanken, dass du mein Armband entdeckt und mir gleich Bescheid gesagt hast. Gestern Morgen war alles etwas hektisch, ich wollte vor dem Frühstück noch ein Früchtebrot backen, und außerdem bin ich auch einfach keine große Schreiberin.«

Kein Problem, dachte Merle, Carina würde ihre poetischen Fähigkeiten ganz sicher noch entfalten, wenn sie einander häufiger schrieben. Und eigentlich hatte sie das auch gar nicht nötig, da sie allein durch den Klang ihrer Stimme einen viel stärkeren Zauber ausüben konnte, als Merle es mit noch so vielen sorgfältig gewählten Worten vermochte.

Laut sagte sie, wobei ihre Stimme sich zum Glück wieder normal anhörte: »Kein Problem, ich habe mich gefreut, dass du überhaupt die Zeit zum Antworten gefunden hast. – Hattest du denn ein schönes Wochenende?«

»O ja, es war super, richtig erholsam und harmonisch«, entgegnete Carina und schilderte ihr in aller

Ausführlichkeit die Spaziergänge, die Kaminabende und die liebevoll zelebrierten Mahlzeiten einschließlich der selbst gebastelten Tischdekoration. Merle liebte es, ihr zuzuhören, allein Carinas Stimme war ein derartiger Genuss, dass der Inhalt ihrer Worte in den Hintergrund trat.

»Wie war denn dein Wochenende, Merle?«, fragte Carina schließlich.

»Auch sehr angenehm, danke«, gab Merle mit einem Lächeln zur Antwort. Tatsächlich hatten die letzten Minuten sie für alle Ängste und Tränen entschädigt, die in ihrer Erinnerung bereits zu verblassen begannen. Sie hatte inzwischen die Stehlampe eingeschaltet, die den zuvor so trostlos finsteren Raum in ein freundliches Licht tauchte, und der Grauschleier ihrer Adventskerze war schon bei Carinas erstem Wort verflogen.

»Das hört sich doch gut an. Und was ich dich noch fragen wollte: Hast du Lust, am Mittwoch mit mir zusammen Plätzchen zu backen? Dann lernst du auch mal unser Haus kennen.«

»Ja – ja – sehr gern«, erwiderte Merle verwirrt, »falls es dir nichts ausmacht, dass ich vom Backen keine Ahnung habe.«

Hatte Carina sie gerade wirklich zu sich eingeladen? Oder befand sie sich schon wieder in einem Wunschtraum? Nein, offenbar war sie wach und hatte richtig gehört: »Ach, das kriegen wir schon hin. Wir können ja am Mittwoch etwas früher Schluss machen und gemeinsam zu mir fahren. Und nach dem Backen trinken wir noch einen Glühwein am Kamin. Einverstanden?«

»Ja, dieses Programm ist genehmigt«, bestätigte Merle, was Carina mit einem Lachen kommentierte.

»Prima! Dann wünsche ich dir noch einen schönen Abend, Merle.«

»Danke, ebenfalls. Bis morgen!«

Als sie aufgelegt hatten, blieb Merle noch eine Weile regungslos sitzen, spürte dem Klang von Carinas Stimme nach und ließ ihre Gedanken schweifen. Vielleicht brauchte Carina einfach mehr Zeit, um sich intensiver auf Merle einzulassen; möglicherweise hatte auch sie trotz ihrer so beeindruckenden Selbstsicherheit eine schüchterne Seite, von der Merle bisher nichts geahnt hatte. Ja, vielleicht hätte sie Merle sogar schon viel eher zu sich nach Hause eingeladen, wenn sie ihre Zuneigung deutlicher gezeigt hätte, anstatt Carina durch ihre zurückhaltende Art zu entmutigen. Aber das ließ sich ja ändern, Merle musste sich nur trauen. Sie ging zur Fensterbank, wo sie ihr Weinglas abgestellt hatte, erhob das Glas und trank einen Schluck, um ihren Vorsatz auf diese Weise symbolisch zu bekräftigen. Eleas Kapitel in ihrem Leben war unwiderruflich abgeschlossen, doch ihre Zeit mit Carina fing jetzt erst richtig an.

Kapitel 15

Am Mittwochnachmittag verließen Merle und Carina schon gegen halb drei das Büro und fuhren gemeinsam nach Niendorf. Merle kannte diesen Stadtteil noch nicht und schaute sich neugierig um, nachdem sie am Markt ausgestiegen waren. Zunächst gingen sie ein kleines Stück durch eine Fußgängerzone; Merle bemerkte im Vorbeigehen ein paar gemütlich aussehende Cafés und ein Einkaufszentrum. Als sie in die Straße einbogen, in der Carina wohnte, hatte Merle den Eindruck, sich gar nicht mehr in einer Großstadt zu befinden. Es gab keine mehrstöckigen Gebäude, sondern nur Einfamilienhäuser mit meist großen Gärten, sorgfältig gepflegt und weihnachtlich dekoriert. Carinas Vorgarten bildete selbstverständlich keine Ausnahme, die Tanne links neben dem Eingang war mit einer Lichterkette geschmückt, vor der Haustür stand ein Weihnachtsgesteck in einer Bodenvase, und auf den Rasenflächen war kaum ein Blatt zu sehen, obwohl es in den letzten Tagen immer wieder stürmisch gewesen war. Wie in einer Art Scanvorgang versuchte sie jedes Detail in sich aufzunehmen, während Carina bereits in ihrer schwarzroten Handtasche nach den Schlüsseln kramte.

Eine ausschließlich rote Tasche würde noch besser zu ihr passen, dachte Merle, vielleicht würde sie ja fündig, wenn sie nach einem Weihnachtsgeschenk Ausschau hielt. Aber vorerst war sie froh, dass sie ein kleines Gastgeschenk für den heutigen Anlass gefunden hatte: eine rote Ausstechform in der Gestalt einer Blume.

Carina hatte inzwischen aufgeschlossen und öffnete ihr einladend die Tür, die mit einem Kranz aus Tannengrün und anderen Zweigen geschmückt war. Drinnen hängte sie Merles Jacke auf einen Bügel und reichte ihr ein Paar Gästehausschuhe in der passenden Größe. Ob sie diese Schuhe wohl extra für Merle gekauft hatte? Sonst hatte ja kaum jemand Schuhgröße sechsunddreißig. Offenbar war Merle hier in einem perfekt ausgestatteten Haushalt gelandet. Sie selbst hingegen war noch nie auf den Gedanken gekommen, für eventuelle Besucher eigene Hausschuhe anzuschaffen, und ihr Garderobenständer in dem engen Flur reichte kaum für ihre eigenen Sachen.

Am Ende des Flurs, vor der Eingangstür zum Wohnzimmer, stand ein kleiner Korbsessel, auf dem ein Teddybär saß. »Den habe ich von Hannes zum Einzug bekommen«, erläuterte Carina, als sie auf die Tür zugingen, »wenn Hannes nicht da ist, soll der Bär auf mich aufpassen, und wenn wir beide weg sind, auf unser Haus.«

Tatsächlich, ein Teddybär. Das konnte doch kein Zufall sein. Merle wusste nicht recht, was sie dazu sagen sollte, und beschränkte sich daher auf ein leises

Lachen, von dem sie hoffte, dass es freundlich und zustimmend klang.

Als sie das Wohnzimmer betrat, hatte sie das Gefühl, unversehens in einem Einrichtungshaus gelandet zu sein: Farben, Formen und Materialien, verspielte Accessoires und klare Linien waren so exakt aufeinander abgestimmt, dass der Raum eine ungebrochene Harmonie ausstrahlte und zugleich elegant und gemütlich wirkte. Nichts fehlte, und nichts war zu viel. Offenbar legten Carina und Hannes auch großen Wert auf einen stilvoll gedeckten Tisch, denn ein dreiteiliges gläsernes Sideboard enthielt Geschirr und Trinkgefäße für jeden nur denkbaren Anlass. Merle dachte bei diesem Anblick beschämt an ihre billigen Weingläser und die Zweckgemeinschaft von nicht zueinander passenden Bechern, die sie völlig willkürlich für Kaffee oder Tee verwendete, und wusste, dass sie es niemals wagen könnte, Carina zu sich einzuladen.

Nur das Bücherregal wirkte vergleichsweise bescheiden, doch Merle vermutete, dass Carina einen Großteil ihrer Bücher in ihrem Arbeitszimmer aufbewahrte, damit sie jederzeit griffbereit waren. Merle fing an, die Titel auf den Buchrücken zu überfliegen, soweit das aus einiger Entfernung möglich war, wurde dann jedoch rasch durch ein gerahmtes Portraitfoto abgelenkt, das in einem nur zur Hälfte gefüllten Regalfach stand. Das Bild zeigte ihre Kollegin neben einem etwa gleichaltrigen, rotblonden Mann. Die Carina auf dem Foto strahlte vor Glück, während der Mann an ihrer Seite nur ein dümmliches Grinsen zustande brachte. Sein Haar hatte genau denselben Farbton wie der Teddybär im Flur. Aber das konnte ja auch nicht anders sein, denn schließlich war der Bär ja sein offizieller Stellvertreter.

Carina hatte Merles Blickrichtung erkannt, sie deutete auf das Bild und verkündete: »Ja, das ist Hannes – meine große Liebe. Ich weiß, dass das kitschig klingt. Aber manchmal habe ich das Gefühl, dass ich mich mein ganzes Leben lang nach ihm gesehnt habe. Also unbewusst, weißt du?« Bei diesen Worten wirkte ihr Gesichtsausdruck sogar noch glücklicher als auf dem Bild.

O ja, Carina, dachte Merle, ich verstehe nur allzu gut, was du meinst – schließlich habe ich mich ja über neunundzwanzig Jahre lang unvollständig gefühlt, weil ich auf dich gewartet habe. Aber das konnte sie natürlich nicht aussprechen, stattdessen murmelte sie nur: »Das ist wirklich ein sehr schönes Foto« und wandte ihren Blick dann rasch ab, hin zu den Weihnachtssternen und der leuchtend roten Amaryllis auf der Fensterbank, die sie mit ihrer Blütenpracht geradezu erschlugen. Ihre Ausstechblume kam ihr daneben richtig schäbig vor, wie sollte Carina sich über ein so unwürdiges Geschenk freuen können?

»Ich bin auch ganz stolz auf die Pflanzen«, sagte Carina, »aber nun setz dich doch bitte, ich koche uns schnell einen Tee.«

Sie verschwand in die Küche, und Merle nahm in der weinroten Sitzgruppe vor dem Kamin Platz. Sie saß steif in einer Sofaecke und strich vorsichtig über den Bezug, der sich wie ein Theatervorhang anfühlte. Das Theater hatte sie seit ihrer Kindheit geliebt; sobald sich der Vorhang öffnete, versank sie vollständig in einer anderen Welt und wünschte sich jedes Mal, sich ebenfalls zu verwandeln – aber nicht nur für die Dauer der Vorstellung, sondern für immer.

Den Kaffeetisch hatte Carina offenbar schon morgens vorbereitet, auf einem Läufer mit weihnachtlichen Motiven standen Kuchenteller und große Tassen mit einem rot-weißen Ringelmuster. Natürlich passte das Rot perfekt zu der Sitzgruppe, und die Kerzen des Adventskranzes griffen den Farbton wieder auf.

Merle ließ ihren Blick weiter durch den Raum schweifen. Über einem Esstisch, der bequem für sechs Personen Platz bot, hing der Kronleuchter, von dem Carina neulich so begeistert erzählt hatte. Leider war er momentan nicht eingeschaltet, es musste traumhaft aussehen, wenn Carina im Licht dieses Leuchters saß, der Merle an Märchenschlösser denken ließ. Ob Carina sie wohl einladen würde, zum Abendessen zu bleiben? Sie hatte ja vorhin erwähnt, dass sie am Mittwochabend normalerweise allein esse, da Hannes Basketballtraining habe und erst gegen halb neun nach Hause komme.

Es gelang ihr gerade noch, in den Flur zu schleichen, um das kleine Päckchen mit der Ausstechform aus ihrer Tasche zu nehmen und es neben Carinas Teller zu legen, bevor diese mit einem reich beladenen Tablett zurückkam. Eine Teekanne mit Stövchen, ein ovaler Kuchenteller mit Stollen und Früchtebrot – und

Plätzchen auf einem dreistöckigen Konstrukt, das sehr edel wirkte. Merle meinte sich zu erinnern, dass man es »Etagere« nannte, war sich aber nicht ganz sicher, zumal sie etwas Derartiges noch nie gesehen hatte.

Carina schenkte den Tee ein und forderte sie zum Zugreifen auf, doch sie verspürte nicht den geringsten Appetit, obwohl sie an diesem Tag bisher nur eine Brezel und zwei Mandarinen gegessen hatte. Eine gemeinsame Mittagspause hatten sie nicht gehabt, da Carina mit Paulsen verabredet gewesen war, um bei einem »Arbeitsessen« über den aktuellen Stand ihres Habilitationsprojekts zu sprechen. Um nicht unhöflich zu sein, nahm Merle ein kleines Stück Früchtebrot.

»Oh, was ist das denn?«, fragte Carina, die gerade das Päckchen neben ihrem Teller entdeckt hatte. »Jetzt bin ich aber neugierig.«

»Ach, nur eine Kleinigkeit, eigentlich gar nicht der Rede wert.«

»Nun entschuldige dich doch nicht gleich wieder, ich bin sicher, dass du etwas Schönes ausgesucht hast.«

Carina legt ihre Kuchengabel ab und fing an, die rote Schleife des Päckchens zu öffnen. »Wie schön – eine Blumenform und sogar in meiner Lieblingsfarbe!«

Spontan stand Carina aus ihrem Sessel auf und kam zu Merle, um sie in den Arm zu nehmen. Sie bedankte sich herzlich und kündigte an, dass sie die Ausstechform nachher beim Backen »gleich einweihen« würde. Merle spürte der Berührung noch nach, als Carina bereits an ihren Platz zurückgekehrt war und sich wieder ihrem Stollen zugewandt hatte.

Allmählich fühlte sie sich etwas entspannter, Carina begann von ihrem Termin mit Paulsen zu erzählen, und das Gespräch verlief bald so ungezwungen wie in ihren gemeinsamen Pausen in der Mensa.

Doch als sie zum Plätzchenbacken in die Küche gingen, wollte Merle am liebsten im Boden versinken: Die Küche war sehr geräumig, und ihre Ausstattung hätte vermutlich auch den Ansprüchen eines Profikochs genügt. Alles war blitzblank, auf der Fensterbank standen auch hier mehrere Topfpflanzen, und ein Hängeregal bot eine umfangreiche Sammlung von Kochbüchern. Der riesige Kaffee-Vollautomat hatte sicher ein Vermögen gekostet. An einer Pinnwand neben der Tür hingen mehrere Rezepte, die Carina handschriftlich auf unlinierte Briefbögen übertragen hatte. Sogar das Papier war von bester Qualität. »Das sind die Lieblingsrezepte von Hannes«, erläuterte Carina, »oder zumindest einige davon. – Aber was ist los mit dir? Du schaust ja ganz betreten.«

»Ich glaube, ich bin einfach erschlagen von diesem Anblick«, versuchte Merle zu erklären, während ihr wieder einmal die verhasste Röte ins Gesicht stieg, »bei dir ist alles so elegant und schick, dass ich mich für meine Studentenbude richtig schämen muss.«

»So ein Blödsinn, Merle«, lachte Carina und legte ihr den Arm um die Schultern. »Natürlich genieße ich es, mit Hannes in einem so schönen Haus zu wohnen, aber als Doktorandin habe ich auch in bescheidenen Verhältnissen gelebt. Und dieses Haus können wir uns auch nur leisten, weil Hannes von seiner Großmutter ziemlich viel Geld geerbt hat. Allein von unseren Gehältern wäre das nie zu finanzieren.«

Aber selbst diese nochmalige Umarmung reichte nicht aus, um Merles Befangenheit vollständig zu vertreiben.

Beim Backen kam sie sich überflüssig vor, da Carina schon mehrere Sorten Teig vorbereitet hatte, sodass Merle nur noch beim Ausstechen und Dekorieren helfen konnte. Mit den Ausstechformen kam sie noch einigermaßen zurecht, doch als es darum ging, die Plätzchen mit Zuckerguss, Schokolade, Mandeln und anderem Schmuck zu verzieren, fühlte sie sich so unbeholfen, dass ihr das Ganze keinen Spaß mehr machte. Bei ihr verschmierte jedes Ornament, das sie mit dem Zuckerguss oder der flüssigen Schokolade zu zeichnen versuchte, und auch die Mandeln hatten sich anscheinend gegen sie verschworen, denn sie weigerten sich beharrlich, an der richtigen Stelle kleben zu bleiben. Unter Carinas Händen entstanden währenddessen Kunstwerke auf Konditor-Niveau.

Erst als das letzte Blech Gebäck im Ofen war und sie mit einem selbst zubereiteten Glühwein am Kamin saßen, konnte Merle das Zusammensein mit Carina wieder genießen.

Im Schein des Kaminfeuers hatten Carinas Haare einen zauberhaften Glanz, ihre Wangen begannen sich zu röten, und Merle wartete auf den Moment, in dem ihr so warm würde, dass sie ihre weinrote Strickjacke auszog. Merle selbst hatte ihre Bluse bereits abgelegt und saß in einem dünnen türkisfarbenen

T-Shirt mit Spitzenbesatz da, das sie erst am Montag gekauft hatte. Offenbar hatte es den Test bestanden, denn Carina hatte schon heute Morgen gesagt, dass Merle darin »richtig süß« aussehe. Jetzt schob Carina immerhin schon einmal die Ärmel ihrer Strickjacke hoch und gab den Blick auf ihre Unterarme frei. – Worüber redete sie eigentlich gerade? Merle musste mindestens zwei Sätze verpasst haben. Ach so, sie erzählte vom Buchbinden, das neben der Gartenarbeit zu ihren liebsten Hobbys gehörte. Einige ihrer Arbeiten hatte Merle bereits im Büro gesehen, Notizbücher in verschiedenen Größen und den Terminkalender, der immer auf ihrem Schreibtisch lag. »Manchmal gestalte ich auch Kartons und Schachteln«, fuhr Carina fort, »oder ein Leporello für Fotos, die mir besonders wichtig sind.« Wahrscheinlich Fotos von deinem Teddybär-Hannes, dachte Merle – und schämte sich im nächsten Augenblick für diesen Gedanken. »Ach, da fällt mir etwas ein«, unterbrach Carina sich selbst, »ich habe nämlich noch ein kleines Attentat auf dich vor.«

»Ein Attentat? Das klingt ja vielversprechend.«

Merle hatte diese Worte kaum ausgesprochen, als sie es schon bereute. Sie hatte wirklich ein phänomenales Talent, sich um Kopf und Kragen zu reden.

Aber Carina lachte nur, stand auf und ging zu einer Kommode an der Fensterseite des Raumes. Aus der obersten Schublade nahm sie ein großes Notizbuch, das sie vor Merle auf den Tisch legte. Anstatt zu ihrem Sessel zurückzukehren, setzte sie sich neben Merle auf das Sofa. Was hatte sie vor? Würde sie Merle etwa gleich ein Liebesgedicht vorlesen? Schon das Buch an sich erschien Merle wie eine Liebeserklärung, denn der Einband trug ein marmoriertes Muster in unterschiedlichen Blautönen. Hatte Carina dieses Buch erst eingebunden, als sie Merle schon kannte? Oder hatte sie vorher schon im Unterbewusstsein gespürt, dass sie auf Merle wartete, und sich deshalb intuitiv für diese Farbe entschieden?

»Dieses Buch begleitet mich schon seit Jahren«, erläuterte Carina und schlug die erste Seite auf. »Gedichte für alle Lebenslagen« stand dort in ihrer Handschrift geschrieben, umrahmt von einer selbst gezeichneten Blumengirlande. »Ich sammele darin Gedichte, die mir gut gefallen, und manchmal bitte ich Freundinnen oder Bekannte, mir ebenfalls eines ihrer Lieblingsgedichte hineinzuschreiben. Von dir hätte ich auch gern einen Beitrag, wenn du Lust hast, ich weiß ja, dass du Lyrik magst. Natürlich kannst du dir damit Zeit lassen und das Buch ruhig ein paar Tage behalten.«

»Ja, das mache ich sehr gern. Und ich könnte diese Bitte ja auch gar nicht abschlagen, nachdem du das Buch extra zu meinen Ehren in Blau eingebunden hast.«

Sie lachten gemeinsam, und Carina legte kurz ihre Hand auf Merles Unterarm. Anschließend zog Carina endlich die Strickjacke aus, unter der sie ein weißes T-Shirt mit dreiviertellangen Ärmeln trug. Der Goldton ihrer Haut wirkte durch den Farbkontrast zu dem Weiß noch wärmer. Wie gern hätte Merle jetzt Carinas Berührung erwidert, zumindest ganz vorsichtig mit den Fingerspitzen, doch bevor sie es wagen konnte, erhob ihre Kollegin sich.

»Ich hole uns noch Glühwein«, bemerkte sie, griff nach den beiden Gläsern und ging in die Küche.

Obwohl sie nur kurz neben ihr gesessen hatte, empfand Merle jetzt ein schmerzliches Gefühl der Leere. Um sich abzulenken, blätterte sie rasch durch das Notizbuch, doch es gelang ihr nicht, sich auf den Inhalt eines Gedichtes zu konzentrieren. Sie würde das Buch lieber am Abend in Ruhe lesen, wenn sie wieder zu Hause war, und sich dabei Gedanken über ihren eigenen Beitrag zu dieser Sammlung machen. Schon jetzt stand für sie fest, dass sie auf jeden Fall ein selbst verfasstes Gedicht hineinschreiben würde, auch wenn sie vermutlich Tage und Nächte brauchen würde, um die richtigen sprachlichen Bilder zu finden. Schließlich wollte sie Carina nicht voreilig mit ihren Gefühlen überfallen, aber zugleich auch mit ihren Worten eine Brücke bauen, die ihre Kollegin vertrauensvoll betreten konnte – zu dem für sie passenden Zeitpunkt und in ihrem eigenen Tempo.

Als Carina mit den neu gefüllten Glühweingläsern zurückkam, fingen sie an, über Lyrik zu reden, und Merle offenbarte, dass sie ausschließlich traurige Gedichte mochte, in denen es beispielsweise um Einsamkeit, Verlust und Abschied ging. Carina räumte ein, dass es ihr vor mehreren Jahren nach der Trennung von ihrem letzten Partner eine Zeitlang ähnlich gegangen sei, doch irgendwann habe sie eingesehen, dass es sie nur noch mehr deprimiere, derartige Gedichte zu lesen. Sie habe sich daraufhin bewusst den »schönen Dingen des Lebens« zugewandt und auch in der Lyrik heitere Themen bevorzugt. »Und seit ich Hannes kenne«, fügte sie hinzu, »weiß ich Liebesgedichte erst richtig zu schätzen. – Aber wie kommt es, dass dich immer nur das Negative anzieht? Bei dir scheint das ja nicht bloß eine Phase zu sein.«

Sie schaute Merle besorgt an und war offenbar ernsthaft an ihrer Antwort interessiert. Aber konnte Merle es wirklich wagen, ihre inneren Abgründe jetzt schon unzensiert zu zeigen? »Ach, das wäre eine längere Geschichte«, entgegnete sie ausweichend, »und wohl auch eine ziemlich peinliche.«

»Das macht nichts«, beruhigte Carina sie und lächelte ihr aufmunternd zu, »wir haben Zeit, und du brauchst dich vor mir nicht zu schämen.«

»Na gut ... also mir ist schon sehr früh bewusst geworden, dass Glück und Liebe immer nur für die anderen sind und ...«

Eigentlich wollte Merle gerade erklären, dass sie sich in ihrem Aschenputtel-Dasein nicht mehr so allein fühlte, wenn sie Gedichte las, die von ähnlichen Situationen handelten, doch in diesem Moment ertönte ein Geräusch, das schlagartig Carinas gesamte Aufmerksamkeit fesselte. Merle unterbrach sich mitten im Satz, Carina sprang auf, wandte sich der Tür zu und war bereits im Flur verschwunden, bevor Merle richtig begriffen hatte, dass das Geräusch durch einen Schlüssel im Haustürschloss verursacht worden war. Irritiert blickte sie auf ihre Armbanduhr: Zehn nach sieben – wie konnte das sein? Hannes sollte doch erst gegen halb neun zurückkommen. Jetzt hörte sie, wie sich die Haustür öffnete, sie stand ebenfalls auf und schlich sich an die Wohnzimmertür, die halb offen stand. Sie blieb hinter der Tür stehen und spähte in den Flur.

»Hannes, wie schön, dass du schon so früh da bist. Ich hatte noch gar nicht mit dir gerechnet.« Carina ließ dem rotblonden Teddybären nicht einmal Zeit, um die Jacke auszuziehen, sondern warf sich ihm sofort an den Hals und umarmte ihn so stürmisch, als ob er nach mindestens vier Wochen von einer gefahrvollen Seereise heimgekehrt wäre. Merle hatte bisher nicht gewusst, dass es so hoch gewachsene Teddybären gab, Hannes musste mindestens eins neunzig groß sein, sodass selbst Carina mit ihren eins sechsundsiebzig an seiner Seite plötzlich klein und schutzbedürftig wirkte.

»Ja, das Training ist heute ausgefallen, weil in der Halle eine Veranstaltung ist«, erklärte er, »und die haben es irgendwie verpennt, uns rechtzeitig Bescheid zu sagen. Also waren wir stattdessen noch ein Feierabendbier trinken, und dann bin ich gleich nach Hause gefahren.« Hannes hatte sich inzwischen aus der liebenden Umklammerung befreit und hängte seinen Anorak an die Garderobe, wo ihm Merles Jacke auffiel. »Oh, du hast Besuch? Ich hoffe, ich bringe jetzt nicht deine Pläne durcheinander.«

Carina zuckte zusammen, als hätte sie Merles Gegenwart völlig vergessen, hatte sich aber rasch wieder in der Gewalt und sagte: »Nein, ich freue mich sehr, dass wir jetzt doch noch zusammen essen können. Es ist nur eine Kollegin von mir, die heute Nachmittag zum Plätzchenbacken mitgekommen ist – Merle, die Neue aus dem Büro. Ich habe ihren Namen vor einiger Zeit mal erwähnt, vielleicht erinnerst du dich.«

Als Merle das hörte, wäre sie am liebsten im Boden versunken. Sie war für Carina »nur eine Kollegin«, deren Name »vor einiger Zeit mal erwähnt« worden war, und dass sie »mitgekommen« sei, hörte sich so an, als wäre sie Carina gegen deren Willen aus dem Büro bis nach Hause gefolgt. Dabei hatte Carina sie doch ausdrücklich eingeladen, und bis gerade eben hatte sie das Gefühl gehabt, dass sie sich in ihrer Gesellschaft sehr wohlfühlte. War das alles nur gespielt, und wenn ja, warum? Etwa aus Mitleid mit der Aschenputtel-Kollegin, die keinen Partner und kein Haus hatte und in Hamburg ein einsames, ja beinahe unsichtbares Dasein fristete?

Merle kam nicht mehr dazu, diese Überlegungen zu vertiefen, denn Hannes und Carina betraten nun Arm in Arm das Wohnzimmer. Die Vorstellung fiel sehr flüchtig aus, und Carina schaute währenddessen auf die Uhr über dem Kamin, die jetzt 19:13 Uhr anzeigte.

»Nett, dich kennenzulernen«, sagte Hannes, während er Merle die Hand reichte. Es klang wie auswendig gelernt oder wie eine jener nervtötenden Bandansagen, die man sich stundenlang anhören musste, wenn man in der Warteschleife irgendeiner Service-

Hotline hing. Vielleicht war er ja ein Teddybär mit einem eingebauten Tonband.

»Danke, ebenfalls«, erwiderte Merle und fügte hinzu: »Ich wollte sowieso gerade gehen.«

Carina war die Erleichterung deutlich anzusehen, sie begleitete Merle zur Garderobe im Flur und reichte ihr die Jacke, wobei sie Hannes über die Schulter zurief: »Ich bin gleich wieder da!«

Das Buch mit den Gedichten hatte Merle mitgenommen und steckte es in ihre Tasche, ohne dass Carina das kommentierte.

»War ein schöner Nachmittag mit dir«, bemerkte Carina, als Merle an der Haustür stand, »komm gut nach Hause, wir sehen uns dann morgen. Ich bringe dir was von den Plätzchen mit.«

Ihre Abschiedsworte richtete Merle bereits an die geschlossene Tür, und sie konnte nicht einmal die Erinnerung an eine weitere Umarmung mit in diesen kalten, windigen Abend nehmen. Die Lichterkette am Tannenbaum neben der Haustür war inzwischen eingeschaltet, und der künstliche Kerzenschein verstärkte das Gefühl des Ausgeschlossen-Seins, obwohl Merle sich normalerweise nicht für Weihnachtsdekorationen begeistern konnte. Licht, Wärme und Geborgenheit waren wieder einmal nur für die anderen, während sie selbst zu einem Dasein in Finsternis, Kälte und Einsamkeit verurteilt war und blieb.

Eigentlich hatte Merle den Rest des Abends damit verbringen wollen, die schönsten Momente ihres Besuchs bei Carina wieder und wieder in Gedanken zu durchleben, sich in ihre Worte und Gesten einzuhüllen wie in einen Umhang aus rotem Samt, doch nun befand sie sich frierend unter einer Bleidecke, die keine tröstende Erinnerung zu ihr hindurchdringen ließ. Sie war die verhasste Stieftochter, die keinen Zutritt zum Märchenschloss bekam – anstatt mit Carina unter dem Kronleuchter zu sitzen und den Abend bei einem guten Essen mit edlem Geschirr und Stoffservietten ausklingen zu lassen, aß sie am Schreibtisch die üblichen Nudeln mit Tomatensauce direkt aus dem Topf und versuchte nebenbei vergeblich, ein Gedicht zu schreiben, das es wert wäre, Aufnahme in das blaue Buch zu finden.

Kapitel 16

Endlich Ruhe! Lena atmete auf, als sie die Tür hinter sich schloss, obwohl sie immer ein schlechtes Gewissen hatte, wenn sie sich in diesem Raum aufhielt. Aber sie machte hier ja nichts kaputt und achtete darauf, rechtzeitig vor der nächsten Lehrveranstaltung zu verschwinden. An diesem Mittwochnachmittag brauchte sie nicht auf die Uhr zu sehen, da das Kolloquium von Professor Paulsen nur vierzehntägig stattfand. Seit Beginn des Semesters arbeitete sie regelmäßig in diesem Seminarraum im elften Stock, und sie hatte den Eindruck, dass das bisher niemandem aufgefallen war. Die meisten Mitarbeiter und Mitarbeiterinnen des Historischen Seminars hatten ihre Büros im neunten Stockwerk, und dort fand auch der größte Teil der Lehrveranstaltungen statt.

Lena packte ihren Laptop aus und legte die Bücher und Kopien bereit, die sie für ihr Referat brauchte. Wieder einmal fragte sie sich, warum sie nicht schon viel früher auf die Idee gekommen war, einen Seminarraum als inoffizielles Arbeitszimmer zu nutzen – die Räume wurden tagsüber nicht abgeschlossen und standen oft stundenlang leer. Hier konnte sie konzentriert arbeiten, ohne durch den Fernseher oder laute Musik gestört zu werden, und vor allem brauchte sie nicht zu befürchten, dass jemand sie im nächsten Augenblick anbrüllen würde, weil sie was auch immer falsch gemacht hatte.

Zu Hause war die Situation inzwischen unerträglich. André tat weiterhin nichts, um sich eine neue Stelle oder wenigstens einen Aushilfsjob zu suchen, obwohl Lena ihn immer wieder auf Stellenanzeigen hinwies und seine Bewerbungsunterlagen so überarbeitet hatte, dass er sie nur noch abschicken müsste. Er hatte mittlerweile überhaupt keinen Tag- und Nachtrhythmus mehr, saß oft bis in die frühen Morgenstunden vor dem Fernseher oder verbrachte die Nacht damit, online Poker zu spielen, und trank zu jeder Uhrzeit Bier. Gekifft hatte er auch früher schon gelegentlich, doch inzwischen war es zum täglichen Ritual geworden. Woher er das Geld dafür nahm, wollte sie lieber gar nicht so genau wissen. Schon mehrmals waren Gegenstände aus der Wohnung verschwunden, von denen sie vermutete, dass er sie über eBay verkauft hatte. Auch ihre Lieblingshandtasche war seit zwei Wochen weg; als sie ihn darauf angesprochen hatte, war er wieder einmal ausgerastet und hatte sie als »behinderte Schlampe« beschimpft, die »zu dämlich« sei, um auf ihren »Scheiß« aufzupassen. In die Kaffeedose für das Haushaltsgeld legte sie längst nur noch höchstens zwanzig Euro auf einmal, nachdem sich André dort wiederholt ohne Absprache bedient hatte. Allmählich wurde es finanziell wirklich eng, obwohl Lena sich freiwillig für jede Sonderschicht im Teeladen meldete. Sie hatte schon mit dem Gedanken gespielt, einen zweiten Job anzunehmen, aber das konnte sie sich zeitlich beim besten Willen nicht leisten, sie war ja ohnehin schon völlig überfordert. Deshalb musste sie jetzt auch unbedingt weiterarbeiten, schon wieder hatte sie mehrere Minuten lang nur reglos aus dem Fenster gestarrt, als ob im grauen Dezemberhimmel die Lösung ihrer Probleme zu lesen wäre. Aber diese Lösung gab es nicht. Manchmal wünschte Lena sich, dass André sie verlassen würde, damit sie endlich wieder ihre Ruhe hätte, aber zugleich wusste sie, dass sie sich dann nur noch wertloser vorkäme. Und wenn sie die Beziehung selbst beendete, würde er garantiert völlig die Beherrschung verlieren – mit unabsehbaren Folgen.

Nein, es gab keine Lösung, und umso wichtiger war es, dass sie in ihrem Studium wieder vorankam. Ein guter Abschluss war die einzige Möglichkeit, um sich eine bessere Zukunft zu erarbeiten. Das machte sie sich jeden Tag von Neuem bewusst, und trotzdem waren die Panikattacken oft stärker, sodass sie immer wieder stundenlang arbeitsunfähig war. Oder sie wurde krank, wenn der Stress zu groß wurde. Die gesamte letzte Woche hatte sie mit einer fiebrigen Erkältung im Bett gelegen, hatte drei Schichten im Teeladen absagen müssen – und sogar ihren Referatstermin bei Frau Dr. Wagner. Diese hatte sehr knapp auf Lenas Absage per E-Mail geantwortet, ihre Enttäuschung und Verärgerung waren unmissverständlich zwischen den Zeilen zu lesen. Daher musste Lena jetzt alles tun, um beim Nachholtermin zu überzeugen. Und das konnte sie auch schaffen, sie musste nur an sich glauben, Frau Wagner hatte ihr das schließlich immer wieder gesagt. Sie durchlebte in Gedanken nochmals die letzte Sprechstunde, die ihr so gut getan hatte, und fing dann an zu schreiben.

Kapitel 17

Schon oft hatte sie Carina beim Lesen beobachtet, doch an diesem Montagmorgen war das für Merle noch viel aufregender als normalerweise: Carina las nämlich gerade das Gedicht, das Merle gestern Abend in das blaue Buch geschrieben hatte. Diese vier Strophen hatten sie fast den gesamten Sonntag beschäftigt, und sie konnte überhaupt nicht einschätzen, wie ihre Kollegin reagieren würde. Ihr Gedicht handelte von einem Fisch aus blauem Glas, der in einen Menschen verliebt war und sich sehnlich wünschte, schreiben zu können, um auf diese Weise seine Gefühle zu offenbaren. Am Schluss sah er jedoch ein, dass er als Fisch nun einmal »schweigend lieben« musste.

Carina hatte mehrmals gelächelt, während sie gelesen hatte, und jetzt hob sie den Kopf und schaute Merle an. »Sehr hübsch«, sagte sie, »außerdem bist du die Erste, die extra für dieses Buch selbst ein Gedicht geschrieben hat. Hast du eigentlich auch so einen Fisch auf deinem Schreibtisch stehen?«

Hatte sie die Botschaft der Verse wirklich nicht verstanden oder war das eine Fangfrage? Nach einer kurzen Denkpause entgegnete Merle: »Nein, ich bin nicht diejenige, die dieser Fisch liebt.«

Carina lachte. »Du hättest von dieser Liebe ja auch nichts, da der arme Fisch sie eh nicht äußern kann. Für dich findet sich bestimmt noch eine bessere Alternative.«

Nun war Merle völlig durcheinander – durfte sie diese Worte als ein erstes, angedeutetes Geständnis betrachten? Oder als ein Versprechen, dass Carina sich ihr nähern würde, vielleicht schon bald? Das Wort »bestimmt« klang ja so, als ob Carina sich ziemlich sicher wäre. Aber Merle wollte nichts zerreden und antwortete deshalb nur: »Ja, das hoffe ich auch.«

Bevor sie sich wieder ihrer Arbeit zuwandte, stand Carina auf und kam zu Merles Schreibtisch. Sie legte Merle den Arm um die Schultern, drückte sie kurz an sich und sagte: »Vielen Dank für das Gedicht, das ist wirklich lieb von dir. Ich werde jetzt immer an dich denken, wenn ich irgendwo Fische aus Glas sehe.«

Jetzt war Merle überzeugt, dass Carina das Gedicht doch richtig verstanden hatte – wahrscheinlich überlegte sie schon, wann und wie sie den nächsten Schritt wagen könnte. Einfach war das für sie vermutlich nicht, immerhin lebte sie in einer festen Beziehung und hatte mit ihrem Teddybären sogar ein Haus gekauft. Ganz abgesehen davon, dass es für sie etwas völlig Neues sein dürfte, Gefühle für eine andere Frau zu empfinden. Merle durfte sie also auf keinen Fall drängen und damit überfordern.

Beschwingt vom verheißungsvollen Beginn dieses Montags, machte Merle sich nun ebenfalls an die Arbeit, und das war auch dringend nötig, da sie übermorgen in Paulsens Kolloquium ihr Dissertationsprojekt vorstellen sollte. Die Folien für ihren Vortrag waren weitgehend fertig, aber sie war mit ihrem Einstieg noch nicht ganz zufrieden und wollte zudem noch ein kurzes Hand-out für die Zuhörer verfassen. Außer den Doktoranden von Paulsen kamen manchmal auch Post-Docs oder Studierende aus höheren Semestern, das hing immer davon ab, wer gerade sein Thema präsentierte. Sarah hatte ihr schon gesagt, dass sie kommen würde, weil sie darüber nachdachte, ihre Masterarbeit ebenfalls über Reiseberichte zu schreiben. Merle hatte sich sehr über ihr Interesse gefreut, zumal sie wusste, dass sie weniger nervös sein würde, wenn jemand im Publikum saß, der ihr ab und zu aufmunternd zulächelte. Die anderen aus dem Kolloquium machten zwar auch einen ganz netten Eindruck, aber Merle kannte sie bisher kaum und fühlte sich daher immer noch unsicher. Am allerliebsten wäre es ihr natürlich, wenn Carina käme und sie danach noch zusammen einen Wein tränken, doch sie traute sich nicht zu fragen – ihre Kollegin müsste von selbst auf die Idee kommen. Oder allenfalls durch einen geschickten, unauffälligen Anstoß von ihr.

Eine entsprechende Gelegenheit bot sich gegen Abend, als Carina anfing, ihren Schreibtisch aufzuräumen und ihre Tasche zu packen. In letzter Zeit hatten sie öfter gemeinsam das Büro verlassen und im Fahrstuhl noch ein paar Sätze gewechselt, manchmal war Merle sogar ein kurzes Gespräch draußen vor dem Philosophenturm vergönnt gewesen, bevor sich ihre Wege dann trennten.

Heute fiel Carina jedoch auf, dass Merle immer noch konzentriert bei der Arbeit war, und sie fragte augenzwinkernd, ob sie »mal wieder Überstunden« machen wolle.

»Wahrscheinlich bleibe ich auch nicht mehr lange«, entgegnete Merle, »aber ich will noch schnell das Hand-out für meinen Vortrag fertig machen.«

»Ach ja, richtig, übermorgen ist ja dein großer Auftritt. Bist du nervös?«

»Ja, schon ein bisschen, das ist schließlich mein erster Vortrag bei Paulsen. Deshalb hoffe ich auf ein paar bekannte Gesichter im Publikum, dann fühle ich mich gleich wohler.«

»Das wird sich schon ergeben«, antwortete Carina lächelnd, »inzwischen kennst du ja schon ein paar Leute hier.«

Daraufhin verabschiedete sie sich, und Merle versuchte wieder einmal, ihre Worte zu entschlüsseln, anstatt mit ihrer Arbeit weiterzumachen. »Das wird sich schon ergeben« – in Verbindung mit Carinas Lächeln erschien ihr dieser Satz schon fast wie ein Versprechen, dass sie kommen würde. Der nachfolgende Verweis auf die »Leute«, die Merle inzwischen in Hamburg kannte, war hingegen wieder so allgemein formuliert, dass er alles offen ließ. Aber wahrscheinlich wollte Carina einfach ein bisschen Spannung aufbauen, damit Merle sich umso mehr freute, wenn sie am Mittwoch tatsächlich da war. Ja, so musste es sein, und vielleicht hatte ihre Kollegin insgeheim schon eingeplant, anschließend noch mit ihr auszugehen.

Der Dienstag verging ohne jede Anspielung auf Merles Vortrag, Carina war auch nur kurz im Büro, da sie viel Zeit in der Bibliothek verbrachte und bereits um vier gehen musste, um zu Hause auf einen Handwerker zu warten.

»Die und ihre Handwerker«, bemerkte Sarah, nachdem Carina gegangen war. »Was muss denn diesmal gemacht werden? Ist etwa der Kronleuchter runtergefallen? Nein, dann hätte sie bestimmt gleich heute Morgen einen Notdienst bestellt.«

»Es geht um irgendwelche Lampen für die Terrasse«, erläuterte Merle, ohne auf ihre Sticheleien einzugehen.

»Alles klar – die braucht man im Dezember ja auch ganz dringend«, kommentierte Sarah und wandte sich wieder ihrem Computer zu.

Der Mittwoch verstrich quälend langsam, zumal im Büro kaum gesprochen wurde. Julia war krank, Sarah hatte den größten Teil des Tages Lehrveranstaltungen, und Carina saß überwiegend schweigend an ihrem Schreibtisch, nachdem sie Merle gleich bei der Begrüßung eröffnet hatte, dass sie »total im Stress« sei, weil sie um fünf einen Termin bei Paulsen habe und bis dahin noch einen Text zu Ende schreiben müsse. Natürlich hatte Merle gefragt, ob sie helfen könne, doch sie wurde mit der kurzen Bemerkung abgefertigt, dass es um Carinas Habilprojekt gehe und »Außenstehende« dabei keine Hilfe seien. Seitdem hörte sie von ihrer Kollegin nichts weiter als das hektische Umblättern von Buchseiten und das Stakkato ihrer

Finger auf der Tastatur, das Merle heute an einen Specht erinnerte, der im Akkord Löcher hackte. Ob Carina wohl Angst vor diesem Gespräch mit Paulsen hatte? Aber das konnte Merle sich eigentlich nicht vorstellen, denn welchen Grund sollte er haben, um unzufrieden zu sein? Sie fand es nur wieder einmal sehr schade, dass Carina sie noch immer nicht in das Thema ihres Habilprojektes eingeweiht hatte. Merle hätte so gern auch an diesem wichtigen Aspekt ihres Lebens teilgehabt und Carina aufgemuntert, wenn sie erschöpft war oder Schreibblockaden hatte. Der Teddybär konnte sie in solchen Situationen bestimmt nicht richtig verstehen, weil er diese Art von Stress nicht aus eigener Erfahrung kannte. Carina hatte gleich in den ersten Tagen voller Stolz erzählt, dass Hannes bei einer renommierten Bank arbeitete, deren Namen Merle aber sofort wieder vergessen hatte. Dort spulte er vermutlich den ganzen Tag seine Bandansage ab, dass er sich freue, seine Kunden beraten zu dürfen. Bestimmt hatte er sich auf arglose ältere Damen spezialisiert, bei denen seine Teddybär-Ausstrahlung so gut ankam, dass sie sich bereitwillig jede noch so riskante Geldanlage aufschwatzen ließen. Und abends unter dem heimischen Kronleuchter berichtete der Geldhai im Bärenfell dann voller Stolz von seinen Erfolgen.

Wenigstens passte die Uhrzeit von Carinas Termin hervorragend, denn das Kolloquium begann um 18 Uhr c. t., Merle vermutete daher, dass Paulsen und Carina direkt nach dem Gespräch in den Seminarraum gehen würden. Vielleicht ergab sich auf diese

Weise ja noch die Gelegenheit für ein paar ermutigende Worte vor dem Beginn ihres Vortrags oder sogar für eine Umarmung.

Um kurz vor fünf verließ Carina das Büro mit einem flüchtigen »Tschüss«, ohne ein »Bis später« hinzuzufügen – hatte sie es in der Aufregung nur vergessen oder war das auch wieder ein Teil ihrer Strategie, die Spannung zu steigern? Merle ließ sich jedenfalls nicht irritieren, denn es konnte ja gar nicht anders sein, als dass Carina im Anschluss an das Gespräch gemeinsam mit Paulsen zum Kolloquium käme. Normalerweise nahm sie zwar nicht daran teil, aber bei einem Vortrag ihrer Bürokollegin müsste es doch auch dann selbstverständlich sein, wenn zwischen ihnen keine besondere Verbindung bestünde.

Um zehn vor sechs ging Merle in den Seminarraum im elften Stock, um alles für ihre Power-Point-Präsentation vorzubereiten. Dort traf sie auf Lena Behrends, die mit ihrem Laptop an einem Tisch ganz hinten in der Ecke saß und erschrocken zusammenfuhr, als sie Merle bemerkte. Der rechte Ärmel ihrer Strickjacke war beim Tippen etwas nach oben gerutscht und ließ ein großes Pflaster an der Innenseite des Unterarms erkennen.

»Ich wollte sowieso gerade gehen«, stammelte Lena, den Blick auf den Fußboden gerichtet, zog ihren Jackenärmel wieder über das Handgelenk und beeilte sich, ihre Sachen zusammenzupacken.

»Schon okay, ist ja nicht verboten, hier zu arbeiten«, erwiderte Merle, ohne sich weiter um die Studentin zu kümmern. Sie hatte jetzt wirklich andere Sorgen, ihre Nervosität wuchs mit jeder Minute, und sie fing an zu schwitzen. Wie peinlich – sie musste unbedingt ein Fenster öffnen oder am besten gleich mehrere, zumal man die Fenster im Philosophenturm aus Sicherheitsgründen nur kippen konnte. Aber was war das? Überrascht und ein wenig erschrocken stellte Merle fest, dass sich das mittlere Fenster vollständig öffnen ließ. Eigentlich müsste sie das sofort melden, doch um diese Zeit war der Hausmeister sicher nicht mehr da, und man musste ihn ohnehin meist mehrmals bitten, bevor er eine Reparatur erledigte.

Die frische Luft tat jedenfalls gut, Merle wurde wieder etwas ruhiger. An sich hatte sie ja auch allen Grund, um mit sich zufrieden zu sein. In den letzten Monaten war sie mit ihrer Arbeit ausgezeichnet vorangekommen, und das hatte sie nur Carina zu verdanken. Hoffentlich bekam sie nachher die Gelegenheit, ihr das endlich einmal zu sagen.

Ein paar Minuten später kam Sarah, die sogar ein Marzipanschweinchen als Glücksbringer mitbrachte. Kurz darauf betrat Paulsen den Raum – allein und mit einem verärgerten Gesichtsausdruck, den Merle sich nicht erklären konnte. Als er sie sah, hellte sich seine Miene jedoch auf, er begrüßte sie mit einem Lächeln und sagte, dass er sich auf ihren Vortrag freue. Aber wo blieb Carina? War sie noch zur Toilette gegangen? Oder hatte sie etwas im Büro vergessen? Vielleicht hatte sie dort auch ein kleines Geschenk für Merle deponiert, das sie jetzt holen wollte. Wie auch immer, sie würde schon kommen. Immerhin blieben noch elf Minuten Zeit.

Um 18 Uhr c. t. waren die Teilnehmer des Kolloquiums vollzählig, doch Carina war noch immer nicht erschienen. Sollte Merle etwa ohne sie anfangen? Paulsen beantwortete ihre unausgesprochene Frage, indem er aufstand und die Tür schloss. Daraufhin stellte er Merles Projekt und ihren wissenschaftlichen Werdegang in ein paar einleitenden Sätzen vor und erteilte ihr das Wort.

Irgendwo hatte sie einmal gehört oder gelesen, dass Hühner noch einige Schritte weiterlaufen können, nachdem ihnen der Kopf abgeschlagen wurde. Sie wusste nicht, ob das stimmte, aber heute war sie geneigt, es zu glauben, denn sie bewältigte ihren Vortrag und die anschließende Diskussion so souverän, dass sie von allen Seiten gelobt wurde – und das, obwohl sie völlig fassungslos und verzweifelt war. In den ersten Minuten hoffte sie noch darauf, dass Carina sich nur verspätet habe, und warf immer wieder sehnsüchtige Blicke in Richtung Tür, doch schließlich musste Merle einsehen, dass ihre Kollegin definitiv nicht kommen würde.

Unmittelbar nach dem Ende des Kolloquiums nahm ihr Gedankenkarussell wieder Fahrt auf, und auch ihr Katastrophenkino begann mit der nächsten Vorstellung: Ohne jede Rücksicht auf Wahrscheinlichkeit malte sie sich alle nur denkbaren Erklärungen für Carinas Abwesenheit aus, vielleicht war sie im Büro oder auf der Toilette ohnmächtig geworden oder hatte ganz plötzlich einen Migräneanfall erlitten. Oder sie hatte einen Anruf mit einer schlimmen Nachricht bekommen, es konnte ja sein, dass jemandem aus ihrer Familie etwas zugestoßen war. Oder dem Teddybären, wobei Merle das weniger dramatisch gefunden hätte. Ihr Handy, auf das sie einen unauffälligen Blick werfen konnte, während sie ihre Sachen packte, zeigte jedenfalls keine Nachricht von Carina an, und bis sie ihre Mails lesen und ihren Anrufbeantworter zu Hause abhören konnte, würde noch einige Zeit vergehen, denn Paulsen ließ es sich nicht nehmen, sie zur Feier ihres »tollen Erfolges« noch zum Essen ins *Arkadasch* einzuladen. Sarah und einige andere Teilnehmer des Kolloquiums kamen ebenfalls mit. Merle war froh, dass ihr Chef nicht das *Abaton* vorgeschlagen hatte, denn dort müsste sie unweigerlich permanent an Carina denken. Damals, bei ihrem gemeinsamen Mittagessen an Merles erstem Arbeitstag, war sie voller Hoffnung gewesen, dass die Verbindung zwischen ihnen mit jedem Tag intensiver werden würde, doch offenbar spürte Carina noch immer nicht, dass sie füreinander bestimmt waren.

Nein, das konnte nicht sein, es musste einfach eine einleuchtende Erklärung geben, weshalb Carina heute nicht kommen konnte. Und bis dahin blieb Merle nichts anderes übrig, als weiterhin zu funktionieren.

Das Essen im *Arkadasch* verlief dann doch angenehmer, als sie erwartet hatte, Paulsen hatte zu seiner üblichen guten Laune zurückgefunden, und die Stimmung war generell sehr entspannt. Es wurde viel gelacht, und es gelang Merle, weitgehend unbefangen an den Gesprächen teilzunehmen. Anscheinend hatte sie sich in den letzten Monaten auch in dieser Hinsicht weiterentwickelt.

Auf dem Rückweg übermannte sie erneut die Verzweiflung, bei WhatsApp wurde noch immer keine Nachricht von Carina angezeigt, und als Merle in der U-Bahn endlich die Zeit fand, um per Smartphone ihre Mails abzurufen, musste sie feststellen, dass ihre Kollegin sich auch auf diesem Weg nicht gemeldet hatte. Ihre letzte Hoffnung war der Anrufbeantworter, doch auch diesmal wurde sie enttäuscht.

In dieser Nacht konnte sie stundenlang nicht einschlafen, und als es ihr dann irgendwann doch gelang, quälten sie Albträume: Carina lag schwer verletzt auf der Straße, ringsum heulten die Sirenen, und Merle war sicher, dass jede Hilfe zu spät kommen würde. In einer anderen Traumszene floh Carina vor einem maskierten Verfolger mit einem Dolch, der immer näher kam. Kurz bevor die Klinge sie berührte, wachte Merle schweißgebadet auf, um wenig später erneut von ihr zu träumen: Diesmal saß Carina mit dem Teddybären auf der Terrasse, es war Abend oder Nacht, doch mehrere große, sehr teuer wirkende Lampen verbreiteten ein anheimelndes Licht. »Wer ist eigentlich Merle?«, fragte der Teddybär, und Carina antwortete: »Der Name sagt mir nichts.«

Kapitel 18

Was für ein furchtbarer Tag. Carina konnte es kaum abwarten, nach Hause zu kommen, die Fahrt mit der U-Bahn kam ihr doppelt so lang vor wie sonst, und die Leute gingen ihr auf die Nerven – überall nur Hektik, Lärm und Gedränge. Dabei war es an diesem Abend in der Bahn nicht voller oder lauter als normalerweise, aber nach dem Gespräch bei Paulsen lagen ihre Nerven einfach blank. Und das ausgerechnet an einem Mittwoch, dem einzigen Wochentag, an dem sie allein zu Abend essen und bis gegen halb neun auf Hannes warten musste. Jetzt war es kurz vor halb sieben, sie würde also noch mindestens zwei Stunden lang ihren düsteren Gedanken ausgeliefert sein.

So hatte sie ihren Chef noch nie erlebt, normalerweise verlor Paulsen höchstens einmal für kurze Zeit seine gute Laune, wenn er sich über die Hochschulpolitik aufregte. Gegenüber seinen Mitarbeiterinnen war er stets so entgegenkommend und verständnisvoll, dass sie von vielen Kollegen aus dem Institut beneidet wurden. Noch immer sah sie sein Stirnrunzeln und die tadelnd hochgezogenen Augenbrauen vor sich, und seine Vorwürfe hallten in ihr nach: Sie komme mit ihrem Habilprojekt zu langsam voran, die Fragestellung sei zu vage und das Innovative ihres Forschungsansatzes noch nicht klar genug erkennbar. Ein beschämendes Urteil, und das Schlimmste war: Paulsen hatte mit jedem Wort recht, er hatte nur das laut ausgesprochen, was Carina schon seit Monaten geahnt hatte, ohne es sich in aller Deutlichkeit einzugestehen. Dass sie über die kulturellen Funktionen des Vorgartens forschen wollte, stand schon lange fest, aber sie kam nicht über das Stadium einer Materialsammlung hinaus, die beliebig, ja vielleicht sogar wahllos war. Ihre Exzerpte aus Quellen und Literatur füllten etliche Dateiordner, und auf ihrem Schreibtisch wuchsen die Bücherstapel, doch dieses Hamstern von Wissen konnte sie spätestens jetzt nicht mehr darüber hinwegtäuschen, dass ihrem Forschungsprojekt das Entscheidende fehlte: Es hatte keine Zielrichtung, keinen Schwung und keine Seele. Und das war auch kein Wunder, denn ihre Seele brannte längst für etwas ganz anderes. Aber das hatte sie ihrem Chef natürlich nicht sagen können, als er sie gefragt hatte, weshalb es so schleppend vorangehe.

Geschafft. Carina war endlich zu Hause angekommen und ließ sich aufs Sofa fallen. Aber ohne Hannes war das Wohnzimmer längst nicht so gemütlich wie sonst, und mit ihren Gedanken war sie nach wie vor im Philosophenturm, der zu dieser Jahreszeit besonders trist wirkte. Immerhin lag auf dem Tisch in der Kaminecke noch eine halbe Tafel Schokolade – das war jetzt genau das Richtige, auch wenn sie die zusätzlichen Kalorien ganz sicher nicht nötig hatte. Gegenüber Paulsen hatte sie sich damit herausgeredet, dass sie sich in dem zurzeit so überbelegten Büro schlecht konzentrieren könne und dass die Lehre so viel Zeit in Anspruch nehme, zumal immer wieder Studierende mit persönlichen Problemen zu ihr kämen. Ihr Chef räumte zwar ein, dass dies »erschwerende Rahmenbedingungen« seien, ließ aber dennoch keinen Zweifel daran, dass Carina in den nächsten Monaten »entscheidende Fortschritte« machen müsse. Schließlich stünden im kommenden Jahr mehrere wichtige Tagungen an, und außerdem wolle er sie für ein einmonatiges Forschungsstipendium in Wien vorschlagen. Sie hatte versprochen, ihr Bestes zu geben, doch es war ihr beim besten Willen nicht gelungen, bei der Aussicht auf die Tagungen und den Forschungsaufenthalt Begeisterung zu zeigen, und sie hatte den Eindruck, dass Paulsen das nicht entgangen war.

»Bevor wir uns kennengelernt haben«, sagte sie ein paar Stunden später zu Hannes, »habe ich mich um jede Konferenz und jeden Forschungsaufenthalt gerissen. Inzwischen hat sich das völlig geändert – natürlich will ich meinen Job immer noch gut machen, aber ich bin einfach nicht mehr mit Leidenschaft dabei.« Mittlerweile war es halb zehn, Carina hatte diesmal mit dem Essen auf Hannes gewartet, da sie nach der Frustschokolade zunächst keinen Appetit mehr gehabt hatte. Jetzt saßen sie mit einem Glas Beaujolais am Kamin, und Carina merkte, dass sie sich immer mehr entspannte. »Ich habe schon länger geahnt«, fuhr sie fort, »dass meine Arbeit für mich nicht mehr dieselbe Bedeutung hat wie früher, doch heute ist mir das erst richtig bewusst geworden. Trotzdem muss es mit meiner Habil ja irgendwie weitergehen …«

»Ja, vorerst schon«, stimmte Hannes ihr zu, »wenn wir zu dritt sind, sieht das schon wieder anders aus …« Er küsste sie spontan auf die Wange und nahm dann ihre Hand. Nach einer kleinen Denkpause fügte er hinzu: »Am besten konzentrierst du dich jetzt ganz auf die Habil und versuchst dir möglichst viel Zeit dafür freizuschaufeln. Die Lehre bringt dir ja nichts und die endlosen Sprechstunden schon gar nicht. Du bist nicht die Kummerkasten-Tante, wenn jemand wirklich ernste Probleme hat, gibt es ja auch noch die Studienberatung.«

»Ja, ich weiß, und ich nehme mir auch jedes Mal vor, pünktlich Schluss zu machen, aber dann ziehen sich die Gespräche doch wieder hin. Die Anmeldeliste ist immer voll, oft trägt sich jemand gleich für zwei Termine ein oder kommt unangemeldet, und sobald auch nur einer überzieht, ist der ganze Zeitplan zum Teufel.«

»Wie lang sind denn die einzelnen Termine?«, wollte Hannes wissen, und als Carina antwortete, dass die Sprechzeit jeweils eine Viertelstunde betrage, schlug er vor: »Dann reduziere die Zeitfenster doch auf zehn Minuten, auf diese Weise kannst du mehr Termine anbieten. Und Studis, die gemeinsam ein Referat vorbereiten, sollen sich gleich als Gruppe eintragen, das spart auch Zeit.«

»Das hört sich gut an«, freute sich Carina. »Außerdem könnte ich noch unten auf die Liste schreiben, dass man ohne Anmeldung ab sofort nicht mehr berücksichtigt wird und dass jeder nur einen Termin belegen darf.«

»Super. Du hast schon was von mir gelernt«, grinste Hannes. »Und wenn dir trotzdem mal die Motivation fehlt …«

»… dann denke ich einfach an dich und unsere Zukunft«, vollendete Carina den Satz. »Ich freue mich schon so sehr auf unser erstes Weihnachten im eigenen Haus.«

Kapitel 19

Irgendwann nach ihrem letzten Albtraum musste Merle doch noch einmal eingeschlafen sein, und diesmal war ihr Schlaf so bleischwer, dass sie das erste Weckerklingeln um 7:30 Uhr überhörte. Beim zweiten Klingeln, das zehn Minuten später ertönte, war sie immerhin in der Lage, den Alarm auszuschalten und 8:15 Uhr als neue Weckzeit einzustellen, auch wenn ihr klar war, dass sie auf diese Weise erst nach neun Uhr im Büro sein konnte. Als der Wecker erneut klingelte, fühlte sie sich immer noch völlig erschlagen und bewegte sich wie eine Weinbergschnecke durch ihre Morgenroutine, sodass alles viel länger dauerte als normalerweise.

Erst um zwanzig vor zehn traf sie im Büro ein, wo Carina bereits an ihrem Schreibtisch saß. Nachdem Merle sich auf dem Weg zur Uni wieder alle möglichen Schreckensszenarien ausgemalt hatte, war sie sehr erleichtert, ihre Kollegin offenbar gesund und unversehrt wiederzusehen. Jetzt würde Carina bestimmt gleich auf sie zukommen, ihr alles erklären und sie um Verzeihung bitten. Merles Gruß fiel betont freundlich aus, da sie ihr den Gesprächseinstieg erleichtern wollte – sicher war es Carina furchtbar unangenehm, dass sie gestern nicht da gewesen war.

Aber weit gefehlt: »Morgen«, erwiderte sie flüchtig und deutete eine Kopfbewegung in Merles Richtung an, während ihr Blick weiterhin auf dem Monitor haftete. Merle wurde schlagartig schwindelig, und sie schnappte nach Luft wie ein Fisch auf dem Trockenen. Ein Fisch, der als ungebetener Beifang mit ins Netz geraten war und am Strand zurückgelassen wurde, weil er keinen Marktwert hatte. Carina tippte unbeirrt weiter.

Minutenlang starrte Merle regungslos auf das Anmeldefenster auf ihrem Bildschirm, bevor sie es fertigbrachte, ihre Kennung einzugeben. Als Sarah um kurz nach zehn kam, konnte sie zumindest wieder so tun, als ob sie arbeiten würde. Dass sie den Inhalt des Lexikonartikels nicht wahrnahm, den sie gerade online las, sah man ihr ja zum Glück nicht an.

Auch Sarah wurde von Carina kaum zur Kenntnis genommen, doch sie ließ sich dadurch nicht verunsichern, sondern redete unbeirrt weiter: »Merles Vortrag gestern war übrigens super. Du hast echt was verpasst.«

Jäh verstummte das Hämmern auf der Tastatur. Carina fuhr herum und sah Merle mit weit aufgerissenen Augen an: »O Gott, Merle – dein Vortrag! Das habe ich gestern ja völlig vergessen.« Da ihre Kollegin unmittelbar vor dem Kolloquium bei Paulsen gewesen war, fand Merle das nicht sehr glaubwürdig, und diese Skepsis spiegelte sich offenbar auch in ihrem Gesicht wider, denn Carina fügte rasch hinzu: »Nach dem Gespräch mit Paulsen war ich total erledigt und wollte nur noch nach Hause, in dem Moment habe ich einfach nicht mehr an das Kolloquium gedacht.« Sarah versuchte vergeblich, ihr Grinsen zu verbergen, und es war unverkennbar, dass sie Carinas Verlegenheit genoss. Merle brachte immer noch kein Wort heraus, obwohl ihr Carina inzwischen schon fast wieder leidtat. Carina ergriff nun die Flucht in die Offensive: »Merle, lass uns schnell einen Kaffee trinken gehen, dann erkläre ich dir alles. Ich möchte das Thema hier nicht vertiefen.« Sie stand rasch auf und warf einen Seitenblick auf Sarah, der von einem Hochziehen der Augenbrauen begleitet wurde. Mit wenigen Schritten war sie an der Tür, und Merle beeilte sich, ihr zu folgen.

In der Mensa war um diese Zeit nicht viel los, sie fanden einen Tisch am Fenster, an dem sie ungestört waren. Den Kaffee hatte Carina bezahlt, ohne dass sie darüber gesprochen hätten. Schon bevor sie den ersten Schluck getrunken hatte, legte sie Merle die Hand auf den Unterarm und sagte: »Merle, ich muss mich bei dir entschuldigen. Mir war überhaupt nicht klar, dass es dir so wichtig ist, dass ich zu deinem Vortrag komme. Manchmal bin ich wirklich ein Trampel. Wenn du bloß was gesagt hättest …«

Sie wirkte so zerknirscht, dass sich Merles Enttäuschung endgültig in Luft auflöste. »Ist schon okay. Aber was war denn gestern los? Hattest du Stress mit Paulsen?«

»Na ja, Stress nicht direkt … das Gespräch war einfach total anstrengend. Und mir wurde dadurch wieder mal bewusst, dass so ein Habilprojekt eine riesige Herausforderung ist. Danach wollte ich nur noch nach Hause und meine Ruhe haben. Und Paulsen muss gemerkt haben, dass bei mir gar nichts mehr ging, denn sonst hätte er mich bestimmt noch an das Kolloquium erinnert.«

Wieder wich sie aus. Merle konnte sich ihre Zurückhaltung nur so erklären, dass Carina momentan schlecht vorankam und sich vor ihr schämte. Daher sagte sie: »Ja, ich kann mir vorstellen, dass du manchmal an deine Grenzen gerätst. Und ich bin immer sehr gern für dich da, wenn du Ermutigung brauchst oder Frust loswerden möchtest. Vor mir muss dir nichts unangenehm sein!«

»Danke, das ist lieb, aber wie gesagt, mit diesem Projekt muss ich allein zurechtkommen. Erzähl mir lieber mal, wie es gestern gelaufen ist. Sarah war ja richtig begeistert.«

Schade, an diesem Punkt kam Merle heute nicht weiter. Anscheinend brauchte Carina noch etwas Zeit, bis sie ihr so weit vertrauen konnte, dass sie es wagte, sich komplett zu öffnen. Merle erzählte also ausführlich vom gestrigen Kolloquium, und Carina fragte mehrmals interessiert nach und freute sich nachträglich über ihren Erfolg. Als sie aufbrachen, legte sie Merle kurz den Arm um die Schultern und sagte, dass die »nette Kaffeepause« ihre Laune deutlich verbessert habe.

Jetzt hätte Merle eigentlich die neun Stockwerke bis zu ihrem Büro hinaufschweben können, die bleierne Schwere des Morgens hatte sich ins Gegenteil verkehrt. Zudem nahm sie aus diesem Gespräch eine entscheidende Erkenntnis mit: Sie musste Carina ihre Gefühle viel deutlicher zeigen – ihre Kollegin hatte sie ja geradezu darum gebeten.

Kapitel 20

Weihnachten bei ihren Eltern in Bad Segeberg – Merles alljährlicher Albtraum. Gerade hatte sie das Kaffeetrinken am ersten Weihnachtstag überstanden, das zunächst von bemühtem Small Talk begleitet wurde, bevor ihr Vater irgendwann wieder zur Zeitung griff. Ihre Mutter kommentierte das mit einem Stirnrunzeln, sagte aber wie üblich nichts dazu. Wenigstens hatte Merle jetzt für kurze Zeit ihre Ruhe, da ihre Eltern sich zu einer verspäteten Siesta zurückgezogen hatten. Eigentlich hätte sie sich in eines der Bücher vertiefen können, die gestern auf dem Gabentisch gelegen hatten, doch sie konnte sich nicht konzentrieren und wusste auch sonst nichts mit sich anzufangen. Sie konnte es kaum abwarten, morgen nach dem Frühstück endlich wieder nach Hause zu fahren. Miss Perfect hatte es gut, sie hatte mit ihrem Bilderbuchfreund schon heute nach dem Brunch wieder abreisen dürfen, da die beiden am Abend gern noch zu zweit feiern wollten, bevor sie morgen bei Mats' Eltern eingeladen waren. Von Merle hingegen wurde ganz selbstverständlich erwartet, dass sie wie üblich bis zum Sechsundzwanzigsten blieb, da sie ja nicht in einer Beziehung lebte. Und selbst wenn es eine Frau an ihrer Seite gäbe, so könnte sie ihren Eltern trotzdem nicht von ihr erzählen, sie dachten immer noch, dass Merle »den Richtigen« einfach noch nicht gefunden hatte, weil sie zu schüchtern war und sich zu sehr auf ihre Arbeit konzentrierte. Ganz abgesehen davon könnte in den Augen ihrer Eltern ohnehin niemand mit Mats konkurrieren, der alle Klischees des »Traum-Schwiegersohns« erfüllte. Der perfekte Mann für Merles ebenso perfekte Schwester.

Schon der Name war Programm: »Swantje« – der erste Schwan, der bereits mit einem strahlend weißen Gefieder zur Welt kam und seit der frühesten Kindheit alle Menschen bezauberte. Als sie geboren wurde, war Merle zwei Jahre alt und verschwand fortan in der Bedeutungslosigkeit. Irgendwann gewöhnte sie sich daran und verstand es sogar, denn wer wollte seine Aufmerksamkeit schon auf ein hässliches oder bestenfalls unscheinbares Entlein verschwenden, wenn direkt daneben ein Schwan stand? Heute war Swantje siebenundzwanzig, zehn Zentimeter größer als Merle und mit ihren langen hellblonden Haaren und der Modelfigur so attraktiv, dass sich die Leute auf der Straße nach ihr umdrehten. Es war sicher kein Zufall, dass es von ihr viel mehr Fotos gab als von Merle.

Schon als sie noch in die Grundschule ging, standen die Jungen bei ihr Schlange und riefen ständig zu Hause an. Ihre Eltern fanden das permanente Telefonklingeln einerseits lästig, andererseits machte es sie jedoch auch stolz, da jeder Anruf ein weiterer Beweis für die Beliebtheit ihrer jüngeren Tochter war. Natürlich hatte sie auch viele Freundinnen und gehörte in ihrer Klasse zur tonangebenden Clique, während Merle froh war, wenn man sie zumindest in Ruhe ließ. Da sie immerhin zum Abschreiben gut genug war, wurde sie von den meisten geduldet, doch niemand wählte freiwillig den Platz neben ihr oder suchte gar privaten Kontakt. Die einzige Ausnahme war Anna gewesen, damals in der sechsten Klasse, doch diese Episode hatte ein so beschämendes Ende genommen, dass Merle die Erinnerung daran bis heute verdrängte. Erst zu Beginn der Oberstufe, als einige Neue gekommen waren, hatte sie wieder ein paar Freundinnen gefunden, die sie aber fast nie nach Hause einlud, wo ohnehin alles von Swantjes Hofstaat belagert war. In der Schule war Merle besser als ihre Schwester, doch das verblasste völlig im Rampenlicht von Swantjes sportlichen Erfolgen und ihrer gesamten Erscheinung.

Auch ihr Lebenslauf entsprach exakt den elterlichen Wunschvorstellungen: Swantje hatte BWL studiert, arbeitete jetzt in Bremen in einer Event-Agentur und bewohnte mit Mats, den sie im Studium kennengelernt hatte, eine stilvoll eingerichtete Vierzimmerwohnung mit Dachterrasse. Natürlich besaßen sie auch jeder ein Auto, während Merle noch immer auf das Fahrrad und auf öffentliche Verkehrsmittel angewiesen war.

Auch gestern war sie per Bahn angereist und am frühen Nachmittag in Bad Segeberg angekommen, wo ihr Vater sie vom Bahnhof abgeholt hatte. Zu Hause war ihre Mutter gerade dabei gewesen, den Kaffeetisch zu decken. Sie hatte Merle gefragt, wie sie mit ihrer Arbeit vorankomme, und es schien sie zu freuen, als ihre ältere Tochter von ihren Fortschritten und von Paulsens Lob für ihren Vortrag im Kolloquium berichtete. Anschließend wollte sie wissen, ob Merle in Hamburg inzwischen »ein paar nette Leute« kennen würde, doch bevor Merle darauf antworten konnte, kündigte ein lautes Hupen die Ankunft von Swantje und Mats an. Von diesem Augenblick an dominierten die beiden das gesamte Gespräch, und es war ihren Eltern wieder einmal überdeutlich anzusehen, wie stolz sie auf Merles Schwester und ihren Freund waren, den sie bereits ganz selbstverständlich als zukünftigen Schwiegersohn betrachteten.

Merle wusste, dass ihr diese Gedanken nicht gut taten, und sie wollte den gestrigen Tag am liebsten aus ihrem Gedächtnis verdrängen, doch sie konnte einfach nicht anders, als immer mehr Salz in ihre jahrzehntealten Wunden zu reiben. So ging es ihr jedes Mal, wenn sie mit Swantje zusammentraf, ihre Schwester erdrückte sie mit den Schwanenflügeln ihrer Vollkommenheit, und es dauerte meist mehrere Tage, bis Merle sich wieder einigermaßen von dieser Last befreien konnte. Hinzu kam, dass Carina noch immer nicht auf ihre ausführliche Nachricht reagiert hatte, die Merle ihr gestern Vormittag über WhatsApp geschickt hatte, um sich für ihre Geschenke zu bedanken. Am Freitag hatten sie im *Abaton* noch gemeinsam einen Kaffee getrunken und dabei Weihnachtsgeschenke ausgetauscht, und Merle war sich sicher, mit ihrer Auswahl ins Schwarze getroffen zu haben – oder besser gesagt, ins Rote … und ein wenig auch ins Blaue. Jetzt würde Carina gar nicht mehr anders können, als den entscheidenden Schritt auf sie zuzugehen. Nach wochenlangen Überlegungen und ausgedehnten Streifzügen durch zahlreiche Geschäfte hatte Merle sich für eine kleine rote Handtasche und einen handgewebten Wollschal mit einem Muster in verschiedenen Rot- und Blautönen entschieden, der so groß war, dass man ihn fast schon als Stola bezeichnen konnte. Dazu hatte sie eine Weihnachtskarte ausgewählt, auf der rote Kerzen und eine rote Amaryllis abgebildet waren. Den Text hatte sie eher kurz gehalten, da sie fand, dass ihre Geschenke für sich sprachen, aber sie war sicher, dass sie Carina mit ihrem letzten Satz noch eine zusätzliche Brücke gebaut hatte: »Ich freue mich schon sehr darauf, dich im neuen Jahr noch näher kennenzulernen und die besondere Verbindung zwischen uns zu vertiefen und zu festigen.« Außerdem hatte sie es gewagt, erstmals mit »Deine Merle« zu unterschreiben.

Die beiden Päckchen von Carina hatte Merle noch vor ihrer Abreise ausgepackt. Das größere enthielt einen Flaschenkarton mit einer Flasche Mokkalikör, den Carina selbst hergestellt hatte, wie aus dem Etikett hervorging. Es hatte Merle sehr gerührt, etwas Selbstgemachtes zu bekommen, und sie hatte ihre Kollegin wieder einmal für ihre Fähigkeiten bewundert – sie selbst war schon mit etwas komplizierteren Kuchenrezepten überfordert, und ein von ihr gebrauter Likör wäre garantiert ungenießbar. Im kleineren Päckchen fand sie ein Büchlein mit Lebensweisheiten und einen aus rotem Tonpapier gefalteten Stern, auf dessen Innenseite Carina ihr »von ganzem Herzen« alles Gute für die Feiertage und den Jahreswechsel wünschte. Normalerweise konnte Merle mit solchen Büchern nicht so viel anfangen, doch das lag bestimmt nur daran, dass ihre Eltern sich immer abwertend darüber geäußert und ihr das Gefühl vermittelt hatten, dass man »so etwas« als gebildeter Mensch nicht las. Dasselbe Urteil fällten sie auch über die typischen Mädchenbücher, wie beispielsweise Internatsgeschichten, die Merle sich dann irgendwann nur noch aus der Bücherei ausgeliehen und heimlich in ihrem Zimmer gelesen hatte. Außerdem war sie ganz sicher, dass Carina dieses Büchlein mit Bedacht ausgewählt hatte und dass es irgendeine versteckte Botschaft enthalten musste. Sie hatte es daher mit in ihre Reisetasche gepackt, um es gleich während des Besuchs bei ihren Eltern zu lesen. Gestern Abend beim ersten Durchblättern war ihr zwar noch nichts aufgefallen, doch vermutlich war sie einfach zu deprimiert gewesen, um noch aufmerksam lesen zu können, nachdem sich ihre Schwester beim Abendessen endgültig selbst übertroffen hatte. Sie waren wie üblich am frühen Abend in die Kirche gegangen und hatten sich zuvor festlich gekleidet, Merle trug ein blaues Spitzenkleid, das ihr neulich bei der Weihnachtsfeier des Historischen Seminars zahlreiche Komplimente eingebracht hatte. Sogar ihr Chef hatte ein paar lobende Worte gesagt, und Carina war geradezu begeistert gewesen. Diesmal sagte niemand etwas, während Swantjes enges schwarzes Minikleid von ihren Eltern und Mats so begeistert kommentiert wurde, dass Merle sich genötigt fühlte, sich der allgemeinen Lobeshymne anzuschließen. Miss Perfect genoss die Aufmerksamkeit sichtlich und bedankte sich mit ein paar Pirouetten vor dem Spiegel im Flur.

Erst als sie sich an den Tisch setzten, meinte Swantje offenbar, dass sie ihrer Schwester auch einen Krümel Lob zuwerfen müsse, da das Fest der Liebe ja alle Geschöpfe einschloss, und damit auch die hässlichen Enten. »Oh, ein neues Kleid?«, bemerkte sie mit einem prüfenden Blick, der die dunkelblauen Spitzen in Merles Augen schlagartig staubgrau werden ließ. »Steht dir gut, endlich machst du mal ein bisschen was aus dir. Ich kann dir auch gern noch Schminktipps geben, damit du nicht immer so blass aussiehst.«

Merle nickte nur flüchtig, antwortete mit einem kurzen »Danke« und war froh, als Mats das Thema wechselte und sie ihr eingefrorenes Lächeln wieder ablegen konnte. Dabei konnte sie Swantje eigentlich nicht einmal wirklich böse sein, da sie ziemlich sicher war, dass ihre Schwanenschwester es gar nicht merkte, dass jeder ihrer Lobeskrümel mit Gift durchtränkt war. Um das zu merken, müsste Swantje sich ja zumindest ansatzweise in Merle hineinversetzen, und wie sollte ihr das gelingen, da sie beide doch zu völlig verschiedenen Spezies gehörten? Swantje war seit siebenundzwanzig Jahren der Mittelpunkt ihres sozialen Universums, sie war eine Sonne und damit ein Stern der höchsten Kategorie, während Merle nie über den Rang eines Zwergplaneten hinausgelangen würde, dessen Leuchtkraft so schwach war, dass man sie selbst aus der Nähe kaum wahrnahm.

Beim zweiten Gang erinnerte sich ihre Mutter an das abrupt abgebrochene Gespräch am Nachmittag und fragte Merle nochmals: »Hast du in Hamburg inzwischen ein paar nette Leute kennengelernt?«

Merle erzählte daraufhin kurz von Carina und Sarah, ohne ins Detail zu gehen, und fügte hinzu, dass ihr Kollegenkreis und die Leute aus dem Kolloquium generell sehr sympathisch seien.

»Ja, und sonst?«, bohrte Swantje nach. »Gibt es keinen, der dir besonders gut gefällt?« Merle suchte noch erfolglos nach einer unverfänglichen Antwort, als ihre Schwester bereits augenzwinkernd hinzufügte: »Okay, ich verstehe schon, bei den Geisteswissenschaftlern gibt es ja kaum attraktive Männer.« Dabei warf sie einen verliebten Seitenblick auf Mats, der in jedem Surfer-Film sofort die Hauptrolle bekäme. »Dann musst du eben mal öfter ausgehen, statt immer nur am Schreibtisch zu hocken – in Hamburg hast du doch jede Menge Möglichkeiten.«

Merle spürte, wie sie errötete, und ärgerte sich maßlos über sich selbst, weil ihr wieder einmal beim besten Willen keine schlagfertige Antwort einfiel.

»Merle ist eben momentan mit ihrem Beruf verheiratet«, versuchte ihre Mutter zu vermitteln, »es ist ja auch nicht einfach, parallel an einer Dissertation und einem neuen Forschungsprojekt zu arbeiten.«

Miss Perfect seufzte mitleidig. »Ja, schon klar, für mich wäre das auch nichts. Aber wir waren ja immer schon total unterschiedlich.« Nach einer kurzen Pause sah sie erneut zu Mats hinüber, ergriff seine Hand und verkündete mit ungewohnt feierlicher Stimme: »Wir haben übrigens noch eine tolle Nachricht für euch: Wir wollen bald heiraten.«

Von da an waren ihre Eltern völlig aus dem Häuschen, das Gespräch drehte sich bis zum Schlafengehen nur noch um die Hochzeitsplanung, und das glückliche Paar konnte sich vor Umarmungen und Freudenausbrüchen kaum retten. Natürlich ließ ihr Vater es sich nicht nehmen, »zur Feier des Tages« noch eine Flasche Champagner zu öffnen, damit sie »standesgemäß« auf das Wohl des Brautpaars in spe anstoßen konnten. Dass Merle stundenlang nur schweigend dabeisaß, fiel wieder einmal niemandem auf, und das war vermutlich auch besser so. Wenn sie an die endlose Galerie von Hochzeitsfotos dachte, auf denen der Schwan seine Federn spreizen würde – natürlich im strahlenden Sonnenschein, da jede andere Wetterlage einer Majestätsbeleidigung gleichkäme –, wurde ihr jetzt schon übel.

Der einzige Gegenzauber, der stark genug war, um diese Bilder zu verdrängen, waren ihre Tagträume von Carina, in die Merle sich für den Rest dieses Heiligabends mit all ihren Sinnen flüchtete. Insgeheim trank sie jeden Schluck Champagner auf ihre gemeinsame Zukunft, die sie mehr denn je herbeisehnte. Ja, der Gedanke an Carina und ihre besondere Verbindung war für Merle an diesem Heiligabend definitiv zum Rettungsring geworden, der sie davor bewahrte, in den Untiefen ihrer Selbstverachtung zu ertrinken. Am liebsten hätte sie ihre Kollegin mit verzweifelten Nachrichten über WhatsApp bombardiert, als sie endlich wieder allein in ihrem Zimmer war, doch sie wollte ihr gegenüber nicht so hilfsbedürftig und schwach erscheinen – wenn Carina sich nur aus Mitleid für sie entschied, war das keine tragfähige Basis für eine Beziehung. Außerdem wollte sie Carina nicht nochmals kontaktieren, bevor sie nicht auf ihre Nachricht vom Vormittag geantwortet hatte.

Inzwischen war es kurz vor fünf, und Merle griff wieder zu dem Büchlein, das Carina ihr geschenkt hatte. Sie musste unbedingt etwas tun, um den Strudel ihrer negativen Gedanken wenigstens vorübergehend zum Stillstand zu bringen. Also las sie nochmals sorgfältig jede Seite und versuchte, zwischen den Zeilen Carinas versteckte Botschaft zu finden. Sie musste einfach da sein. Als Merle das Buch zur Hälfte durchgelesen hatte, wurde ihre Mühe endlich belohnt – sie stieß auf ein Zitat von Edith Piaf, das sie geradezu elektrisierte:

»Das Leben ist wundervoll.
Es gibt Augenblicke, da möchte man sterben.
Aber dann geschieht etwas Neues
und man glaubt, man sei im Himmel.«

Bei diesem Zitat musste Carina an sie gedacht haben und zugleich an die gemeinsame Zukunft, die auf sie beide wartete. Bestimmt hatte sie das Buch nur deshalb ausgesucht. Und sie hatte gewusst, dass Merle diese Botschaft finden würde, auch ohne dass sie die Worte in irgendeiner Form markiert hatte. Unter diesen Umständen war es für sie sicher nicht leicht, die Feiertage mit Hannes zu verbringen und so zu tun, als ob zwischen ihnen weiterhin alles in Ordnung wäre. Kein Wunder, dass sie nicht dazu kam, Merles Nachricht zu beantworten, wahrscheinlich beobachtete er sie die ganze Zeit voller Misstrauen, weil er trotz all ihrer Schauspielerei schon etwas ahnte.

Die restlichen Seiten des Büchleins boten keine verborgenen Schätze mehr, doch als Merle es gerade zu Ende gelesen hatte, ertönte das Signal ihres Handys, das sie über den Eingang einer neuen Nachricht informierte. Mit zitternden Händen öffnete sie WhatsApp, und da war tatsächlich die schon so lange ersehnte Antwort von Carina:

»Liebe Merle,

vielen Dank für deine schönen und passend ausgewählten Geschenke. Aber du sollst doch nicht so viel Geld für mich ausgeben! Ich genieße die Weihnachtstage sehr und hoffe, dass es dir genauso geht. Und im neuen Jahr lernen wir uns bestimmt noch besser kennen.

LG Carina«

Zwar war die Nachricht nicht so emotional formuliert, wie es ihrem Verhältnis entspräche, aber Merle wusste ja, dass Carina nicht ungestört schreiben konnte. Und außerdem war sie inzwischen längst geübt darin, zwischen Carinas Zeilen zu lesen und sie auch jenseits aller Worte zu verstehen. Jetzt fühlte sie sich wieder stark genug, um den Rest des Besuchs bei ihren Eltern zu bewältigen, und auch der Vergleich mit ihrer Schwanenschwester konnte ihr nichts mehr anhaben.

Bevor sie hinunterging, um ihrer Mutter in der Küche zu helfen, schrieb Merle noch rasch zurück:

»Liebe Carina,

ganz herzlichen Dank für deine Antwort; es macht mich sehr glücklich, dass ich dir eine Freude bereiten konnte. Besser könnte ich mein Geld gar nicht investieren. Ich freue mich auf das neue Jahr mit dir, in dem ich dir hoffentlich noch vieles schenken kann …

Inzwischen habe ich das kleine Buch übrigens schon zweimal gelesen, und mir ist klar geworden, warum du es für mich ausgewählt hast.

In diesem Sinne himmlische Weihnachtsgrüße und alles Liebe von

deiner Merle«

Kapitel 21

Neujahr – eigentlich der perfekte Tag, um sein Leben zu verändern. Aber für Veränderungen brauchte man Energie, und die hatte Lena momentan überhaupt nicht. Sie hatte die ganze Nacht nicht geschlafen, und ihr war schwindelig und übel, vor Schreck über das, was geschehen war, und aus Angst vor den Konsequenzen, die sie daraus ziehen musste. Sobald André aufwachte, würde sie ihm ihre Entscheidung mitteilen. Sie musste einfach stark sein und die Worte laut und deutlich aussprechen, die sie sich zurechtgelegt hatte, während sie die ersten Stunden des neuen Jahres in der dunklen Küche verbracht hatte, völlig fassungslos und mit dem brennenden Abdruck seiner Finger auf ihren Wangen.

Dass es in der Silvesternacht zum Streit gekommen war, hatte sie nicht überrascht, heftige Auseinandersetzungen waren längst zum Alltag geworden, ohne dass André dafür einen Anlass gebraucht hätte. Die bloße Existenz seiner in jeder Hinsicht ungenügenden Freundin reichte ihm. Lena stutzte, als sie das Wort »Freundin« dachte. Es klang falsch und hatte vielleicht nie wirklich zu ihrer Beziehung gepasst, denn eine Freundin behandelte man mit Wertschätzung und Respekt, und man war darauf bedacht, dass es ihr gut ging. André hingegen hatte seine Liebe – oder das, was er dafür hielt – schon immer an Bedingungen geknüpft: Tu dies, verändere jenes, nimm ab, zieh nicht mehr diese peinlichen Klamotten an, halt den Mund und sei dankbar, dass ich mich überhaupt für eine wie dich entschieden habe. An all das war sie gewöhnt, aber der gestrige Streit hatte auf der Eskalationsleiter eine neue Stufe erreicht: André hatte sie geschlagen, mehrmals und mit aller Kraft. Und warum? Sie wusste es nicht, sie hatte sich gefreut, dass er sich wider Erwarten entschieden hatte, den Silvesterabend mit ihr zu verbringen anstatt mit seinen Kumpels, und sie hatte alles getan, um diesen Abend schön und harmonisch zu gestalten. Raclette mit allen denkbaren Zutaten und selbst gemachten Saucen, Kerzen, für sie einen guten Wein und für André sein Lieblingsbier, alles von ihr privat bezahlt und nicht aus der Haushaltskasse. Während des Essens war es auch noch einigermaßen friedlich gewesen, abgesehen von ein paar Sticheleien über ihre Figur, auf die sie nicht einging, doch als er sich anschließend wieder an den Laptop gesetzt hatte, war der Konflikt nicht mehr aufzuhalten.

»Kannst du das heute Abend nicht mal lassen?«, hatte sie gefragt. »Ich fände es viel schöner, mit dir noch ein bisschen Musik zu hören – so wie früher …«

Das gemeinsame Musikhören war eine Erinnerung an bessere Zeiten. André liebte Musik und hatte jahrelang in einer Band gespielt, die in Hamburg recht bekannt gewesen war und gern für Veranstaltungen gebucht wurde. Auf einem dieser Konzerte hatten sie einander kennengelernt. Wenn André auf seiner akustischen Gitarre spielte oder mit Lena seine aktuellen Lieblingssongs hörte, blühte er regelrecht auf, er war dann eins mit sich und der Welt, und von dem Frust über seinen ungeliebten Beruf war nichts mehr zu spüren.

Aber diese Zeiten waren offenbar unwiederbringlich vorbei, denn als Lena ihren Wunsch äußerte, verlor André schlagartig die Beherrschung. »Ey, Alte, geht's noch? Sei froh, dass ich den Abend überhaupt mit dir verbringe, statt auf einer coolen Party abzuhängen. Und gleich bin ich zum Poker verabredet, also hau ab und geh mir nicht weiter auf den Sack.«

Sie hatte so reagiert wie immer, mit einer Mischung aus Entschuldigungs- und Vermittlungsversuchen, aber es hatte nichts genützt, und wenig später hatte er zugeschlagen. Danach hatte er sie angebrüllt, dass sie sich »verpissen« solle, da er sonst »kotzen« müsse. Lena war umgehend in die Küche geflüchtet und hatte sich erst mehrere Stunden später wieder ins Wohnzimmer gewagt, als von dort schon länger nichts mehr zu hören gewesen war. André lag schnarchend auf dem Sofa, der Laptop war noch eingeschaltet, und daneben stand eine halb leere Whiskyflasche, die Lena am Vorabend nicht gesehen hatte. Offenbar hatte André sie irgendwo versteckt, und bezahlt hatte er sie vermutlich vom immer knapper werdenden Haushaltsgeld.

Nein, so konnte es einfach nicht weitergehen. Sogar ihren Eltern, die sie über Weihnachten besucht hatte, war aufgefallen, dass Lena blass und erschöpft aussah, und sie hatten mehrmals nachgefragt, ob sie krank sei oder ob sie etwas bedrücke. Natürlich hatte sie von der Situation mit André nichts erzählt, sondern ihre Erschöpfung damit begründet, dass sie so viel für ihr Studium arbeiten müsse. Daraufhin waren ihre Eltern nur noch stolzer auf sie und ließen keine Gelegenheit aus, sie gegenüber den Verwandten zu loben, die während der Feiertage zu Besuch kamen. Bei diesen Lobeshymnen wäre sie am liebsten im Boden versunken – den Nachholtermin ihres Referats bei Frau Wagner hatte sie zwar gut bewältigt, nachdem sie an den Tagen zuvor jede Gelegenheit genutzt hatte, um in dem Seminarraum im elften Stock zu arbeiten, doch sie war wieder einmal so nervös gewesen, dass sie gleich anschließend krank wurde und dadurch eine Klausur verpasste, die sie nun im Januar nachschreiben musste. Wie sollte sie nur jemals wieder aus diesem Teufelskreis herausfinden?

Vor der Abreise hatte ihre Mutter ihr noch ein riesiges Fresspaket zurechtgemacht, damit sie beim Lernen ausreichend »Nervennahrung« hätte, und ihr Vater hatte ihr in einem unbeobachteten Moment hundert Euro zugesteckt – seine »Große« sollte sich als Belohnung für all ihren Fleiß auch »mal was Schönes gönnen«. Lena hatte das Geld mit gemischten Gefühlen angenommen, einerseits hatte sie ein schlechtes Gewissen, weil sie wusste, dass ihre Familie mit jedem Euro rechnen musste, doch andererseits war diese unerwartete Beihilfe zum Haushalt mehr als willkommen.

Halb elf. Von André noch immer kein Lebenszeichen. Lena konnte sich auf nichts konzentrieren, sie war todmüde, aber zugleich extrem angespannt. Schließlich setzte sie Kaffee auf und fing mit dem Abwasch an, um die Zeit bis zu der unvermeidlichen Aussprache irgendwie totzuschlagen. Als sie gerade fertig war und sich mit einem Becher Kaffee wieder an den Küchentisch gesetzt hatte, hörte sie das Rauschen der Toilettenspülung, und wenig später kam André angeschlurft, noch immer im Schlafanzug und weder gekämmt noch rasiert. Ohne Lena eines Blickes oder eines Wortes zu würdigen, schenkte er sich ebenfalls einen Kaffee ein und holte sich dazu ein Red Bull aus dem Kühlschrank. Danach wandte er sich wieder zum Gehen, doch Lenas Worte ließen ihn innehalten.

»Warte«, begann sie und war selbst überrascht, wie fest und entschlossen ihre Stimme klang. »Ich habe dir etwas zu sagen: Mir reicht es jetzt definitiv – ich kann mit dir nicht mehr zusammen sein. Such dir bitte spätestens zum ersten April eine andere Wohnung.«

André wurde erst rot, dann blass und verfiel für einige Sekunden in Schockstarre. Unmittelbar danach geschah so viel, dass Lena gar nicht mehr alles wahrnehmen konnte und sich hinterher unsicher war, ob sie diese Szene wirklich erlebt hatte. Er schleuderte seinen Becher auf den Boden, sodass der heiße Kaffee in der ganzen Küche herumspritzte, stieß dabei einen

Schwall an unartikulierten Beleidigungen aus, von denen sie nur Bruchstücke verstand, trampelte auf den Scherben herum und knallte die Tür beim Verlassen der Küche so heftig hinter sich zu, dass es schepperte. Wenige Minuten später flog auch die Wohnungstür krachend ins Schloss, begleitet von den Worten: »Das wird dir noch leidtun, du Fotze!«

Lena zitterte am ganzen Körper, ihr Herz raste, und sie war kurz davor, sich zu übergeben. Sie hielt sich mit beiden Händen an der Tischplatte fest und zwang sich dazu, langsam und tief zu atmen. Allmählich verlangsamte sich ihr Herzschlag wieder, und sie war in der Lage, ihren Kaffee auszutrinken. Noch immer überschlugen sich ihre Gedanken, und sie konnte nicht einschätzen, was auf sie zukommen würde. Hatte sie den schwersten Schritt jetzt schon bewältigt oder würde der Gang durch die Hölle nun erst richtig anfangen? Was sollte sie tun, wenn André sich einfach weigern würde auszuziehen? Und selbst wenn er ihr Ultimatum akzeptierte, hatte er immer noch drei Monate Zeit, um sie auf Schritt und Tritt zu demütigen und zu quälen. Am liebsten wäre sie selbst bis Ende März ausgezogen, aber wo sollte sie hin? Ihre Freundinnen hatten auch nicht viel Platz, ganz abgesehen davon, dass die meisten von ihnen nicht einmal ahnten, wie es ihr ging. Lediglich ihre beste Freundin Ines hatte sich in den letzten Monaten wiederholt kritisch über André geäußert, und Lena hatte sich irgendwann zu der Andeutung hinreißen lassen, dass es zwischen ihnen »momentan etwas schwierig« sei. Ines war sehr verständnisvoll und hilfsbereit und würde ihr sicher für ein paar Nächte ihr Schlafsofa im Wohnzimmer zur Verfügung stellen, aber eigentlich sehnte Lena sich nach einer älteren, mütterlichen Frau mit mehr Lebenserfahrung, der sie sich anvertrauen konnte. Frau Dr. Wagner wäre die ideale Ansprechpartnerin für sie … ob sie es nach ihrem guten Referat wohl riskieren konnte, sich wieder für einen Sprechstundentermin einzutragen? Leider hatte Frau Wagner die Sprechzeit inzwischen auf zehn Minuten reduziert und die Belegung von zwei Terminen untersagt, doch wenn sie sich als Letzte eintrug, hatte sie vielleicht die Chance, ein wenig zu überziehen und etwas mehr Zuversicht aus dem Gespräch mitzunehmen, um für die nächsten Herausforderungen stark genug zu sein.

Kapitel 22

»Sei vorsichtig – daraus kann doch gar nichts werden!« Seit Stunden verfolgte Merle dieser Satz, der Kassandraruf ihrer Studienfreundin Inga, die sie über Silvester in Lübeck besucht hatte, wo Inga seit dem Sommer als Lehrerin arbeitete. Jetzt, am frühen Nachmittag des Neujahrstages, saß sie im Zug, der sie nach Hamburg zurückbrachte. Zurück in eine leere Wohnung, in der sie noch allzu viele leere Tage ohne Carina erwarteten.

Am Silvesterabend hatte bei Inga eine kleine Party stattgefunden. Von den Gästen kannte Merle nur eine frühere Kommilitonin, die inzwischen ebenfalls in Lübeck lebte, ansonsten waren einige aus Ingas neuem Kollegium da und zwei Lehrerinnen aus der Umgebung, die sie während ihres Referendariats kennengelernt hatte. Schon nach kurzer Zeit war offensichtlich, dass sich zwischen Inga und ihrem Kollegen Björn etwas anbahnte, und als Merle sie darauf ansprach, nachdem die anderen Gäste in den frühen Morgenstunden gegangen waren, gab sie das auch bereitwillig zu. Ja, sie schien sogar dankbar dafür zu sein, endlich ausführlich über Björn reden zu können. Als sie heute gegen Mittag beim Frühstück saßen, kam Inga nochmals auf ihn zu sprechen, und ihre Augen zeigten dabei jenen sehnsüchtigen Ausdruck, den Merle von sich selbst nur allzu gut kannte, wenn sie an Carina dachte.

Irgendwann unterbrach Inga sich und sagte: »O Mann, jetzt haben wir ewig lange über Björn und mich geredet. Wie sieht es denn bei dir aus? Hast du in Hamburg jemanden kennengelernt?«

Inga gehörte zu den ganz wenigen Menschen, denen Merle anvertraut hatte, dass sie sich zu Frauen hingezogen fühlte, und sie hatte ihr gegenüber sogar einmal angedeutet, dass sie in Elea verliebt gewesen war. Von dem, was auf Eleas Polterabend geschehen war, wusste ihre Studienfreundin natürlich nichts, doch Merle hatte ausreichend Vertrauen zu ihr, um ansonsten weitgehend ehrlich sein zu können. Daher erzählte sie recht offen von Carina, ohne jedoch zunächst zu erwähnen, dass sie mit ihrem Freund zusammenlebte. Als Inga schließlich nachfragte, ob Carina liiert sei, wollte Merle sie nicht anlügen und erzählte kurz von Hannes, woraufhin die Stimmung schlagartig umschlug. Inga beschwor Merle mehrmals, sich diese »aussichtslose Schwärmerei« lieber gleich aus dem Kopf zu schlagen, um sich »unnötigen Frust« zu ersparen, und gab ihr den Rat, stattdessen lieber aktiv in der »lesbischen Szene« nach einer Partnerin zu suchen.

»Oder du probierst es wieder per Internet«, fügte sie hinzu, was Merle nur mit einem genervten Seufzer kommentierte. »Ist ja gut«, lenkte Inga ein, »ich weiß, dass du damals Pech gehabt hast. Mit Wiebke und dir hat es eben einfach nicht gepasst. Aber warum soll es diesmal nicht klappen?«

Merle zuckte nur wortlos mit den Schultern und beeilte sich, das Thema zu wechseln. In diesem Augenblick war für sie klar gewesen, dass sie mit Inga nie wieder über Carina reden würde. Offenbar konnte selbst ihre beste Freundin nicht einmal ansatzweise verstehen, was sie für Carina empfand und welche Macht diese Liebe über sie hatte. Wie konnte Inga in diesem Zusammenhang von einer bloßen »Schwärmerei« sprechen und ihr raten, ihre Gefühle »sinnvoller zu investieren« – als ob es sich dabei um Geld handelte, das man mühelos zu einem anderen Geldinstitut transferieren konnte, wenn die Konditionen dort attraktiver waren.

»Hamburg Hauptbahnhof, bitte alle aussteigen. Diese Zugfahrt endet hier.«

Als Merle auf den Bahnsteig hinaustrat, fröstelte sie und zog den Reißverschluss ihrer Jacke bis ganz nach oben. Während es in Lübeck trocken und fast windstill gewesen war, wurde sie in Hamburg von Sturmböen und heftigem Regen empfangen, und es dämmerte bereits, obwohl es noch nicht einmal vier Uhr war. Das perfekte Wetter, um endgültig in dem depressiven Sumpf zu versinken, der sie fast jedes Mal erwartete, wenn ein neues Jahr begann. Von Aufbruchstimmung keine Spur, und gute Vorsätze waren sowieso zum Scheitern verurteilt. Was sie brauchte, war ein Zauberspruch, der aus ihr einen neuen Menschen machte, alles andere war nur Symptomkosmetik, ein bunter Anstrich für eine Ruine, die niemand besichtigen wollte. Sie war einfach falsch, Ausschussware, die nicht einmal für den Wühltisch taugte, und deshalb würde sie für immer einsam bleiben. Kein Wunder, dass Carina ihre drei ausführlichen Nachrichten aus der Silvesternacht nur mit einem knappen Neujahrsgruß beantwortet hatte, der sogar Tippfehler enthielt. Wahrscheinlich war sie unkonzentriert gewesen, weil der Teddybär neben ihr saß und ständig mit seiner Tonbandstimme auf sie einredete.

In der U-Bahn war kaum etwas los, und die wenigen Fahrgäste wirkten übermüdet und stumpfsinnig. Einige hatten trotz des Alkoholverbots Bierflaschen dabei, offenbar versuchten sie, den Rausch des gestrigen Abends zu verlängern, um die Konfrontation mit dem neuen Jahr und seinen Herausforderungen noch ein wenig hinauszuzögern. Was Carina wohl jetzt machte? Vielleicht saß sie mit Hannes bei Kaffee oder Glühwein vor dem Kamin, freute sich an ihrer geschmackvollen Weihnachtsdekoration und träumte von weiteren dreihundertfünfundsechzig Tagen Geborgenheit bei einem Menschen, der sie bedingungslos liebte. Sie, Merle, hingegen konnte sich nur mit dem Gedanken trösten, dass das neue Jahr zumindest kein Schaltjahr war und ihr somit vierundzwanzig zusätzliche Stunden Einsamkeit am neunundzwanzigsten Februar erspart blieben. Bedingungslose Liebe war immer nur für die anderen, die Schönen und Beliebten wie Carina und Swantje, die eine magnetische Anziehungskraft ausübten, sobald sie einen Raum betraten. Swantje hatte ihre erste Beziehung mit zwölf Jahren gehabt, und vermutlich war es bei Carina nicht anders gewesen. Dass Carina vor der Begegnung mit Hannes mehrere Jahre lang Single gewesen war, konnte Merle sich nur damit erklären, dass ihre Kollegin während dieser Zeit niemanden getroffen hatte, der ihrer würdig gewesen wäre. Und was hatte sie selbst vorzuweisen? Eine einzige armselige Beziehung von knapp zehn Monaten Dauer, die ihr schon damals eher wie eine Notlösung vorgekommen war. Intensive Gefühle hatte sie von Anfang an nicht für Wiebke gehabt, doch sie hatte mit einundzwanzig endlich erste Erfahrungen sammeln wollen, auch wenn sie ihre umschwärmte Schwester beim besten Willen nicht mehr einholen konnte. Wie weit Swantje ihr zu diesem Zeitpunkt bereits voraus war, konnte Merle nur noch schätzen, da sie beim zehnten Freund aufgehört hatte zu zählen, um nicht noch mehr Salz in eine Wunde zu reiben, die ohnehin immer größer wurde.

Wiebke war zwei Jahre älter als Merle und studierte damals Maschinenbau. Sie war ein androgyner Typ, hatte einen dunkelblonden Igelschnitt und ein ansteckendes Lachen und war nie um eine schlagfertige Antwort verlegen. Merle hatte sie bei ihrem ersten Treffen sofort sympathisch gefunden, doch leider eher auf einer freundschaftlichen Ebene. Vor dem Einschlafen träumte sie weiterhin von eleganten Frauen mit langen Haaren, edlen Kleidern und passend abgestimmtem Schmuck, die wie sie Gedichte liebten und beim Gang durch eine Ausstellung dreimal zu ihrem Lieblingsbild zurückkehrten.

Inzwischen war sie endlich zu Hause angekommen, konnte sich aber nicht dazu aufraffen, ihre Reisetasche auszupacken, sondern beschloss, sich erst einmal einen Tee mit Kandis und Rum zu gönnen. Dieses Getränk war einer der wenigen gemeinsamen Nenner von ihr und Wiebke gewesen. Während sie die ersten Schlucke schlürfte, erinnerte Merle sich daran, wie sie in der ersten Zeit mit Wiebke sorgfältig aufgelistet hatte, was sie an ihrer Partnerin mochte und was sie gemeinsam hatten. Vor jedem Treffen mit Wiebke hatte sie sich diese Liste nochmals durchgelesen und anschließend weitere Punkte ergänzt, sofern ihr etwas Positives aufgefallen war. Sie hatte sich also wirklich bemüht, doch mit der Zeit waren die ungeschriebenen Einträge auf der Soll-Seite trotzdem immer zahlreicher geworden und hatten ein erdrückendes Gewicht bekommen.

Dabei hatte es eigentlich gar nicht so schlecht begonnen. Sie hatten sich im Juni kennengelernt, waren fast jeden Abend bei einem Konzert der »Kieler Woche« gewesen, wo es für Wiebke Bier und für Merle Wein gegeben hatte, und es hatte sich rasch das Ritual entwickelt, am Wochenende oder manchmal auch noch abends nach der Uni zusammen an den Strand zu fahren. In der vorlesungsfreien Zeit hatten sie den Radius ihrer Ausflüge vergrößert und in Wiebkes uraltem Fiat Schleswig-Holstein erkundet, einige Male waren sie auch in Dänemark gewesen. Bei diesen Unternehmungen gab es genug Gesprächsstoff, sodass es zunächst keine große Rolle spielte, dass sich ihre sonstigen Interessen kaum überschnitten. Da Merle damals noch im Studentenwohnheim lebte, übernachteten sie fast immer in Wiebkes Wohnung, die zwar auch recht klein war, aber immerhin deutlich mehr Privatsphäre bot.

Dann war der Herbst gekommen, der in jenem Jahr besonders viel Regen mit sich brachte. Wiebke hatte keine Lust, ins Theater oder ins Museum zu gehen, und Merle fand es geisttötend, immer wieder den halben Samstag im Baumarkt zu verbringen, weil ihre Freundin ständig irgendwelche Renovierungsideen hatte. Wenn sie Wiebke besuchte, hatte sie den Eindruck, auf einer Baustelle zu leben, und es ging ihr zunehmend auf die Nerven, dass Wiebkes über alles geliebtes Rennrad den ohnehin schon schmalen Flur fast unpassierbar machte. Selbst wenn sie sich abends auf dem Sofa eine DVD anschauen wollten, glich die Suche nach einem passenden Film der Quadratur des Kreises. Ganz zu schweigen von den nicht enden wollenden Fußballspielen, die Merle ohne jede Anteilnahme über sich ergehen ließ, immer darauf bedacht, nicht allzu oft und zu offensichtlich auf die Uhr zu sehen. Auch mit Wiebkes Freundeskreis konnte sie nicht viel anfangen, und umgekehrt sah es ähnlich aus.

Der Anfang vom Ende kam, als Merle in der vorlesungsfreien Zeit nach dem Wintersemester ein

Praktikum im Schleswig-Holsteinischen Landesmuseum absolvierte. An ihrem ersten Tag auf Schloss Gottorf wartete sie im Vorzimmer des Direktors auf die wissenschaftliche Mitarbeiterin, der sie zugeteilt worden war. Als Birte Hennings das Büro betrat, um Merle abzuholen, war es sofort um sie geschehen: Da stand ihre Traumfrau, überirdisch schön, mit einem so herzlichen Lächeln, dass Merle verlegen den Blick abwenden musste, und mit einer Stimme, die sie an Sirenengesänge denken ließ. Gottorf musste auf jeden Fall ein Märchenschloss sein, denn wo konnte man sonst einem derartigen Zauberwesen begegnen? Merle konnte ihr Glück kaum fassen und wünschte sich sehnlich, dass ihr Praktikum nicht nur vier Wochen, sondern mindestens ebenso viele Monate dauern würde. An ihrer Begeisterung änderte sich auch nichts, als Frau Hennings einige Stunden später in der ersten gemeinsamen Mittagspause beiläufig erwähnte, dass sie mit ihrem Freund zusammenlebe und im September heiraten werde. Merle selbst griff beim Thema Beziehungsstatus zur üblichen Notlüge, die sie auch schon beim Weihnachtsbesuch in Bad Segeberg und gegenüber mehreren Bekannten verwendet hatte, und taufte Wiebke kurzerhand in Nils um.

Die Tage in Schleswig vergingen viel zu schnell, obwohl Merle jede Gelegenheit nutzte, um Überstunden zu machen und auf diese Weise noch etwas länger in Frau Hennings' Nähe zu sein. Bei ihren Treffen mit Wiebke hingegen dehnte sich die Zeit zu einer zähen, faden Masse aus, ähnlich einem Kaugummi, auf dem man schon so lange herumkaute, dass er jeden Geschmack verloren hatte. Sie bemerkte selbst, dass sie immer unzufriedener wurde und bei jeder Gelegenheit Streit suchte.

Während der Praktikumszeit traf sie sich einmal abends mit Inga, die unabsichtlich die richtige Diagnose stellte, ohne von Merles Gefühlen für Birte Hennings zu wissen. »Komisch«, bemerkte sie, als sie beim Essen saßen, »du erzählst total viel von deinem Praktikum, aber gar nichts von deiner Freundin. Hast du Stress mit Wiebke?«

»Nein, es ist alles in Ordnung«, versicherte Merle rasch und war dankbar, dass Inga das Thema nicht vertiefte.

Wenige Tage später, am Mittwoch der letzten Woche ihres Praktikums, als Merle wie üblich nach der Arbeit zu Wiebke fuhr, stellte sie fest, dass der Flur nicht nur durch das Fahrrad, sondern auch noch durch zwei riesige Farbeimer blockiert wurde, sodass sie kaum die Garderobe erreichen konnte. Sie hatte keine Ahnung, was ihre Freundin jetzt schon wieder anstreichen wollte, und es interessierte sie auch nicht im Geringsten. Wahrscheinlich hatte Wiebke es ihr sogar erzählt, aber Merle hatte es nicht wahrgenommen, weil sie wieder einmal mit den Gedanken bei Frau Hennings gewesen war. Sie konnte Stunden damit verbringen, sich an jeden Satz aus ihren Gesprächen zu erinnern oder nach einem Adjektiv zu suchen, das den unwiderstehlichen Klang ihrer Stimme angemessen beschrieb. Manchmal notierte sie abends sogar in ihrem Tagebuch, welche

Kleidung die wissenschaftliche Mitarbeiterin getragen hatte, oder versuchte eines ihrer Schmuckstücke aus dem Gedächtnis zu zeichnen.

Wiebke saß in der Küche und war in den aktuellen Prospekt des Baumarkts vertieft, was Merle irritierte. Was wollte sie denn noch besorgen, nachdem sie gerade erst die Farbe gekauft hatte? Oder stammte die Farbe aus einem anderen Baumarkt? Eigentlich war Merle das auch völlig egal, sie spürte einfach, dass sie unbedingt einen Streit anfangen musste, und dafür war ihr jeder Anlass recht.

»Kannst du nicht mal was anderes lesen als diese blöden Prospekte?«, rief sie statt einer Begrüßung. »Und diese riesigen Eimer blockieren den ganzen Flur – ich bin es leid, auf einer Baustelle zu leben!«

Sie hoffte, dass Wiebke in einem ähnlich gereizten Ton antworten und ihr auf diese Weise ein Ventil öffnen würde, um die Wut und die Traurigkeit loszuwerden, die in ihr brodelten, weil sich die Pforten des Märchenschlosses übermorgen endgültig hinter ihr schließen würden. Vielleicht würde sie Birte Hennings irgendwann mal auf einer Ausstellungseröffnung wiedersehen, aber das wäre nicht dasselbe.

Wiebke tat ihr diesen Gefallen jedoch nicht, sondern antwortete ruhig und zugleich sehr bestimmt: »Ich denke schon seit einiger Zeit, dass wir uns trennen sollten. Das hat einfach keinen Sinn mehr mit uns. Wenn wir miteinander reden, hörst du gar nicht richtig zu und denkst an Frauen, die ganz anders sind als ich. Glaubst du, ich merke das nicht?«

Merle wurde abwechselnd rot und blass, und es ergriff sie ein Schwindelgefühl. Die Beziehung mit Wiebke war ihr schon seit Längerem eine Last gewesen, doch ein solches Ende war dennoch ein Schlag ins Gesicht, der sie völlig unvorbereitet traf. Wiebkes ruhige und sachliche Art machte es nur noch schlimmer, denn wenn Merle ihr wichtig gewesen wäre, hätte sie emotional reagiert und alles getan, um die Beziehung zu retten. Unter diesen Umständen gab es wohl nichts mehr zu sagen, und daher entgegnete Merle nur: »Ja, ich denke, du hast recht. Ich packe dann jetzt meine Sachen.«

Sie hatte Wiebke nie wiedergesehen, und auch der Kontakt zu Birte Hennings war nach dem Ende des Praktikums rasch eingeschlafen. Einmal kam es tatsächlich noch zu einem kurzen Gespräch auf einer Vernissage, aber Merles Briefe blieben unbeantwortet. Vermutlich war Frau Hennings zu sehr mit ihren Hochzeitsvorbereitungen beschäftigt, um einer Ex-Praktikantin ein paar Minuten ihrer kostbaren Zeit zu schenken.

Merle war allein geblieben, und daran hatte sich bis zum heutigen Tag nichts geändert. Sie hatte sich in den letzten Jahren zwar immer wieder verliebt, doch daraus war nie eine Beziehung entstanden, da keine dieser Frauen ihre Gefühle erwidert hatte. War sie dazu verdammt, für immer einsam zu bleiben, weil sie sich nur in Frauen verliebte, die unerreichbar waren? Und wenn ja, warum war das – oder besser gesagt: warum war sie – so? Fragen, auf die Merle keine Antwort wusste.

Unerreichbar. Eines der schlimmsten Wörter, die sie kannte – und ein Wort, das sie schon seit Jahren begleitete. Als sie sechzehn gewesen war, hatte sie Christa Wolfs Erzählung »Unter den Linden« gelesen, in der ein Satz vorkommt, der ihr bis heute wie das Motto ihres Lebens erschien: »Am bittersten ist der Verzicht auf das, was uns sowieso unerreichbar ist.« Damals hatte sie leidenschaftlich für ihre Deutschlehrerin geschwärmt und nach jeder Unterrichtsstunde unter einem Vorwand das Gespräch mit ihr gesucht, bis die Lehrerin irgendwann ihre Pausenaufsichten so verlegt hatte, dass sie immer direkt auf die Deutschstunden in Merles Klasse folgten.

Unerreichbar. Ein Wort, das sie beängstigte und zugleich in Wut geraten ließ. In die Wut der Ohnmächtigen, die wussten, dass ihnen nichts anderes übrigblieb, als sich demütig in das Unabänderliche zu schicken. Doch gerade dazu war Merle nicht in der Lage. Natürlich kannte sie kürzere oder auch längere Phasen der Resignation, aber darauf folgte jedes Mal der noch vehementere Versuch, ihr Ziel doch noch zu erreichen, wider alle Vernunft, mit allen Mitteln und um jeden Preis. Je älter sie wurde, desto besser verstand sie, was Christa Wolf mit diesem Satz gemeint hatte: Auf etwas zu verzichten, was im Prinzip erreichbar wäre, war zwar ebenfalls bitter, doch zumindest blieb die Hoffnung, es beim nächsten Versuch zu schaffen, indem man sich noch mehr anstrengte oder eine neue Strategie entwickelte. Solange man etwas tun konnte, war es möglich, weiterhin zu hoffen und zu träumen und infolgedessen zu überleben – die Einsicht in die Unerreichbarkeit eines Ziels hingegen bedeutete Stillstand, Passivität und damit Sinnlosigkeit.

Inzwischen war es kurz nach halb acht, Merle hatte zwei große Tassen Tee mit Kandis und Rum getrunken und fast drei Stunden lang ihren Erinnerungen nachgehangen, ohne irgendetwas zu tun. Sie hatte keine Energie, um sich ein Abendessen zu machen, und konnte sich auch nicht aufraffen, endlich ihre Tasche auszupacken. Stattdessen griff sie zu ihrem Smartphone, auf das sie zuletzt in der U-Bahn geschaut hatte. Bei WhatsApp blinkte der Punkt neben dem Eintrag »Status«. Neugierig öffnete Merle die Statusmeldungen und sah, dass Carina eine ganze Fotoserie eingestellt hatte, die offenbar am Silvesterabend entstanden war. Die Fotos zeigten eine strahlend glückliche Carina, die Merle so schön erschien wie nie zuvor – sofern man sich Hannes wegdachte, der auf mehreren Bildern ebenfalls zu sehen war. Er hielt sie im Arm, und eines der Bilder zeigte sogar einen Kuss. Dazu hatte Carina geschrieben: »Der schönste Silvesterabend meines Lebens! Ich fliege auf Wolke sieben ins neue Jahr!« Merle schossen die Tränen in die Augen, doch sie konnte nicht anders, als sich die Bilder wieder und wieder anzusehen. Anschließend griff sie wie ferngesteuert zum Telefon. Sie musste Carinas Stimme hören, jetzt sofort, bevor sie rettungslos in ihren inneren Abgründen versank.

Kapitel 23

Diese Bilder! Carina konnte sich einfach nicht von den Fotos auf ihrem Smartphone losreißen, die gestern entstanden waren, auf ihrer ersten Silvesterfeier im gemeinsamen Heim, zusammen mit ihren engsten Freunden. Jedes Bild bewies zweifelsfrei, dass sie noch niemals auch nur annähernd so glücklich gewesen war, und zugleich wusste sie, dass sie das Maximum ihrer Glücksskala noch längst nicht erreicht hatte: Sofern ihnen unvorhersehbare Schicksalsschläge erspart blieben, standen sie gerade erst am Anfang ihres Lebensweges zu zweit, und sie war zuversichtlich, dass sie bald zu dritt sein würden. Es war sicher nur noch eine Frage der Zeit.

Früher hatte sie ihre Freundinnen und Bekannten belächelt, wenn sie wieder einmal das dringende Bedürfnis hatten, jeden schönen Augenblick umgehend per Statusmeldung mit der Welt zu teilen, doch inzwischen verstand sie diesen Drang nur allzu gut. Sie hatte immer wieder das Gefühl, vor Glück und Dankbarkeit zu platzen, und das konnte sie nur verhindern, indem sie die Dokumentationen dieses Seelenzustands öffentlich machte – wie die ersten Aufnahmen von einem neu entdeckten und noch gänzlich unerforschten Planeten.

Es war zehn vor acht, Hannes und sie hatten zusammen gekocht und bei Kerzenschein gegessen. Gerade war er nach oben gegangen, um zu duschen, und danach wollten sie noch einen ihrer Lieblingsfilme anschauen und dabei den Champagner öffnen, den eines der befreundeten Ehepaare gestern mitgebracht hatte. Konnte ein Jahr schöner beginnen?

In diesem Moment durchbrach das Klingeln des Festnetztelefons ihre Gedanken. Das Display zeigte keinen Namen an, also hatte sie die Nummer nicht gespeichert, doch die Zahlenkombination kam ihr bekannt vor. Natürlich, es war Merle, die sich anscheinend in einem ziemlich aufgelösten Zustand befand.

»Carina, es tut mir so leid, dass ich dich am Neujahrsabend störe, aber ich kann gerade einfach nicht anders«, begann sie, und Carina hatte den Eindruck, dass ihre Kollegin nur mühsam die Tränen unterdrückte.

»Nun beruhige dich erst mal, Merle, was ist denn los?« Carina nahm das Telefon mit ins Wohnzimmer und setzte sich wieder auf das Sofa am Kamin.

»Ach, ich weiß gar nicht, wo ich anfangen soll«, erwiderte Merle, »Weihnachten war schon so schrecklich, und das Jahr hat auch total deprimierend angefangen, und als ich dann vorhin deine Fotos bei WhatsApp gesehen habe ...« Jetzt fing sie tatsächlich an zu schluchzen, und es dauerte ein paar Sekunden, bis sie weitersprechen konnte. »Versteh mich bitte nicht falsch, Carina, ich gönne es dir natürlich, dass du so glücklich bist, aber die Fotos von dir und Hannes haben mir nur noch deutlicher gezeigt, wie einsam ich bin – und ich habe Angst, dass das immer so bleiben wird.«

Es folgte ein längerer, etwas wirrer Monolog, den Carina lediglich ab und zu durch einige tröstende Worte unterbrechen konnte. Offenbar war Merles Weihnachtsbesuch bei ihren Eltern völlig von der Freudenbotschaft beherrscht worden, dass ihre Schwester bald heiraten würde, und ihre beste Freundin hatte ihr erst vor wenigen Stunden ausgiebig von ihrer neuen Beziehung erzählt. Carina konnte gut verstehen, dass es unter diesen Umständen deprimierend war, am Neujahrstag in eine leere Wohnung zurückzukommen, schließlich hatte sie während ihrer unfreiwilligen Singlezeit solche Situationen selbst oft genug erlebt. Da war der Anblick ihrer Silvesterfotos mit Hannes wohl einfach zu viel für Merle gewesen, der entscheidende Tropfen, der das Glück der anderen überdosierte und es damit in Gift verwandelte. Hoffentlich würde Merle im neuen Jahr endlich auch jemanden finden, mit dem sie glücklich werden konnte.

Kurz nach acht. Trotz all ihres Mitgefühls ertappte Carina sich dabei, dass sie auf die Uhr schaute und zwischendurch immer wieder horchte, ob Hannes' Schritte auf der Treppe zu hören waren. Tatsächlich kam er wenig später herein, als sie gerade sagte: »Du musst einfach mehr unter Leute kommen und dir mehr Zeit für Privates nehmen. Kein Wunder, dass du schlecht drauf bist, wenn du auch am Wochenende immer nur am Schreibtisch sitzt.« Hannes nahm in einem Sessel Platz und fing an, in einer Zeitschrift zu blättern. Es störte sie nicht, dass er ihr Gespräch mithören konnte, sie hatte keine Geheimnisse vor ihm, und wenn jemand anrief, den sie beide kannten, schalteten sie oft sogar die Lautsprecherfunktion ein und telefonierten zu dritt.

»Ich muss aber endlich mit meiner Diss fertig werden«, gab Merle zu bedenken, »und mit wem sollte ich schon weggehen? Entweder kenne ich die Leute nur oberflächlich oder sie haben kaum Zeit.«

Ja, Carina verstand, was Merle meinte. Es war wirklich ein Teufelskreis, als sie selbst an ihrer Dissertation gearbeitet hatte, war es ähnlich gewesen – man verschob sein Privatleben auf die Zeit nach der Abgabe und wurde dadurch immer niedergeschlagener, weil sich mit jedem Tag und vor allem mit jedem Wochenende das Gefühl verstärkte, als einziger Mensch ganz allein in einer Welt voller verliebter Paare und fröhlicher Freundeskreise zu sein. Sie versuchte diese Gedanken in Worte zu fassen und fügte hinzu: »Du kannst ja erst einmal klein anfangen, mit einem festen privaten Termin pro Woche, also einer Art ›jour fixe‹. Was hältst du davon, wenn wir ab jetzt immer dienstags nach der Arbeit irgendwas unternehmen? Einen Kaffee trinken, in die Stadt gehen oder auch mal spazieren, wenn das Wetter wieder besser wird?«

Merle reagierte so begeistert, dass Carina verlegen wurde. Sie wiederholte mehrmals, wie sehr sie sich auf diesen »jour fixe« freue, bedankte sich überschwänglich dafür, dass Carina ihr mit diesem Vorschlag »den Tag gerettet« habe, und betonte, dass das neue Jahr für sie nun erst richtig anfange. Hannes war inzwischen in die Küche gegangen; vermutlich wollte er den Champagner holen. Als er mit der geöffneten Flasche zurückkam, war es ihr gerade gelungen, das Telefonat zu beenden.

»Wie kommt diese Merle dazu, dich am Neujahrsabend anzurufen?«, fragte Hannes mit einem Stirnrunzeln.

»Sie hat sich sofort dafür entschuldigt«, versuchte Carina zu beschwichtigen, »aber es war wirklich ein Notfall.« Sie fasste den Inhalt des Gesprächs kurz zusammen, da Hannes ja nicht alles mitbekommen hatte. »Weißt du, sie tut mir einfach leid«, bemerkte sie abschließend, »und ich selbst bin so dankbar dafür, wie gut es mir geht. Daher möchte ich gern etwas für andere tun, die nicht so viel Glück haben.«

»Hm, na ja, irgendwie verstehe ich das schon«, lenkte Hannes ein, »aber musst du dich deshalb gleich fest für jeden Dienstag mit ihr verabreden? Das ist doch wohl etwas zu viel des Guten.«

»Ja, das kann natürlich keine Dauerlösung sein, ich hoffe auch, dass Merle nach einiger Zeit wieder so weit stabil ist, dass sie diese Unterstützung nicht mehr braucht. Aber als kleine Starthilfe ins neue Jahr mache ich das gern, und die Treffen müssen ja auch nicht so lang sein. Ein, zwei Stunden vielleicht.«

»Sei bloß vorsichtig«, warnte ihr Freund, »durch diese regelmäßigen Treffen ermutigst du sie bestimmt nur noch mehr. Sie nimmt sowieso schon zu viel Raum in deinem Leben ein.«

»Wie meinst du das?« Carina war irritiert.

Hannes stand auf und ging zu der Kommode in der Essecke, auf der noch immer die Weihnachtsgeschenke ausgebreitet lagen. Er nahm den rotblau gemusterten Schal in die Hand, faltete ihn auseinander und hielt ihn hoch. »Hier, dieses Riesenungetüm. Das kostet doch allein schon locker fünfzig Euro.« Hannes knüllte den Schal flüchtig zusammen und legte ihn wieder auf der Kommode ab. Er griff nach der roten Handtasche. »Und dann noch diese Tasche. Völlig übertrieben! Schließlich ist sie nur deine Kollegin, aber das ist ihr anscheinend nicht klar.«

Carina suchte vergeblich nach einer Antwort, doch ihr Gesichtsausdruck spiegelte ihre Bestürzung offenbar so deutlich wider, dass Worte unnötig waren. Hannes legte rasch die Handtasche zurück, setzte sich neben Carina und nahm sie in die Arme. »O Mann, tut mir leid, dass ich so überreagiert habe. Ich bin dir garantiert nicht böse, ich mache mir einfach nur Sorgen, dass du dir wieder einen Pflegefall heranzüchtest. Ja, Merle hat definitiv einen Haufen Probleme, aber die sind nicht dein Job – du bist nicht ihre beste Freundin und schon gar nicht ihre Therapeutin. Und du brauchst deine Energie für wichtigere Dinge, also pass bitte auf dich auf.«

»Ja, das verspreche ich dir, und ich kann mir nicht vorstellen, dass sich solche Anrufe wiederholen werden. Merle ist eigentlich ein sehr rücksichtsvoller

Mensch. Also mach dir bitte keine Sorgen mehr. Und jetzt möchte ich den Rest des Abends genießen, ohne weiter über dieses Thema nachzudenken.«

»Einverstanden«, antwortete Hannes lächelnd. »Ich lege schon mal die DVD ein – holst du die Gläser?«

Kapitel 24

Grau. Alles war einheitlich grau – das Wetter, der Alltag, Merles Stimmung an diesem Montag und ihre Zukunftsaussichten. Bisher bestand das Jahr nur aus Regen, Nebel, Sturm und dem Wechsel von Hoffnung und Enttäuschung, wobei die Phasen der Hoffnung immer kürzer und schwächer wurden. Es war erst Mitte Februar, doch Merle hatte das Gefühl, dass seit ihrem Anruf bei Carina am Neujahrstag mindestens ein halbes Jahr vergangen war. Die Tage schlichen in monotoner Austauschbarkeit dahin, und es wurde jeden Morgen schwerer, überhaupt noch aufzustehen.

Ganze zwei Mal war es tatsächlich zu einem Treffen am Dienstagnachmittag gekommen, einmal in der zweiten Januarwoche und dann nochmals zwei Wochen später. Beim ersten Treffen waren sie zusammen ins Café gegangen, und bei der zweiten Verabredung hatte Carina gefragt, ob Merle sie in die Innenstadt begleiten wolle, da sie einen Tischläufer und Serviettenringe besorgen musste. Merle hatte gehofft, dass dieser Programmpunkt schnell erledigt sein würde, sodass anschließend noch Zeit für einen Kaffee bliebe, doch anscheinend hatte sie völlig unterschätzt, wie sorgfältig man die Vor- und Nachteile der verschiedenen Produkte abwägen musste, bevor man eine Entscheidung traf. Es kam ihr fast so vor, als ob Carina mit den Gegenständen ein Bewerbungsgespräch führte, um vorab zweifelsfrei herauszufinden, ob sie eines Platzes in ihrem Eigenheim würdig waren. Für ihre Kollegin war eben nur das Beste gut genug, daher musste Merle eigentlich froh sein, dass Carina sich überhaupt dazu herabließ, sich gelegentlich außerhalb des Büros mit ihr abzugeben.

Heute hatte Carina wieder einmal nichts von ihrer Dienstagsverabredung erwähnt, und Merle wagte nicht, das Thema von sich aus anzusprechen. Dass Lena Behrends sich schon wieder für die Sprechstunde eingetragen hatte, trug auch nicht gerade dazu bei, Merles Laune zu verbessern. Zurzeit kam Lena fast jede Woche und blockierte jedes Mal den letzten Termin, sodass die Sprechstunde nie pünktlich endete. Für diese Problemstudentin hatte Carina allem Anschein nach immer Zeit und Verständnis, während sie, Merle, um jede Minute zu zweit kämpfen musste.

Carinas Vorschlag, dass sie sich regelmäßig am Dienstag treffen könnten, war für Merle ein Rettungsring gewesen, der es ihr ermöglicht hatte, einigermaßen zuversichtlich in das neue Jahr mit all seinen Anforderungen hinauszuschwimmen, doch inzwischen zeigte der Ring bereits deutliche Verschleißerscheinungen, sodass er immer mehr Luft verlor. Das sprach nicht gerade für die Qualität des Materials, offenbar bestand der vermeintliche Rettungsring aus unverbindlicher Freundlichkeit und gutgemeinten, aber inhaltsleeren Worten. Und der »jour fixe« verdiente diesen Namen mit jeder Woche weniger; eigentlich müsste man ihn in »jour vague« umbenennen, aber diesen Gegenbegriff gab es offiziell ja nicht, was wohl auch kein Wunder war. Wer würde schon zugeben, dass er sich lediglich aus Höflichkeit oder gar Mitleid zu einer Zusage hinreißen ließ, die er ohnehin nicht ernsthaft einhalten wollte?

So konnte es jedenfalls nicht weitergehen. Merle musste aktiv werden und Carina mit jedem Wort und jeder Geste beweisen, dass es zu ihrem eigenen Besten war, möglichst viel Zeit gemeinsam zu verbringen. In dieser Disziplin war sie geübt, schon in der Grundschule hatte sie jeden Tag durch zahlreiche Gefälligkeiten um das Mädchen geworben, dessen Freundschaft sie ersehnte. Sie hatte jede Hausaufgabe abschreiben lassen, ihre Pausenbrote verschenkt und mehrmals neue, teure Spielsachen weitergegeben, was ihr erheblichen Ärger eingebracht hatte. Später, im Studium, hatte sie sogar einmal eine komplette Seminararbeit für eine Kommilitonin verfasst, die sich die Dozentin später als »Musterlösung« für andere Studierende kopierte. Doch das war leider auch der einzige Erfolg dieser zeitaufwendigen und nervenaufreibenden Hilfeleistung gewesen.

Was konnte sie tun, um Carina für sich zu gewinnen? Erfahrungsgemäß funktionierte das am leichtesten, wenn es irgendeinen Anknüpfungspunkt zu einem Thema gab, das dem geliebten Menschen besonders wichtig war. – Natürlich, sie musste Carinas Liebe zu Blumen und ihr Talent als Gärtnerin ansprechen! Dass sie nicht schon längst darauf gekommen war! Noch am selben Nachmittag fuhr Merle nach der Arbeit zum Rathausmarkt, um den Museumsshop des Bucerius Kunst-Forums zu besuchen. Sie wusste, dass es dort immer Karten mit Blumenmotiven gab, und tatsächlich wurde sie rasch fündig. Die Auswahl war sogar so groß, dass es die Entscheidung erschwerte. Schließlich entschied sie sich für ein Set mit zehn Reproduktionen historischer Zeichnungen von Blumen aus dem berühmten Florilegium des Grafen von Nassau-Idstein und eine einzelne Postkarte mit dem Motiv »Die meditative Rose« von Salvador Dalí. Dieses Bild einer roten Rose, die in einem blassblauen Himmel schwebte, faszinierte sie ganz besonders, da darin exakt zum Ausdruck kam, wie sie ihr Verhältnis zu Carina empfand: Sie selbst war die unauffällige Hintergrundfarbe, die Carina nur noch mehr zum Leuchten brachte und sie zugleich wie in einer liebenden Umarmung umschloss.

Am Dienstagmorgen kam Merle schon gegen halb neun ins Büro, um auf jeden Fall vor ihrer Kollegin da zu sein. Sie entfernte das Lesezeichen aus dem Buch, das zuoberst in dem Bücherstapel auf Carinas Schreibtisch lag, und legte stattdessen die Karte mit der Reproduktion des Gemäldes von Dalí hinein. Auf die Karte hatte sie den folgenden Text geschrieben: »Liebe Carina, als ich diese Karte sah, musste ich sofort an uns beide und an unsere Farben denken. Hoffentlich gefällt dir das Bild so gut wie mir! Alles Liebe von deiner Merle.« Das bisherige Lesezeichen deponierte sie auf der Schreibtischunterlage. Anschließend nahm sie einen schwarzen Edding und strich Lenas Namen in der Sprechstundenliste an der Bürotür durch. Bis Donnerstag würde sich bestimmt wieder jemand anderes eintragen. Und die Karten mit den historischen Zeichnungen würden am Samstag zum Einsatz kommen, Merle hatte schon alles genau geplant.

Kapitel 25

Schon als am Donnerstagmorgen der Wecker klingelte, fühlte Lena sich ganz anders als in den vergangenen Tagen, obwohl sie bis in die frühen Morgenstunden in der Küche am Laptop gesessen hatte und dementsprechend müde war. Die Aussicht, sich heute wieder bei Frau Wagner aussprechen zu können, gab ihr neue Kraft, und plötzlich erschien alles gar nicht mehr so aussichtslos. André, der seit Anfang des Jahres die Nächte im Wohnzimmer verbrachte, hatte wieder einmal die halbe Nacht lang ferngesehen und schlief jetzt offenbar so tief, dass er weder die Dusche noch die Kaffeemaschine hörte. Lena genoss es, in Ruhe zu frühstücken, zumal sie am Donnerstag erst um zehn Uhr ihre erste Lehrveranstaltung hatte, und bevor sie die Wohnung verließ, kehrte sie noch einmal ins Schlafzimmer zurück, um ihren weiten schwarzen Pullover gegen einen engeren dunkelroten auszutauschen und eine dazu passende Kette umzulegen. Natürlich würde sie auch in Rot nicht annähernd so eindrucksvoll aussehen wie Frau Wagner, aber immerhin war es ja schon ein positives Zeichen, dass sie überhaupt wieder Lust empfand, etwas Farbiges anzuziehen und sich ein wenig zurechtzumachen.

Die zuversichtliche Stimmung hielt bis zum Nachmittag an, Lena meldete sich in ihren Lehrveranstaltungen mehrmals zu Wort, was sie sonst nur selten wagte, und bekam beim Mittagessen in der Mensa von einer Bekannten sogar ein Kompliment für ihren roten Pullover.

Am frühen Nachmittag ging sie in die Staatsbibliothek, um ein paar Aufsätze zu kopieren, die sie für ein Referat in Literaturwissenschaft brauchte, doch als sie sich zum Lesen hinsetzte, ertappte sie sich immer wieder dabei, wie ihre Gedanken abschweiften. Die Fragen zu ihrer Hausarbeit, die sie Frau Dr. Wagner stellen wollte, waren reichlich banal und eigentlich auch nicht dringend, und sie befürchtete, dass ihre Dozentin das bemerken würde. Allmählich wurde es immer schwieriger, Vorwände für ihre häufigen Sprechstundentermine zu finden. Lena konnte daher nur hoffen, dass es ihr gelingen würde, das Gespräch möglichst schnell auf persönliche Themen zu lenken. In den letzten Wochen hatte das schon öfter gut geklappt, und Frau Wagner hatte sehr verständnisvoll reagiert, wenn Lena ihr die Situation mit André geschildert hatte, der noch immer keine Anstalten machte, sich eine neue Bleibe zu suchen, und entweder tagelang gar nicht mehr mit ihr sprach oder nur in Form von Beleidigungen und Drohungen. Ihr war zwar aufgefallen, dass Frau Wagner inzwischen zu Beginn des Termins häufiger sagte, dass sie pünktlich Schluss machen müsse, doch tatsächlich bekam Lena immer mindestens fünf, meist sogar zehn Minuten geschenkt, unendlich kostbare Minuten, in denen sie sich mit ausreichend seelischer Wegzehrung für die nächsten Tage versorgen konnte. Vermutlich ahnte ihre Dozentin längst, welche Bedeutung diese Sprechstundentermine für Lena hatten, sodass jegliche Vorwände ohnehin unnötig waren.

Ihr Termin war wie üblich um 15:35 Uhr, zehn Minuten vor dem regulären Ende der Sprechstunde. Als Lena um halb vier vor Frau Wagners Büro ankam, stellte sie erstaunt fest, dass dort noch eine weitere Studentin wartete. Normalerweise wurden die Zeitfenster von zehn Minuten konsequent eingehalten, und sie konnte sich auch nicht daran erinnern, den Namen von Marie Brandt auf der Liste gesehen zu haben, als sie zuletzt an der Bürotür vorbeigegangen war. Bevor sie Marie ansprechen konnte, ergriff diese selbst das Wort und sagte: »Hallo, Lena. Was machst du denn hier?«

»Wieso?«, entgegnete Lena, nun aufs Höchste irritiert. »Ich habe doch den Termin um fünf nach halb.«

Maries Gesicht war jetzt ebenfalls ein einziges Fragezeichen. »Du? Aber den habe ich doch – dein Name war auf der Liste ja durchgestrichen, sodass ich mich gestern schnell noch eingetragen habe.«

»Durchgestrichen?« Lena traute ihren Ohren nicht. »Das kann doch gar nicht sein, was mache ich denn jetzt bloß?«

»O Mann, das ist echt schräg! Ich dachte natürlich, dass du deinen Namen selbst durchgestrichen hast, weil du den Termin nicht wahrnehmen kannst. Tut mir voll leid für dich, aber ich muss die Wagner heute wirklich dringend sprechen, nächste Woche ist ja mein Referatstermin. Vielleicht hast du ja Glück, und sie nimmt dich danach noch dran, ich versuche mich zu beeilen!«

»Danke, das ist nett«, erwiderte Lena mechanisch. »Aber ich habe keine Ahnung, wer meinen Namen durchgestrichen hat. Wer macht denn so was und warum?«

Darauf wusste Marie auch keine Antwort, und in diesem Moment öffnete sich bereits die Tür. Ein Student aus Frau Dr. Wagners Einführungskurs verließ den Raum, Marie ging hinein, und Lena blieb ihren Gedanken überlassen, die Achterbahn fuhren. Zwischendurch sah sie immer öfter auf die Uhr, denn mit jeder Sekunde schwand die Wahrscheinlichkeit, dass ihre Dozentin sie noch hereinbitten würde.

15:43 Uhr. Die Bürotür öffnete sich erneut, und Marie kam heraus, dicht gefolgt von Frau Wagner, die anscheinend das »Bitte nicht stören!«-Schild wieder abnehmen wollte, wie sie es immer am Ende der Sprechstunde tat. Als sie Lena wahrnahm, runzelte sie einen Augenblick lang die Stirn, als ob sie in einem Bild ein Detail entdeckt hätte, das nicht hineinpasste. Sie fasste sich jedoch sofort wieder und sagte: »Sie warten auf Frau Brandt?«

»Nein«, erwiderte Lena, wobei sie unwillkürlich den Blick senkte, »ich war eigentlich für den letzten Termin eingetragen, aber irgendjemand hat meinen Namen durchgestrichen ... ich kann mir das überhaupt nicht erklären. Könnte ich Sie vielleicht trotzdem noch kurz sprechen?«

Frau Dr. Wagner sah auf ihre Armbanduhr, bevor sie antwortete. Zwischen ihren Augenbrauen zeigte sich eine Falte, und ihr Blick war ein kalter Himmel voller grauer Wolken. »Sie waren doch erst letzte Woche da«, antwortete sie schließlich, »was ist denn jetzt schon wieder so dringend?«

»Bitte, es ist wirklich wichtig«, flehte Lena, obwohl sie wusste, dass sie damit alles nur noch schlimmer machte.

»Also gut«, seufzte Frau Wagner, »aber wirklich nur ganz kurz. Ich habe heute auch noch anderes zu tun.«

Nachdem sie Platz genommen hatten, brachte Lena erst einmal kein Wort heraus. Ihre Dozentin strahlte eine derartige Ablehnung aus, dass sie am liebsten umgehend im Boden versunken wäre.

»Ja, und? Was gibt es?«, durchbrach Frau Wagner das Schweigen und blickte wieder auf ihre Uhr. Eine elegante Uhr mit Goldfassung und einem roten Lederarmband.

Stotternd versuchte Lena zunächst, eine Frage zu ihrer Hausarbeit zu formulieren, brach dann jedoch mitten im Satz ab und sagte, während ihr bereits die Tränen in die Augen stiegen: »Eigentlich wollte ich einfach nur kurz mit Ihnen reden, weil es mir danach jedes Mal besser geht … ich habe immer noch totalen Stress mit meinem Freund, und es gibt sonst niemanden, mit dem ich darüber reden kann. Am Wochenende hat er schon wieder …«

Frau Wagner ließ sie nicht ausreden. »Seien Sie mir nicht böse, aber Sie erzählen mir schon seit Wochen immer wieder dasselbe. An Ihrer Situation ändert sich nichts, und Sie drehen sich nur im Kreis.«

»Was soll ich denn machen?«, antwortete Lena schluchzend, »er ist viel stärker als ich und so aggressiv, dass ich manchmal richtig Angst bekomme.«

»Ja, das ist sicher sehr belastend für Sie, und Sie tun mir auch leid, doch ich kann Ihnen da auch nicht helfen. Ich unterstütze Sie gern in Ihrem Studium, aber für diese persönlichen Probleme bin ich einfach die falsche Ansprechpartnerin. Am besten wenden Sie sich an eine Beratungsstelle, davon gibt es hier in Hamburg ja genug.«

Inzwischen schluchzte Lena so heftig, dass sie am ganzen Körper zitterte. Die beiden Papiertaschentücher, die sie bei sich gehabt hatte, waren längst völlig durchnässt, und auch der rote Pullover hatte mehrere Tränenflecken. Aber das war egal, sie würde ihn nach diesem Tag der Schande ohnehin nie wieder tragen. Als sie aufstand, musste sie sich einen Augenblick lang an der Stuhllehne festhalten, um nicht umzukippen. »Bitte verzeihen Sie mir«, stieß sie hervor, wobei sie sich bereits in Richtung Tür wandte, »ich wollte Sie wirklich nicht belästigen, und es kommt garantiert nicht mehr vor.«

»Schon okay«, entgegnete Frau Wagner, die ebenfalls aufgestanden war, »wie gesagt, holen Sie sich möglichst schnell professionelle Hilfe. Und kommen Sie gern wieder, wenn Sie mit Ihrer Arbeit weiter sind. – Alles Gute für Sie!«

Ehe Lena wusste, wie ihr geschah, stand sie wieder auf dem Flur. Ihre Dozentin hatte ihr zum Abschied nicht einmal einen Händedruck gewährt. Das Schild mit der Aufschrift »Bitte nicht stören!« hing noch immer an der Tür, und Lena hatte jetzt das Gefühl, dass diese Aufforderung an sie persönlich gerichtet war. Nein, sie würde Frau Wagner nicht mehr stören, indem sie sich unerlaubt auf persönliches Terrain begab. Stattdessen wollte sie alles tun, um sie doch noch durch außergewöhnliche Leistungen zu überzeugen, auch wenn das nach dem heutigen Tag noch ungleich schwerer sein würde als je zuvor.

Kapitel 26

»Was ist das denn?«, fragte Hannes, als er einen großen roten Briefumschlag vor Carina auf den Tisch legte. »Da steht gar kein richtiger Absender drauf.«

Es war Samstagvormittag, sie hatten wie üblich ausgiebig gefrühstückt, und gerade hatte Hannes die Post aus dem Briefkasten geholt, während Carina noch ihre letzte Tasse Kaffee trank. Anschließend wollten sie gemeinsam auf den Markt gehen und für ein gemütliches Abendessen mit ihren besten Freunden einkaufen. Eigentlich stand einem perfekten Samstag also nichts im Wege, doch in Hannes' Tonfall lag etwas, das sie aufhorchen ließ. Zögernd griff sie nach dem Briefumschlag. Auf der Vorderseite stand in sorgfältigen Druckbuchstaben ihre Adresse, die von einer Girlande aus Blumenranken umgeben war. Der Absender auf der Rückseite war ebenfalls in Druckbuchstaben geschrieben und lautete »Die blaue Blume«.

»Das kann eigentlich nur von Merle kommen«, vermutete Carina, »sie hat mir vor ein paar Tagen eine Postkarte mit einer blauen Blume geschenkt, einfach so ohne irgendeinen Anlass.«

»Schon wieder diese Merle«, brummte Hannes. »Demnächst steht die hier noch ohne Vorwarnung vor der Tür.«

»Nein, so weit würde sie sicher nicht gehen«, versuchte Carina ihn zu beruhigen. »Aber ich frage mich langsam auch, warum sie mir dauernd Geschenke macht. Vielleicht ist ja ein Brief mit einer Erklärung dabei.« Mit diesen Worten nahm sie eine Schere zur Hand. Das Kuvert enthielt ein Set mit Briefkarten, obenauf lag ein Zettel in Herzform, der in der Mitte zusammengefaltet war. Carina entfaltete ihn und las den kurzen Text: »Für Carina, die Gartenkünstlerin, die mit ihren Zauberkräften selbst der unscheinbarsten Pflanze zu ungeahnter Schönheit verhilft. Mit lieben Grüßen von deiner blauen Blume Merle.« Dabei fiel ihr auf, dass der erste Satz in Rot geschrieben war und der zweite in Blau.

»Und?«, fragte Hannes. Carina brachte kein Wort heraus und schob ihm nur den Zettel zu. Sie hatte beim Lesen eine Gänsehaut bekommen und musste sich überwinden, um sich die Karten näher anzuschauen. Geschmack hatte Merle ja, das musste sie zugeben. Und diese Reproduktionen aus dem berühmten Florilegium des Grafen von Nassau-Idstein waren sicher auch nicht billig gewesen. Aber freuen konnte sie sich über dieses Geschenk beim besten Willen nicht. Ganz im Gegenteil, sie hatte das Gefühl, dass Merle mit diesem Briefumschlag in einen Bereich eingedrungen war, der sie nichts anging und den Carina unbedingt schützen wollte.

Hannes sah das anscheinend ähnlich. »Jetzt reicht es endgültig«, rief er und knüllte das Herz aus Papier zusammen, bis es in seiner großen Hand vollständig verschwand. »Die soll dich und uns endlich in Ruhe lassen!« Er warf die Papierkugel mit Schwung auf den Tisch, sodass sie auf dem leeren Teller landete, den sie für den Lachs verwendet hatten.

Carina gab ihm auch die Karten, doch er streifte das Set nur mit einem flüchtigen Blick und fuhr fort: »Du musst ihr jetzt echt mal knallhart sagen, dass sie für dich nur eine Kollegin ist und solche Geschenke total übergriffig sind! Knallhart, alles andere versteht die einfach nicht! Am besten rufst du sie gleich heute an, damit sie weiß, was Sache ist, bevor ihr euch im Büro wiederseht.« Er stand auf und begann, das Geschirr zu stapeln, um es abzuräumen. Dabei stellte er eine schwere Glasschale auf dem Fischteller ab, sodass die Papierkugel plattgedrückt wurde.

Allmählich fand Carina ihre Sprache wieder und antwortete: »Hm, ich weiß nicht so recht … Einerseits wird es mir mit den Geschenken allmählich auch zu viel, aber andererseits fände ich es schon ganz schön heftig, ihr am Telefon so eine Ansage zu machen. Außerdem habe ich auch ein schlechtes Gewissen, weil aus den Verabredungen am Dienstag fast nie etwas geworden ist, obwohl ich den Termin ja selbst vorgeschlagen hatte. Und bei diesem Thema hat Merle sich wirklich total zurückgehalten und nie nachgefragt. Dabei war sie bestimmt jedes Mal enttäuscht.«

»Klar, mir wäre es auch nicht angenehm, jemanden so direkt vor den Kopf zu stoßen, aber ich fürchte, dass es einfach nicht anders geht. Wenn du ihr keine klare Grenze setzt, macht Merle sich immer mehr Hoffnungen, und irgendwann haben wir hier dann überhaupt keine Ruhe mehr.«

Carina stand ebenfalls auf, und sie räumten schweigend den Tisch ab. Als sie fertig waren, sagte sie: »Also, ich habe mir jetzt eine Art Kompromiss überlegt: Ich rufe Merle nicht an, sondern ich reagiere einfach gar nicht auf ihr Geschenk. Vermutlich reicht das schon als Signal, und wenn nicht, kann ich dann ja immer noch mit ihr reden.«

»Hoffentlich hast du recht«, erwiderte Hannes, doch er klang nicht überzeugt, und Carina gelang es erst mehrere Stunden später, das Thema Merle wieder aus ihren Gedanken zu verdrängen und sich auf den Abend zu freuen. Die Blumenkarten hatte sie inzwischen in eine Schublade in der Flurkommode gelegt. Sie würde die Karten ihrer Mutter schenken, die in drei Wochen Geburtstag hatte und eine ebenso leidenschaftliche Gärtnerin war wie Carina.

Kapitel 27

Dreißig. Ein Alter, in dem man angekommen sein sollte – in einer dauerhaften Partnerschaft, in einem Beruf, der eine langfristige Perspektive und gute Aufstiegschancen bot, und vor allem in einem zumindest weitgehenden Einklang mit sich selbst. Von diesen drei Kriterien, die Merle immer mit dem dreißigsten Geburtstag verbunden hatte, erfüllte sie an diesem achtundzwanzigsten Februar kein einziges. Sie war noch nicht einmal promoviert, lebte bescheiden von dem Gehalt einer halben Stelle und hatte keine Ahnung, wie es nach dem Ende ihres befristeten Arbeitsvertrags weitergehen würde. Privat war sie weiterhin zur Einsamkeit verurteilt, und im Gegensatz zu ihrem Vertrag schien dieses Urteil unbefristete Gültigkeit zu haben. Vielleicht war sie sogar zu lebenslänglicher Isolationshaft verdammt, gefangen hinter den undurchdringlichen Dornenhecken ihrer Selbstverachtung, die sich manchmal zu blankem Hass steigerte. Auch die Erfolgserlebnisse der letzten Monate hatten nichts daran ändern können, dass sie sich von Grund auf falsch und wertlos fühlte, wie ein Fremdkörper, für den auf der Erde kein Platz vorgesehen war. Und die

Prinzessin, die sie hätte befreien können, war an diesem ganz besonderen Geburtstag nicht nur emotional weit weg: Carina hatte sich ausgerechnet diese Woche ausgesucht, um mit Hannes nochmals ein paar Urlaubstage in St. Peter-Ording zu verbringen, und sich bis jetzt auch noch nicht bei Merle gemeldet, obwohl es bereits Abend war.

Während ihres Studiums in Kiel hatte es Merle nie gestört, dass sie in der vorlesungsfreien Zeit Geburtstag hatte, irgendjemand aus ihrem Freundeskreis war immer da gewesen, um den Tag mit ihr zu verbringen. Wenn der Tag auf das Wochenende fiel, war sie manchmal auch nach Hause gefahren, doch diese Besuche waren langweilig gewesen, und sofern ihre Schwester dabei war, verliefen die Treffen ähnlich deprimierend wie zu Weihnachten. Heute, an einem Mittwoch, hatte Bad Segeberg glücklicherweise nicht zur Debatte gestanden, doch allmählich ertappte Merle sich bei dem Gedanken, dass es vermutlich sogar das kleinere Übel gewesen wäre. Niemand hatte Zeit für sie – Sarah war schon vor ein paar Tagen nach Hause gefahren, Inga hatte Schule und konnte weder nach Hamburg kommen noch Besuch gebrauchen, aus Paulsens Kolloquium kannte sie niemanden näher, und die anderen Kontakte aus ihrer Studienzeit waren inzwischen so oberflächlich geworden, dass Merle sich nicht getraut hatte, jemanden um ein Treffen zu bitten. Außerdem hätte ihr ohnehin niemand Carina ersetzen können, die sie heute mehr denn je vermisste.

Der Tag schlich seit dem Weckerklingeln in monotonem Zeitlupentempo dahin, und das Wetter hatte sein Möglichstes getan, um ihren Seelenzustand abzubilden und sie zugleich noch tiefer fallen zu lassen. Seit Wochen war es ungewöhnlich kalt, der Schnee hatte sich mittlerweile unansehnlich grau verfärbt, und es war den ganzen Tag so bewölkt und windig gewesen, dass Merle sich nicht einmal zu einem Spaziergang aufraffen konnte, von einer Laufrunde ganz zu schweigen.

Sie war erst nach zehn an der Uni gewesen und dachte im Nachhinein, dass sie sich den Weg eigentlich auch hätte sparen können, denn Julia war ebenfalls nicht in Hamburg, und Professor Paulsen arbeitete zu Hause, wie er es in der vorlesungsfreien Zeit öfter tat. Immerhin hatte er ihr eine sehr nette Glückwunschmail geschrieben und angekündigt, dass ein kleines Geschenk folgen werde, sobald er wieder im Institut sei. Sarah und Julia hatten über WhatsApp gratuliert, ebenso Inga und ein paar andere Freundinnen von früher. Ihre Eltern hatten ihr ein Päckchen geschickt, und Merle ging davon aus, dass ihre Mutter im Laufe des Abends noch anrufen würde. Hoffentlich würde es ihr dann zumindest einigermaßen gelingen, gut gelaunt und zuversichtlich zu wirken. Ein Drehbuch des heutigen Tages hatte sie sich bereits überlegt, angeblich hatte sie nachmittags mit Sarah Kaffee getrunken und sich nach der Arbeit mit ein paar Leuten aus Paulsens Kolloquium auf einen Feierabendcocktail im *Roxie* getroffen.

Merle hatte ein paar Stunden lang versucht, in dem trostlos leeren Büro zu arbeiten, aber kaum etwas zustande gebracht. Das war ja auch kein Wunder, wenn man ständig damit beschäftigt war, auf das Handy zu schauen und den E-Mail-Eingang zu überprüfen, um nur ja nicht den erlösenden Moment zu verpassen, in dem die Nachricht von Carina eintraf. Sie musste sich doch einfach melden, es war völlig undenkbar, dass sie an einem so entscheidenden Tag nicht an Merle dachte. Doch es wurde Mittag und Nachmittag, ohne dass Carina von sich hören ließ. Gegen vier hatte Merle sich unten in der Cafeteria noch einmal einen Kaffee geholt und anschließend eine gute halbe Stunde damit totgeschlagen, ihren Schreibtisch aufzuräumen, da sie beim besten Willen nicht mehr denken konnte. Als auch das erledigt war, packte sie ihre Sachen und machte sich auf den Weg zur U-Bahn. Bevor sie das Büro verließ, hatte sie einen Augenblick lang mit dem Gedanken gespielt, wieder die Gegenstände auf Carinas Schreibtisch zu berühren, sich dann aber doch dagegen entschieden. Nein, sie wollte ihre Sehnsucht nach dem Unerreichbaren nicht noch weiter steigern, es würde ohnehin schwer genug sein, den langen, einsamen Abend zu überstehen.

Als sie an der U-Bahn-Station Saarlandstraße ausstieg, entschied sie sich spontan, noch einen Abstecher zu dem großen Supermarkt auf der anderen Straßenseite zu machen. Sie kaufte einen Primitivo, eine Piccoloflasche Sekt und eine große Tüte Chips, ohne dabei ein schlechtes Gewissen zu verspüren.

Heute war alles erlaubt, was ihr auch nur ansatzweise dabei helfen könnte, die verbleibenden Stunden des Wartens erträglicher zu gestalten. Des Wartens auf ein Lebenszeichen von Carina – oder schlimmstenfalls des Wartens auf den Datumswechsel, der ihr anzeigen würde, dass sie das Thema Geburtstag nun wieder für ein Jahr abhaken könnte. Schon als Kind war dieser Tag für sie schwierig gewesen, sie erinnerte sich noch detailliert daran, wie ihr Vater ihr an ihrem neunten Geburtstag aufgezählt hatte, was man in ihrem Alter eigentlich alles längst können und wissen musste. Eine endlos anmutende Liste an Anforderungen, angefangen vom Schwimmabzeichen in Silber bis hin zu dem unbefangenen und fröhlichen Wesen ihrer Schwester – und zugleich eine Mängelliste, denn Merle hatte nichts davon erfüllt. Später war sie dann selbst dazu übergegangen, an jedem achtundzwanzigsten Februar das Bild der Ideal-Merle mit der deprimierenden Realität abzugleichen und anschließend Vorsätze und Regeln aufzuschreiben, die es ihr ermöglichen sollten, sich diesem Wunschbild ihrer selbst im kommenden Lebensjahr endlich doch noch anzunähern. Heute mochte sie ihr Tagebuch gar nicht erst zur Hand nehmen, seit den Regeln für ihren Umgang mit Carina hatte sie nichts mehr eingetragen. Es war ja auch sinnlos, sie konnte aufschreiben, was sie wollte, und die Realität folgte weiterhin unbeirrbar ihren eigenen Gesetzen.

Inzwischen war es kurz vor acht, Merle hatte das Telefonat mit ihrer Mutter hinter sich gebracht und war stolz auf ihre schauspielerische Leistung. Ihre Mutter hatte offenbar keinerlei Verdacht geschöpft und sich sogar erfreut darüber geäußert, dass Merle ihren ersten Geburtstag in Hamburg so angenehm verbracht habe.

Die Rotweinflasche war bereits zu einem Drittel leer, und Merle wollte gerade erneut in die Chipstüte greifen, als der ersehnte Signalton ihres Smartphones ertönte. Das musste Carinas Geburtstagsgruß sein – und damit wäre der Tag nun doch noch gerettet! Doch als sie WhatsApp öffnete, wurde sie erneut enttäuscht: »Hi Schwesterherz«, las Merle, »alles Gute zum 30.! Mach dir keine Sorgen, für die große Liebe ist es nie zu spät! Liebe Grüße Swantje.«

Merle schnaubte verächtlich und hätte das Handy am liebsten gegen die Wand geworfen. Schon die Anrede zeigte ihr wieder einmal, dass ihre Schwanenschwester nichts begriffen hatte. Sie hatten kein herzliches Verhältnis, und daran würde sich aller Wahrscheinlichkeit auch nie etwas ändern. Und von der großen Liebe fühlte sie sich weiter entfernt denn je.

Am liebsten hätte sie den Kontakt zu ihrer Schwester komplett abgebrochen, doch das konnte sie ihren Eltern nicht antun. Antworten würde sie jedenfalls erst morgen, Swantje dürfte es ohnehin egal sein.

Merle schenkte sich ein weiteres Glas Wein ein, griff wieder in die Chipstüte und versuchte sich auf die Musik zu konzentrieren, die gerade im Hintergrund lief: Element of Crime, eine ihrer Lieblingsbands. Doch auch Sven Regener und seine Bandkollegen hatten sich heute offenbar gegen sie verschworen, denn die Songzeile »Ich bin jetzt da, wo ich mich haben will« erschien ihr in diesem Moment wie blanker Hohn. Nein, dort war sie ganz und gar nicht, und sie war mit jeder Stunde dieses nicht enden wollenden Geburtstags stärker davon überzeugt, dass es einen solchen Ort nirgends gab, weil sie es nicht besser verdient hatte. Sie schaltete die Musik aus und überlegte, welcher Titel besser zu ihrer Stimmung passen würde. Am besten etwas Instrumentales, denn sie neigte dazu, jeden Songtext in Beziehung zu sich selbst zu setzen – als Aussage über ihr Leben, als Prognose für ihre Zukunft oder, was am schlimmsten war, als ein positives Kontrastprogramm zu ihrem Dasein, das für sie immer unerreichbar bleiben würde, denn um es erreichen zu können, hätte sie zunächst eine andere werden müssen. Unerreichbar – immer wieder fühlte sie sich auf dieses Wort zurückgeworfen, als wäre es ein Fluch, den eine böse Fee bereits bei ihrer Geburt ausgesprochen hatte.

Sie wechselte zu »Albatross« von Fleetwood Mac und stellte sich vor, fliegen zu können, mit kraftvollen Flügelschlägen in die Lüfte aufzusteigen und das ungeliebte Mängel-Ich als leere Hülle am Boden zurückzulassen. Dabei fiel ihr ein weiteres Zitat ein, das sie schon seit Jahren begleitete, ein Satz aus Kafkas Parabel »Der Aufbruch«, die sie im Deutsch-Leistungskurs kennengelernt hatte: »›Weg-von-hier‹, das ist mein Ziel.« Als Hausaufgabe hatten sie damals eine Interpretation dieser Parabel schreiben müssen, und

Merle war aufgerufen worden, um ihren Text vorzulesen. Ihre Deutschlehrerin war sehr zufrieden gewesen, doch das Einzige, was von Merles Interpretation langfristig bei ihrem gesamten Kurs im Gedächtnis blieb, war der peinliche Versprecher, den sie sich beim Vorlesen geleistet hatte: »Weg-von-mir, das ist mein Ziel.« Auch die Lehrerin hatte gegrinst und Merle den freundlichen Rat gegeben, diese Zielsetzung noch einmal zu überdenken, doch dieser Empfehlung hatte sie bis heute nicht folgen können. Noch immer wollte sie jemand sein, der sie nicht war, und von Menschen geliebt werden, denen sie nichts bedeutete. Und das eine bedingte das andere, denn solange sie sich nicht verwandelte, war sie nicht liebenswert, und solange sie nicht geliebt wurde, konnte sie sich nicht verwandeln. Sie tat alles, was in ihren Kräften stand, um an sich zu arbeiten und ihre Liebe so zu beweisen, dass sie Gegenliebe erwecken musste, doch all ihre Anstrengungen waren von vornherein zum Scheitern verurteilt. Das war schon immer so gewesen, es hatte mit Christiane begonnen und schien sich nun bis zu Carina fortzusetzen.

Christiane. Ein Name, den sie lange verdrängt hatte, was vermutlich auch besser gewesen war. Aber an diesem Abend hatte sie einfach keine Macht mehr über ihre Erinnerungen und ihre Gedankensprünge. Ein anderer Geburtstag fiel ihr ein, nicht ihr eigener, sondern der siebzehnte Geburtstag von Christiane, der älteren Schwester von Anna, die zu Beginn des sechsten Schuljahres neu in Merles Klasse gekommen war und neben ihr saß. Sie hatten sich rasch angefreundet, und Anna hatte sie schon nach wenigen Tagen zu sich nach Hause eingeladen, wo sie dann auch Christiane kennenlernte. Seitdem nutzte Merle jede Gelegenheit, um Anna zu besuchen und dabei auch mit ihrer Schwester ins Gespräch zu kommen. Oft saßen sie zu dritt zusammen oder auch gemeinsam mit Annas und Christianes Eltern, die immer sehr herzlich waren und Merle das Gefühl gaben, jederzeit willkommen zu sein. Auch Christiane selbst unterhielt sich offensichtlich gern mit Merle und sagte sogar mehrmals, dass man den Altersunterschied im Gespräch kaum bemerke, da Merle sich so gut ausdrücken könne und »mehr im Kopf« habe als viele Gleichaltrige. Und auch wenn Christiane gerade schwieg, wurde es nie langweilig, sie einfach nur zu betrachten, denn sie war mit Abstand das schönste Mädchen, das Merle je gesehen hatte.

Sie war ziemlich groß, zierlich und hatte lange hellblonde, etwas wellige Haare. Wenn sie lächelte, sah es jedes Mal so aus, als ob an einem der ersten Frühlingstage die Sonne aufginge und alles wieder zu neuem Leben erwachen würde. Merle verfasste unzählige Tagebucheinträge über sie und hatte sich für diesen Zweck extra einen gelben Glitzerstift gekauft, um Christianes Namen damit zu schreiben. Anstelle der beiden i-Punkte malte sie jedes Mal winzige Herzchen, und sie bewahrte den Glitzerstift in einem Geheimfach ihres Schreibtisches auf. Ihn mit in die Schule zu nehmen, wäre undenkbar gewesen, die Gefahr war zu groß, dass er in falsche Hände geriet, und für jedes andere Wort außer »Christiane« war er viel zu schade. Abends vor dem Einschlafen dachte Merle sich immer Geschichten aus, in denen sie Christiane vor dem Ertrinken rettete oder sie aus einem finsteren Gefängnis befreite, in dem ein Entführer sie eingesperrt hatte. Manchmal gelang es ihr dann sogar, Christiane mit in ihre Träume zu nehmen.

Zu Weihnachten hatte Merle für Christiane ein Märchen geschrieben, in dem eine gute Fee mit hellblonden Haaren vorkam, die Finsternis und Kälte mit ihrem Lächeln vertreiben konnte, aber sie hatte nicht den Eindruck gehabt, dass Christiane verstanden hatte, dass sie mit dieser Fee gemeint war. Immerhin hatte sie gesagt, dass sie Merle um ihre Fantasie beneide.

Jedes Mal, wenn Merle bei Familie Fuchs zu Besuch war, hoffte sie, dass Christiane sie fragen würde, ob sie sich nicht einmal zu zweit treffen wollten. Dazu kam es aber nie, und kurz vor Christianes siebzehntem Geburtstag beschloss sie, dem Schicksal auf die Sprünge zu helfen. Von Anna wusste sie, dass ihre Schwester an jenem Samstag zu Hause feiern wollte, zuerst mit Kaffeetrinken und abends dann mit einer kleinen Party. Merle hatte sich sorgfältig vorbereitet und einen Brief mit einem langen Gedicht geschrieben, das keinen Zweifel mehr daran ließ, was Christiane ihr bedeutete. Außerdem hatte sie ihr letztes Taschengeld für diesen Monat in einen Kettenanhänger mit einer großen hellgelben Glasperle investiert, den sie zusammen mit dem Gedicht in einen selbst gebastelten Briefumschlag aus Goldpapier steckte. Gegen fünf machte sie sich auf den Weg. Vor der Haustür musste sie erst einmal ihren ganzen Mut zusammennehmen, bevor sie es wagte, mit zitternden Fingern auf die Klingel zu drücken.

Christiane öffnete selbst und wirkte ziemlich irritiert, als sie Merle sah. »Oh, bist du mit Anna verabredet? Davon wusste ich gar nichts.«

»Nein, ich wollte zu dir, um dir zu gratulieren«, erwiderte Merle, »kann ich kurz reinkommen? Ich möchte dir etwas geben, was mir sehr wichtig ist.«

Christiane zögerte einen Moment: »Hm, ja, okay – aber wirklich nur kurz, ich habe Gäste.«

Trotz dieses kühlen Empfangs wollte Merle sich auf keinen Fall geschlagen geben; sobald Christiane den Briefumschlag öffnen würde, müsste ihr Geschenk ja für sich sprechen. Also folgte sie Christiane ins Wohnzimmer, wo sich eine ausgelassene Runde aus etwa fünfzehn Jugendlichen versammelt hatte. Weder Anna noch Christianes Eltern waren dabei.

»Mensch, Chrissi, wer ist denn die Kleine da?«, fragte ein junger Mann und fügte grinsend hinzu: »Ich wusste gar nicht, dass du für heute einen Babysitter-Job angenommen hast.«

Daraufhin brach die ganze Runde in Gelächter aus und konnte sich kaum noch beruhigen. Merle spürte, wie ihr die Schamröte ins Gesicht stieg, und vermochte Christiane nicht mehr anzusehen. Mit letzter Kraft hielt sie ihr den Briefumschlag entgegen und sagte: »Hier ist mein Geschenk für dich, in dem

Brief steht alles, was ich dir schon lange sagen wollte … und jetzt gehe ich wohl besser.«

Damit wandte sie sich der Tür zu. Als sie bereits wieder im Flur stand, hörte sie noch, wie jemand zu Christiane sagte: »Na los, mach den Liebesbrief schon auf, wir wollen auch unseren Spaß haben!«

Am Montag danach hatte Anna ebenfalls einen Briefumschlag in die Schule mitgebracht, der jedoch nicht aus Goldpapier bestand. Es war ein etwas dickerer, anscheinend gepolsterter DIN A 4-Umschlag ohne jede Beschriftung. Offenbar war es Anna sehr unangenehm, Merle diesen Brief zu überreichen, denn sie nuschelte bloß »Soll ich dir von Christiane geben …« und wandte dabei den Blick ab. Merle steckte den Umschlag mit einem ebenso knappen »Danke« in ihre Schultasche, und die beiden wechselten während des gesamten Schultags kaum noch ein Wort miteinander.

Zu Hause hatte sich Merles Befürchtung bestätigt: Christiane hatte ihr nicht nur den Anhänger und den Brief mit dem Gedicht zurückgegeben, sondern auch das Märchen von der Fee, über das sie sich ursprünglich gefreut hatte – oder war ihre Freude damals nur vorgetäuscht gewesen? Merle wusste es im Nachhinein nicht mehr zu sagen. Klar war jedenfalls, dass auch die Freundschaft mit Anna nun unwiderruflich zerstört war, und so bat Merle ihre Klassenlehrerin bei der nächsten Gelegenheit um einen anderen Sitzplatz.

Noch heute, fast achtzehn Jahre später, wäre sie bei der Erinnerung an die Episode mit Christiane am liebsten im Boden versunken. Umso wichtiger war es, dass Carina sich endlich meldete; eine Nachricht von ihr wäre der einzige stichhaltige Beweis, der Merle davon überzeugen könnte, vielleicht doch endlich Gegenliebe zu verdienen.

Viertel vor zehn. Merle hatte sich inzwischen ins Bett verkrochen und versuchte sich mit einem Jugendbuch abzulenken, wie sie es öfter tat, wenn sie deprimiert war und sich der abweisenden Außenwelt schutzlos ausgeliefert fühlte. Am besten waren Internatsgeschichten, damit gelang es ihr fast immer, sich in eine Parallelwelt zu flüchten, in der spätestens im letzten Kapitel garantiert alles gut wurde und jedes Mädchen seinen Platz in der Gemeinschaft fand. Aber heute Abend musste sie die meisten Absätze mehrmals lesen, nur bei den Szenen über die Außenseiterin der Klasse konnte sie sich ein wenig in die Geschichte hineinversetzen. Als das Mädchen, das niemand mochte, gerade mit dem Gedanken spielte, das Internat fluchtartig zu verlassen, ertönte endlich das Signal, das den Eingang einer neuen Nachricht anzeigte. Diesmal war es tatsächlich Carina! Vielleicht hatte sie absichtlich so lange mit dem Schreiben gewartet, um Merles Vorfreude zu steigern, und möglicherweise ahnte sie sogar, dass Merle sich den Sekt extra aufgehoben hatte, um ihn nach dem Lesen des Geburtstagsgrußes auf Carinas Wohl zu trinken. Voller Erwartung öffnete sie die Nachricht und las:

»Liebe Merle,

herzliche Glückwünsche aus St. Peter-Ording! Sorry, dass ich so spät dran bin, aber ich habe es total vergessen, hier im Urlaub bin ich wie in einer anderen Welt. Hoffentlich hattest du einen schönen Tag. Alles Gute und LG Carina.«

Fassungslos legte Merle das Smartphone auf dem Nachttisch ab. Seit dem Morgen hatte sie sich durch jede Stunde gequält, nur aufrecht gehalten von der Hoffnung auf ein paar Zauberworte, die diesem Tag endlich einen Sinn verleihen sollten, und nicht nur diesem Tag, sondern auch ihrem neuen Lebensjahr, ja sogar ihrem gesamten Dasein. Und dann nichts als dieses Zeugnis der Gleichgültigkeit! Die Lust auf den Sekt war ihr gründlich vergangen. Sie schrieb rasch »Vielen Dank und dir weiterhin einen schönen Urlaub« zurück und holte sich danach den Rest Wein aus der Küche. Wenn sie ihn schnell trank, würde sie hoffentlich einschlafen können und morgen dann neu beginnen. Ein neues Lebensjahr ohne Gedanken an Carina, ohne sehnsüchtige Tagträume und vor allem ohne diese endlose Kette von Enttäuschungen, die allmählich schwer wie Blei wurde. Mit dreißig Jahren war es höchste Zeit, sich mit der Realität zu konfrontieren und alle Illusionen zu begraben.

Doch selbst die Flucht in den Schlaf blieb ihr versagt, und gegen halb zwölf entschied Merle, dass wieder ein Bußritual nötig war, um für all die verbotenen Wünsche und Gefühle Abbitte zu leisten, in denen sie seit der ersten Begegnung mit Carina geschwelgt hatte. Sie stand auf, legte ihren Pyjama ab und nahm ein kurzärmeliges Nachthemd aus dem Schrank, das sie normalerweise nur im Sommer trug. Im Bad ließ sie das Waschbecken mit eiskaltem Wasser volllaufen und weichte das Nachthemd gründlich darin ein. Anschließend wrang sie das Kleidungsstück flüchtig aus und zog es an. Die Kälte ließ sie schaudern, und der nasse Stoff klebte unangenehm an der Haut. Merle nickte zufrieden – genauso sollte es sein. Sie ging ins Schlafzimmer zurück, breitete eine Yogamatte auf dem Boden aus und öffnete das Fenster. Bevor sie sich hinlegte, stellte sie den Timer ihres Handys auf zwei Stunden. Bei einer Außentemperatur von etwa null Grad sollte das wohl ausreichen, um alle Hoffnungsblüten erfrieren zu lassen.

Kapitel 28

Bücherkartons, Tragetaschen, Klappkisten, Ablagekörbe und nicht zuletzt zahlreiche Blumentöpfe – es nahm einfach kein Ende. Vor dem Umzug hatte Merle nie bewusst wahrgenommen, wie viel Material Carina in ihrem gemeinsamen Büro aufbewahrte. Nun würde diese Bürogemeinschaft in wenigen Stunden unwiderruflich Geschichte sein. Es war der fünfzehnte März, und Carina wollte keinen Tag länger warten, um ihr neues Einzelbüro im elften Stock zu beziehen. Alle halfen mit, sogar Herr Paulsen war dabei, wenn auch, wie er augenzwinkernd sagte, »nicht zuletzt aus egoistischen Motiven«. Er hatte Carina nämlich darum gebeten, ein paar Nachschlagewerke und Ordner, die er selten benötigte, in ihrem Büro unterzustellen, da die Regale in seinem Dienstzimmer bereits völlig überfüllt waren.

Carina war an diesem Tag strahlender Laune und verkündete immer wieder, dass ihr das Einzelbüro bestimmt »einen richtigen Energieschub« für die Arbeit an ihrer Habilitation geben würde. Sarah, die ohnehin genervt war, weil sie eigentlich dringend eine Seminararbeit beenden musste, entgegnete irgendwann:

»Das muss ja eine schlimme Zeit mit uns gewesen sein, wenn du es kaum abwarten kannst, von uns wegzukommen.«

»O nein, entschuldige bitte – so war das natürlich nicht gemeint«, beeilte sich Carina zu versichern. »Ich bin euch auch sehr dankbar, dass ihr mir helft.«

Für Merle brachte der Umzugstag ein Wechselbad der Gefühle mit sich. Schon in den letzten Tagen, als Carina ihre Sachen zusammengepackt hatte, war sie hin- und hergerissen gewesen und hatte das Gefühl gehabt, als ob in ihrem Inneren ein permanenter Disput stattfände. Die Stimme der Vernunft betonte immer wieder, dass es besser sei, durch die räumliche Trennung nicht mehr so oft mit Carina und vor allem mit ihren eigenen unerfüllbaren Hoffnungen konfrontiert zu werden. Auf diese Weise werde es sicher viel leichter, ihren Geburtstagsvorsatz umzusetzen und in ein neues, erfülltes Leben ohne unerwiderte Liebe zu starten. Doch die Stimme der Sehnsucht wollte von diesem Argument nichts hören: Vergiss es – das kann doch gar nicht funktionieren! Als ob sich Gefühle durch Türen oder Treppenstufen aufhalten ließen! Wenn du sie nicht mehr siehst, wirst du sie nur umso mehr vermissen, das hast du ja schon mehrmals erlebt, während sie im Urlaub war. Und ab jetzt wird es noch schlimmer sein, weil euch nur wenige Schritte trennen, aber sie trotzdem unerreichbar für dich ist.

Während sich diese innere Debatte in einer Endlosspirale drehte, lief Merle treppauf und treppab und hatte das Gefühl, dass jeder Gegenstand, den sie in dem neuen Büro deponierte, ihr einen Teil von Carina für immer wegnahm. Aber wie sollte das auch anders sein, nachdem ihre Kollegin sich innerlich bereits so deutlich distanziert hatte? Seit Carinas Rückkehr aus dem Urlaub hatte es keine gemeinsame Mittagspause und erst recht kein persönlicheres Gespräch gegeben, und selbst die nachträgliche Übergabe des Geburtstagsgeschenks, begleitet von einer flüchtigen Umarmung, hatte etwas Beiläufiges gehabt, wie ein mechanisch heruntergeleiertes Gebet, dessen Inhalt längst nichts mehr bedeutete. Auch das Geschenk an sich war enttäuschend gewesen: Pralinen und ein Fläschchen Sanddorngeist, Dutzendware für Touristen, die man in letzter Minute als Mitbringsel kaufte, um bei der Rückkehr nicht mit leeren Händen dazustehen und zugeben zu müssen, dass man die Daheimgebliebenen schlicht vergessen hatte. Immerhin kam Merle anscheinend noch für Dienstleistungen in Betracht, denn vor wenigen Tagen hatte Carina sie gebeten, nochmals einen Aufsatz Korrektur zu lesen. Natürlich wieder in letzter Minute, sodass Merle bis weit in den Abend hinein zu tun gehabt hatte.

Am frühen Nachmittag waren sie fertig und kamen in Paulsens Büro zusammen, um nach getaner Arbeit noch gemeinsam einen Kaffee zu trinken. Carina spendierte dazu belegte Brötchen und Kuchen. Sie unterhielt sich angeregt mit ihrem Chef, und Merle schnappte auf, dass sie nochmals davon sprach, ab jetzt »mit neuer Energie« an ihrer Habilitation weiterzuarbeiten.

»Das würde auch mich sehr freuen«, erwiderte Paulsen und leitete dann rasch zu einem anderen Thema über: »Was ich Sie noch fragen wollte, bevor ich es gleich wieder vergesse: Wäre es Ihnen recht, wenn ich den Zweitschlüssel zu Ihrem Büro hier aufbewahre? Dann hätte ich jederzeit Zugang zu meinen Büchern und Ordnern, auch wenn Sie gerade nicht im Haus sind.«

Carina erklärte sich einverstanden, und Merle ertappte sich bei dem Gedanken, dass der Schlüssel auf diese Weise auch für sie selbst zugänglich sein würde, denn Paulsen bewahrte alle Reserveschlüssel in seiner oberste Schreibtischschublade auf, auch der Reserveschlüssel für die Seminarbibliothek lag dort, die Schublade war immer unverschlossen, und der Zweitschlüssel zu seinem Dienstzimmer befand sich bei seinen Mitarbeiterinnen im Büro. Dadurch hatten Merle und ihre Kolleginnen die Möglichkeit, in seiner Abwesenheit jederzeit den zweiten Computer in seinem Raum zu nutzen, wenn eine von ihnen bei ihrer Arbeit mehr Ruhe brauchte.

Aber nein, sie wollte doch nicht mehr heimlich an Carinas Schreibtisch sitzen und einen Kult mit ihren Büroutensilien treiben. Schließlich wusste sie ja, dass es ihr hinterher nur noch schlechter ging und sie jedes Mal zutiefst enttäuscht von sich selbst war.

Als Carina gerade den Rest des Kaffees verteilte, klopfte es plötzlich energisch. Paulsen hatte kaum »Herein« gesagt, als schon die massige Gestalt von Herrn Thomsen, dem Hausmeister, im Türrahmen stand. »Moin, Frau Wagner«, grüßte er, »ich dachte mir schon, dass ich Sie hier finde, nachdem oben niemand war. Ich wollte Ihnen nur kurz sagen, dass morgen Vormittag jemand zum Fensterputzen kommt, in den letzten Tagen hat das ja nicht geklappt, weil es nur gegossen hat.«

»Einverstanden«, erwiderte Carina, »dann arbeite ich morgen zu Hause. Nach dem anstrengenden Umzug passt mir das ganz gut.«

»So viel zum Thema ›Energieschub‹«, flüsterte Sarah und grinste. Carina sah irritiert in ihre Richtung, sagte aber nichts, sondern wandte ihren Blick gleich wieder Herrn Thomsen zu, der weitersprach.

»Am besten stellen Sie noch nichts auf die Fensterbank und möglichst auch nicht auf den Schreibtisch, den müssen wir morgen auf jeden Fall abrücken.«

»Alles klar, dann räume ich heute nur noch die Regale ein. Danke, Herr Thomsen.«

»Da nich für«, murmelte der Hausmeister und verabschiedete sich.

Der Nachmittag schleppte sich zäh dahin, Merle konnte sich kaum konzentrieren, da ihr Blick immer wieder von Carinas verwaistem Schreibtisch angezogen wurde, der den gesamten Raum kahl und fremd wirken ließ. Dabei hätte sie eigentlich Grund zur Freude gehabt, da sie diesen Arbeitsplatz jetzt selbst übernehmen durfte. Ihr bisheriger Schreibtisch, der seine besten Zeiten schon lange hinter sich hatte, sollte mitsamt dem ebenfalls sehr alten Rechner in den nächsten Tagen abgeholt und durch einen kleineren Tisch ersetzt werden, den sie und ihre Kolleginnen in

Zukunft für ihre Kaffee- und Teepausen nutzen konnten. Aber heute brachte sie es einfach nicht fertig, ihre Sachen umzuräumen – ein Umzug pro Tag reichte ihr definitiv. Außerdem konnte sie sich beim besten Willen nicht vorstellen, dass sie Carinas Schreibtisch jemals als ihren eigenen empfinden würde.

Gegen sechs, als Sarah und Julia längst gegangen waren, schlich Merle zu Paulsens Büro am anderen Ende des Flurs hinüber und warf einen Blick auf den Spalt zwischen der Tür und dem Fußboden. Sehr gut – in seinem Zimmer brannte kein Licht. Als sie vorsichtig ihr Ohr an die Tür hielt, konnte sie auch kein Geräusch vernehmen. Trotzdem klopfte sie sicherheitshalber an, bevor sie es wagte aufzuschließen. Rasch nahm sie den Schlüssel von Carinas neuem Büro an sich und lief noch einmal in den elften Stock hinauf.

Im Raum 1157 herrschte weiterhin Umzugsatmosphäre: Die Regale waren zwar inzwischen weitgehend eingeräumt, doch entlang der Wände stapelten sich noch immer zahlreiche Kartons und andere Gegenstände. Die Blumentöpfe standen dicht gedrängt auf dem Besuchertisch rechts neben der Tür. Eigentlich wusste Merle selbst nicht, weshalb sie unter diesen Umständen hergekommen war, denn ihr übliches Ritual, durch die Berührung der Gegenstände auf dem Schreibtisch mit Carina Kontakt aufzunehmen, ließ sich heute ja nicht durchführen. Unschlüssig blieb sie eine Weile vor dem Tisch mit den Blumen stehen, bis ihr plötzlich eine Idee kam. Sie wandte sich den

Umzugskartons zu und studierte aufmerksam ihre Beschriftungen, bis sie den ersten Karton fand, auf dem »Schreibtisch« stand. Vorsichtig öffnete sie ihn – und tatsächlich, sie hatte Glück: Gleich obenauf lag das, was sie gesucht hatte, ein flacher rechteckiger Plastikkorb, der Stifte und andere Büromaterialien enthielt. Mit wenigen Handgriffen fand sie den Kugelschreiber mit dem eingravierten Namen »Carina« und ließ ihn, ohne zu zögern, in die Tasche ihrer Strickjacke gleiten. Den Anflug eines schlechten Gewissens vermochte sie sofort wieder zu verscheuchen: Wenn Carina ihr nicht mehr freiwillig etwas von ihrer Aufmerksamkeit schenkte – von darüber hinausgehenden Gefühlen ganz zu schweigen –, dann musste Merle sich eben selbst nehmen, was ihr zustand. Ein Gegenstand, durch den Carina in symbolischer Form stets bei ihr sein würde, war das Mindeste, was sie brauchte, um ihr emotionales Überleben einigermaßen zu sichern. Schließlich wusste sie ab sofort ja nicht mehr, wann ihr überhaupt noch Begegnungen vergönnt sein würden.

Zu Hause legte sie den Kugelschreiber auf ihren Schreibtisch. Zum Glück fand sie noch einen roten Briefumschlag als Unterlage, auch wenn ihr Samt natürlich lieber gewesen wäre. Oder ein Stück aus einem von Carinas zahllosen roten Schals. Doch ihre Freude über dieses kostbare Beutestück hielt nur wenige Stunden an, denn als sie am späten Abend einzuschlafen versuchte, meldete sich ihr Gewissen erneut zu Wort: Was sie getan hatte, war und blieb Diebstahl, und kein Gericht der Welt würde ihre Sehnsucht als mildernden Umstand gelten lassen. Ganz abgesehen davon, dass sie kein Recht dazu hatte, sich heimlich in Carinas Büro aufzuhalten. Trotzdem konnte Merle sich nicht vorstellen, den Stift morgen einfach wieder an seinen Platz zurückzulegen, sodass ihr zum dritten Mal nur der Ausweg blieb, durch ein passendes Ritual Buße zu tun. Welches Bußwerk aber war in diesem Fall geeignet? Nach einigem Grübeln brachte die silberne Farbe des Kugelschreibers sie auf die richtige Idee: Vor zwei Jahren hatte sie in Saarbrücken bei einer Faschingsfeier ihres Graduiertenkollegs ein eng anliegendes Shirt getragen, das mit silbrig glänzenden Pailletten bestickt war. Seitdem fristete es ein Schattendasein in ihrem Kleiderschrank, doch nun würde es erneut zum Einsatz kommen. Sie drehte das Shirt auf links und zog es anstelle ihres Pyjama-Oberteils an. Ihre Haut würde heute Nacht den gerechten Preis bezahlen.

Kapitel 29

Graubraunes Fell. Spitze, gelbliche Zähne. Straßendreck und getrocknetes Blut. Es gelang Lena einfach nicht, diese Bilder aus ihrem Kopf zu verdrängen, sosehr sie sich auch bemühte, an etwas anderes zu denken. Wie lange lag sie jetzt schon hier? Zwanzig Minuten, eine halbe Stunde oder länger? Sie hatte jedes Zeitgefühl verloren, seit sie das Päckchen geöffnet hatte. Der Schwindel ließ nur langsam nach, und als Lena die Augen öffnete, sah sie noch immer tanzende Lichtpunkte. Nein, aufstehen konnte sie noch nicht, auch wenn es sicher gut wäre, einen heißen Tee zu trinken, um ihren Magen zu beruhigen und sich aufzuwärmen. Aber die paar Meter bis zur Küche schaffte sie beim besten Willen nicht.

Sie hatte gleich ein ungutes Gefühl gehabt, als sie vorhin den Zettel in ihrem Briefkasten gefunden hatte, auf dem zu lesen war, dass sie bei Frau Reimann im zweiten Stock ein Päckchen abholen könne. Die Unterschrift auf dem Zettel war unleserlich, und auch die Handschrift kam ihr nicht bekannt vor. Ihre Vorahnung verstärkte sich noch, als die Nachbarin ihr erzählte, dass ein junger Mann mit »struppigen schwarzen Haaren und so komischen Stiefeln« den kleinen Karton bei ihr abgegeben habe. Diese Beschreibung traf eindeutig auf Andrés besten Kumpel Benny zu. Frau Reimann hatte noch versucht, Lena in ein Gespräch zu verwickeln, doch sie hatte nur ausweichende Antworten gegeben und sich so rasch wie möglich verabschiedet. Im Nachhinein fragte sie sich, warum sie den Karton überhaupt geöffnet hatte, anstatt ihn gleich draußen in die Mülltonne zu werfen, doch sie war wie ferngesteuert gewesen. Ferngesteuert von André, der nach wie vor ihr Leben bestimmte. Vor zehn Tagen, am einunddreißigsten März, war er endlich ausgezogen, und seitdem verging kein Tag, ohne dass er ihr per WhatsApp mehrere Nachrichten schickte, die nur aus Beschimpfungen und Drohungen bestanden. Da sie befürchtete, dass er über einen Nachschlüssel verfügte, hatte sie gleich am ersten Werktag nach seinem Auszug das Schloss an ihrer Wohnungstür austauschen lassen. Wieder eine Ausgabe, die sie sich eigentlich nicht leisten konnte, nachdem sie bereits drei Monate lang die gesamte Miete allein bezahlt hatte. Doch das heutige Päckchen bestätigte sie darin, dass es die richtige Entscheidung gewesen war, für das neue Schloss erneut ihr Konto zu überziehen.

Sie hatte den Karton auf den Küchentisch gestellt und mit einer Schere die Klebestreifen durchtrennt. Zunächst hatte sie im Inneren nur zusammengeknülltes Zeitungspapier erkannt, das offenbar aus der BILD-Zeitung stammte. Als sie es entfernte, fiel ihr auf einer Seite die Schlagzeile »Blutbad nach Trennung« ins Auge. Im nächsten Augenblick erstarrte sie: In dem Karton lag eine tote Ratte. Lena konnte nicht einmal schreien, sie war noch immer wie ein Roboter, der von André gesteuert wurde. Mechanisch und ohne einen klaren Gedanken holte sie einen Müllsack aus dem Schrank unter der Spüle, warf das Päckchen hinein und knotete den Sack zu. Eigentlich wollte sie nach unten zum Müllcontainer gehen, doch sie fing plötzlich am ganzen Körper an zu zittern, und ihr wurde so übel, dass sie den Sack gerade noch auf den Treppenabsatz vor der Wohnungstür werfen konnte und es dann mit letzter Kraft zur Toilette schaffte. Sie übergab sich mehrmals, und als sie sich wieder aufrichtete, verschwamm alles vor ihren Augen. Halt suchend klammerte sie sich mit einer Hand am Waschbeckenrand fest, während sie mit der anderen mehrere Versuche brauchte, bis es ihr gelang, den Wasserhahn aufzudrehen. Nachdem sie sich den Mund ausgespült hatte, wurde ihr schwarz vor Augen, sodass sie sich an den Wänden entlangtasten musste, um ihr Bett zu erreichen.

Es war ein Wunder, dass sie nicht gestürzt war. Aber vielleicht wäre es sogar besser gewesen, das Bewusstsein zu verlieren – vorübergehend oder auch endgültig, denn sie hatte keine Ahnung, wie ihr Leben weitergehen sollte, und auch keine Kraft mehr zum Kämpfen. Seit dem Neujahrstag hatte sie keine ruhige Minute mehr gehabt, durch ihr Ultimatum waren bei André auch die letzten Hemmschwellen verschwunden, sodass er sie entweder wüst beschimpfte und

Drohungen ausstieß oder immer wieder für Stunden oder Tage in eisiges Schweigen verfiel, was für sie fast noch schwerer zu ertragen war. Solange er sie anbrüllte, nahm er sie zumindest noch wahr, doch wenn er schwieg, hatte sie das Gefühl, sich in eine Nebelgestalt zu verwandeln, die sich allmählich vollständig auflöste, ohne eine Lücke zu hinterlassen. Unter diesen Umständen war es ihr unmöglich, sich auf ihr Studium zu konzentrieren, sie las jeden Satz mehrmals, ohne den Inhalt aufnehmen zu können, und von den Seminararbeiten für das Wintersemester hatte sie bisher keine Zeile geschrieben. Schon jetzt war ihr klar, dass sie keinen der Abgabetermine mehr einhalten konnte, doch sie traute sich nicht, jemanden von ihren Dozenten um eine Fristverlängerung zu bitten. Frau Dr. Wagner war ja offensichtlich restlos enttäuscht von ihr, und alle anderen wirkten so streng und unzugänglich, dass es gar nicht erst zur Debatte stand, sie anzusprechen. Hinzu kam ihre finanzielle Misere, die sie mit jedem Tag mehr bedrückte und ihr nachts den Schlaf raubte. Während der vorlesungsfreien Zeit hatte sie zusätzlich zu ihrer Arbeit im Teeladen noch mehrere Inventurjobs angenommen, doch trotzdem fehlte das Geld überall, zumal sie erst ab Anfang Mai wieder eine Mitbewohnerin haben würde. Ende März war sie in ihrer Verzweiflung sogar zum Blutspenden gegangen, weil ihr Budget für den Monat restlos aufgebraucht war.

Ein Piepton ließ sie zusammenfahren. Ihr Herzschlag, der sich in den letzten Minuten allmählich normalisiert hatte, beschleunigte sich erneut, und auch das Schwindelgefühl wurde wieder stärker. Nur mit größter Mühe konnte sie sich aufsetzen und nach ihrem Smartphone greifen, das auf dem Nachttisch lag. André hatte ihr eine Nachricht mit einem Foto geschickt, das die tote Ratte zeigte. Darunter stand: »Das ist erst der Anfang – du wirst mich nie los, du miese kleine Drecksau!«

Wieder musste Lena mit einem Würgereiz kämpfen, doch es gelang ihr, sich bis zur Fensterbank zu schleppen und das Fenster aufzureißen. Gierig sog sie die kühle Luft ein. Tatsächlich ließ die Übelkeit langsam nach, doch die Gedanken hämmerten weiterhin in ihrem Kopf: Drecksau – tote Ratte – Versagerin – kein Geld – nichts wert – Enttäuschung – Drecksau … Wenn sie in diese Teufelsspirale geriet, wusste Lena inzwischen immer häufiger nur noch einen Ausweg, wobei ihr klar war, dass dieser Weg sie nur noch tiefer in den Abgrund führte. Aber es gab einfach kein anderes Mittel, um die Gedanken zu stoppen, und außerdem war es ja allein ihre Sache, wie sie mit sich umging. Sie musste nur aufpassen, dass niemand etwas bemerkte, doch es war zum Glück noch immer so kalt, dass an Oberteile mit kurzen Ärmeln nicht zu denken war. Gegenüber André war es ihr irgendwann egal gewesen, er hielt sie ja ohnehin für »total psycho«, sodass ein paar Pflaster mehr oder weniger auch keinen Unterschied mehr machten.

Lena schloss das Fenster wieder, setzte sich auf ihr Bett und öffnete die Nachttischschublade, wo jederzeit alles griffbereit lag: Rasierklingen, Pflaster, eine kleine Schere und sogar Wundsalbe, denn sie wollte unter allen Umständen vermeiden, mit einer entzündeten Stelle zum Arzt gehen zu müssen. Sie schob den linken Ärmel ihres Pullovers hoch, setzte die Klinge an und stellte sich vor, wie ihr Blut über das Bild der toten Ratte rann, bis nichts mehr zu erkennen war.

Kapitel 30

Was für ein Tag! Carina konnte sich nicht erinnern, jemals einen so rundum gelungenen Geburtstag erlebt zu haben, nicht einmal in ihrer Kindheit, als der neunzehnte April noch der wichtigste Tag direkt nach Heiligabend gewesen war. Und das war auch kein Wunder, denn ihr Privatleben verlief zurzeit so, wie sie es sich schon immer erträumt hatte: Seit dem vorigen Sommer wohnte sie mit ihrem Traummann im eigenen Haus, und ein anderer Herzenswunsch würde sich voraussichtlich ebenfalls in absehbarer Zeit erfüllen.

Da der neunzehnte April in diesem Jahr auf einen Donnerstag fiel, hatte sie ihre Sprechstunde ausnahmsweise auf Mittwoch vorverlegt, um den Nachmittag zur freien Verfügung zu haben. Nach dem Frühstück mit Hannes, der zur üblichen Zeit in der Bank sein musste, hatte sie sich noch mit einem Tee auf die Terrasse gesetzt – sogar das Wetter meinte es diesmal gut mit ihr – und ausgiebig in der neuen Ausgabe der Zeitschrift »Schöner wohnen« geschmökert, die sie abonniert hatte. Am liebsten hätte sie danach sofort angefangen, einige der Dekorationsideen in die Tat umzusetzen, doch sie musste sich zumindest kurz in der Uni sehen lassen, zumal sie mit Herrn Paulsen zum Mittagessen verabredet war. Als sie gerade zu seinem Büro hinuntergehen wollte, klopfte es plötzlich an ihrer Tür.

Auf ihr »Herein« kam Merle ins Zimmer, beladen mit einem großen roten Briefumschlag und zwei Geschenken, die in rot-blau gemustertem Papier verpackt waren und jeweils eine rote und eine blaue Schleife trugen. Sie stellte die Sachen rasch auf dem Besuchertisch ab, stürzte mit weit ausgebreiteten Armen auf Carina zu und überfiel sie mit einem Schwall an Glückwünschen. Carina hatte das Gefühl, von einem Kraken umschlungen zu werden, und nahm, gedanklich bereits bei ihrem Termin mit Paulsen, nur einen Bruchteil von Merles Worten wahr.

Nachdem es ihr endlich gelungen war, sich aus der Umklammerung zu lösen, wies Merle mit einer auffordernden Geste auf ihre Präsente und fragte erwartungsvoll: »Willst du gleich auspacken?«

Unwillkürlich musste Carina an ein Kind denken, das gerade ein Bild gemalt hatte und es kaum abwarten konnte, von seiner Mutter dafür gelobt und bewundert zu werden. »Das mache ich später«, erwiderte sie mit einem Blick auf die Uhr, »jetzt bin ich mit Paulsen verabredet. Du siehst ja, dass ich schon die Jacke anhabe und im Aufbruch bin.«

Merle bewegte sich daraufhin widerwillig in Richtung Tür und nutzte den Weg in den neunten Stock, um weiterhin ununterbrochen auf Carina einzureden, wobei sie immer wieder Anspielungen auf die »symbolische Bedeutung« ihrer Geschenke machte. Erst als sie an der Glastür zum Historischen Seminar in unterschiedliche Richtungen gehen mussten, konnte Carina entkommen. Auf den letzten Metern bis zum Dienstzimmer ihres Chefs atmete sie auf, und ihr wurde so deutlich wie nie zuvor bewusst, wie froh sie über den Umzug in das Einzelbüro war. Gleichzeitig schämte sie sich für diesen Gedanken, denn sie wusste ja, dass Merle sich einsam fühlte und die Bürogemeinschaft mit ihr vermisste. Konnte man es ihr da übelnehmen, dass sie die inzwischen viel selteneren Begegnungen mit Carina umso intensiver auskosten wollte?

Beim Mittagessen mit Paulsen vergaß sie ihre Kollegin dann sofort wieder und erinnerte sich auch erst an die Geschenke, als sie gegen halb drei ihre Sachen zusammensuchte, um nach Hause zu fahren. Sie steckte die beiden Päckchen und den Umschlag in ihre Tasche und verließ das Büro.

Zu Hause verging der Rest des Nachmittags wie im Flug, da mehrmals das Telefon klingelte und immer wieder Glückwünsche über WhatsApp eintrafen. Schließlich schaffte sie es gerade noch, sich für das Abendessen mit Hannes umzuziehen, der für halb sieben einen Tisch bei ihrem Lieblingsitaliener reserviert hatte.

Und nun war es Viertel nach acht, und sie stand vor dem Sideboard im Wohnzimmer, auf dem ihre Geschenke lagen, während Hannes in der Küche Getränke vorbereitete. Sie war reich beschenkt worden, alle aus der Familie und dem Freundeskreis hatten an sie gedacht, und von ihrem Chef hatte es – neben der Einladung zum Mittagessen – noch einen Blumenstrauß gegeben. Am meisten freute sie sich natürlich über die Geschenke von Hannes, von dem sie sogar einen Gutschein für ein verlängertes Wochenende in Kopenhagen bekommen hatte. Ganz zu schweigen von den sechsunddreißig roten Rosen, die sie heute auf ihrem Platz am Frühstückstisch erwartet hatten. Doch halt – der Gabentisch war ja noch gar nicht vollständig. Ihre Umhängetasche, die sie mit in die Uni genommen hatte, stand immer noch unter der Garderobe im Flur, und darin waren die Päckchen von Merle. Nun war aber wirklich die Zeit zum Auspacken gekommen, bevor sie es wieder vergaß und die Sachen dann am Ende morgen wieder mit ins Büro schleppte.

Als sie sich gerade aufs Sofa gesetzt und den Briefumschlag geöffnet hatte, kam Hannes mit einem Tablett ins Wohnzimmer. »Diesmal natürlich ohne Alkohol«, sagte er, während er zwei liebevoll mit Fruchtspießen dekorierte Cocktailgläser auf dem Couchtisch abstellte. »Ich habe das Rezept neulich extra ausprobiert, als du nicht da warst, hoffentlich schmeckt er dir. Aber ich wollte dich nicht beim Auspacken stören, von wem ist das denn?«

»Nicht so wichtig«, wehrte Carina ab, »das sind Geschenke von Merle. Ich hatte sie seit heute Mittag in meiner Tasche und habe überhaupt nicht mehr daran gedacht. Lass uns jetzt erst auf diesen wunderschönen Tag anstoßen.«

Hannes erhob sein Glas. »Ja, auf diesen wunderschönen Tag ... und natürlich auch auf uns drei! Ich kann es kaum noch erwarten, hoffentlich geht alles gut ...«

Ihre Gläser klangen aneinander, und Carina spürte, wie sich auf ihrem Gesicht dasselbe Strahlen ausbreitete, das sie in den Augen ihres Mannes erblickte. »Heute ist es genau einen Monat her, seit ich den Test gemacht habe«, erwiderte sie.

Hannes, der normalerweise ein sehr schlechtes Gedächtnis für Daten hatte, sah sie jetzt mit gespielter Empörung an. »Das weiß ich doch! Als ob ich den Tag vergessen würde.«

Inzwischen hatte auch ein Besuch beim Frauenarzt das Ergebnis des Schwangerschaftstests bestätigt, und Carina konnte ihr Glück kaum fassen, obwohl sie natürlich wusste, dass die ersten Wochen einer Schwangerschaft die kritischsten waren. Daher hatte sie mit Hannes vereinbart, zunächst niemandem davon zu erzählen, dass sie ein Kind erwarteten. Sehr wahrscheinlich war jedenfalls, dass die Empfängnis während ihres Urlaubs in St. Peter-Ording stattgefunden hatte, sodass der Ferienort an der Nordsee, den sie beide schon seit Langem liebten, jetzt auch zum Symbol ihrer größten Hoffnung geworden war. Carina ertappte sich immer wieder bei der Vorstellung, wie sie dort jedes Jahr zu dritt Urlaub machen würden, und sie vermutete, dass es Hannes nicht anders ging.

Nur mühsam gelang es Carina, wieder in die Gegenwart zurückzufinden und erneut nach dem roten

Briefumschlag zu greifen, der noch immer auf dem Couchtisch lag. Sie nahm die Karte heraus, auf der ein rotes Herz mit der Aufschrift »Zum Geburtstag alles Liebe« abgebildet war, und begann zu lesen. Merle schrieb einleitend, dass das Herz sie an den gläsernen Briefbeschwerer auf Carinas Schreibtisch erinnert habe. Auch die Geschenke habe sie »passend« zu ihrer »gemeinsamen Geschichte« ausgesucht, die »hoffentlich zu einer unendlichen« werden würde. Zusätzlich zu diesen »Kleinigkeiten« wolle sie Carina »möglichst bald« abends in ein Restaurant ihrer Wahl einladen, um »endlich wieder einmal außerhalb des hektischen Arbeitsalltags ein paar ruhige Stunden zu zweit« zu verbringen. Bei dieser Vorstellung musste Carina erneut an den Kraken denken. Den Rest des Textes, der aus weitschweifig formulierten Wünschen für ihr neues Lebensjahr bestand, las sie nur noch flüchtig.

Offenbar hatte sich ihr Gesichtsausdruck beim Lesen verändert, denn Hannes fragte besorgt: »Was ist los? Bedrängt sie dich schon wieder?«

»Na ja«, entgegnete Carina zögernd, »Merle meint es ja wirklich nur nett, aber mir ist es einfach zu viel, dass sie jetzt auch noch abends mit mir essen gehen will. Und gleichzeitig habe ich ein schlechtes Gewissen, weil ich schon länger kaum noch Kontakt zu ihr habe, obwohl ich weiß, wie wichtig ihr das ist.«

»Ja, ihr ist es wichtig – es geht ihr die ganze Zeit nur um sich selbst und nicht um dich. Nicht mal an deinem Geburtstag. Mit Nettsein hat das absolut nichts mehr zu tun, wenn du mich fragst.«

Carina wusste nicht, was sie darauf antworten sollte, und blickte schweigend auf die noch immer ungeöffneten Päckchen. Hannes folgte ihrem Blick und forderte sie mit einem Grinsen auf: »Nun pack schon aus, vielleicht haben wir ja wenigstens was zu lachen.«

Das erste Päckchen enthielt ein gebundenes Buch mit Liebesgedichten aus mehreren Jahrhunderten, das Hannes nur mit einem Stöhnen kommentierte. Im zweiten Geschenkkarton befand sich ein Briefbeschwerer aus blauem Glas in Gestalt eines Fisches. Der Fisch reckte seine Schwanzflosse empor und hatte das Maul leicht geöffnet. Während Carina noch nach Worten suchte, wog Hannes den Fisch in der Hand und bemerkte: »Meine Güte, ist der schwer! Wo sollen wir dieses Trumm bloß hinstellen? Und wie kommt Merle darauf, dir so was zu schenken?«

»Das hat mit einem Gedicht zu tun, das sie mir neulich in mein Buch geschrieben hat – warte, ich hole es.«

Hannes las Merles Gedicht laut vor, wobei er immer wieder die Augen verdrehte und lachte. »Was für ein Gesülze! Aber immerhin verstehe ich jetzt, warum der Fisch das Maul offen hat, er möchte so gern reden! Wie gut, dass er stumm ist, sonst hätten wir hier gar keine Ruhe mehr. Und mit seinen Flossen kann er bestimmt auch keinen Stift halten – armer Fisch.«

Carina bemühte sich, ernst zu bleiben, konnte dann aber doch nicht anders, als mitzulachen. Die Heiterkeit, mit der Hannes auf Merles Geschenke reagierte, wirkte befreiend, und das Bild des Kraken verblasste allmählich wieder. Sie griff nach ihrem Cocktailglas, trank einen Schluck und lächelte ihrem Mann dankbar zu. Hannes legte ihr den Arm um die Schultern, und sie saßen einige Augenblicke lang schweigend da.

»Lass bloß nicht zu, dass Merle dir deinen Geburtstag verdirbt«, fügte er dann hinzu. »Das ist sie wirklich nicht wert. Übrigens habe ich eine gute Idee, wo wir den Fisch hinstellen könnten: Was hältst du von der Fensterbank im Gästeklo?«

Schon wieder musste Carina gegen ihren Willen lachen. »Ja, das ist ein guter Platz für ein einsames Herz«, stimmte sie zu.

»Gut, dann bringen wir ihn gleich rüber und lesen ihm noch ein Liebesgedicht vor. In dem Wälzer da ist doch bestimmt was Passendes zu finden«, schlug Hannes vor und fing an, in dem Gedichtband zu blättern. Rasch überflog er mehrere Gedichtanfänge, bis er schließlich erfreut ausrief: »Ich glaube, jetzt haben wir es. Schau mal. ›Zur Zeit seiner Verstoßung‹ von Paul Fleming – das ist doch genau richtig für unseren Fisch!« Er schob das Buch ein Stück zu Carina hinüber, sodass sie mitlesen konnte. »Ehrlich gesagt verstehe ich nur die Hälfte«, meinte Hannes, »so eine umständliche Sprache. ›Mein Geist zeucht von mir aus‹ – was soll das denn heißen?«

»Dass man nicht mehr zurechnungsfähig ist«, erklärte Carina. »Vorher heißt es ja auch schon: … ›mein Sinn ist ohne sich‹.«

»Ja, verrückt vor Liebe. Das passt wirklich perfekt. Pass auf, jetzt wird es noch besser: ›Mein teuerster Verlust, der bin selbselbsten ich. Nun bin ich ohne sie, nun bin ich ohne mich.‹«

»Ich denke auch, dass Merle sich in diesen Worten wiederfinden könnte, sie hat mir selbst erzählt, dass sie nur traurige Gedichte mag.«

»Na prima! Und ihrem Fisch geht es bestimmt genauso – also los. Du nimmst den Fisch und ich das Buch.«

Carina kam sich bei dieser Aktion etwas kindisch vor, doch zugleich verspürte sie ein Vergnügen, das sie sich selbst nicht erklären konnte. Daher ging sie bereitwillig mit Hannes durch den Flur zum Gäste-WC, wo sie den Briefbeschwerer auf der Fensterbank platzierte. Hannes las noch einmal mit theatralischem Tonfall das gesamte Gedicht vor, und beide winkten dem Fisch zum Abschied zu, bevor Carina die Toilettentür schloss.

Kapitel 31

Ein Satz wie eine Bombe. Sechs Wörter, die alles zerstört hatten. »Ich habe jetzt einfach andere Prioritäten.« Für Merle war dieser Satz wie aus dem Nichts gekommen. Ja, ihr Treffen mit Carina hatte von vornherein nur unter einem kleinen Stern von schwacher Leuchtkraft gestanden, zumal sie sich eigentlich eine Verabredung zum Abendessen vorgestellt hatte. Carina war jedoch nur bereit gewesen, mit ihr eine etwas ausgedehntere Mittagspause zu verbringen, und es hatte fast drei Wochen gedauert, bis sie die nötige Zeit dazu gefunden hatte. Aber immerhin war das Datum ihres Treffens verheißungsvoll, sodass Merle neue Hoffnung geschöpft hatte, dass Carina und sie nun endlich doch noch zueinander finden würden. Schließlich war der achte Mai der »Tag der Befreiung« und damit bestens geeignet, um im vertraulichen Gespräch alles Trennende aus dem Weg zu räumen. Für Merle würde das, so hatte sie gehofft, eine Befreiung aus der sich endlos drehenden Warteschleife bedeuten, und Carina würde die nötige Kraft finden, um sich aus den Fesseln einer Beziehung zu lösen, die nur auf Äußerlichkeiten und Konventionen beruhte.

Für diesen Anlass hatte Merle sich extra ein neues Kleid mit einem raffinierten Muster in verschiedenen Rot- und Blautönen gekauft, um Carina gleich von Anfang an in ihre gemeinsame Welt der Symbolik zu entführen. Ihre Kollegin kommentierte das Kleid jedoch nicht, und die nächste Enttäuschung folgte umgehend, als Merle sie fragte, in welches Lokal sie gehen wolle. Eigentlich hatte sie damit gerechnet, dass Carina für diese Nachfeier ihres Geburtstags einen besonderen Wunsch äußern würde, doch die Antwort lautete: »Am besten gehen wir ins *Abaton*, das ist ja gleich um die Ecke, und man muss dort nicht lange warten.«

Also suchten sie dasselbe Restaurant auf wie an Merles erstem Arbeitstag, als alles so vielversprechend begonnen hatte. Während sie damals reichlich Gesprächsstoff gehabt hatten, schleppte sich die Unterhaltung jetzt dahin, und Merle fiel auf, dass ihre Kollegin mehrmals auf die Uhr sah. Schließlich wusste sie sich keinen anderen Rat mehr, als die Flucht in die Offensive anzutreten: »Sag mal, was ist eigentlich mit dir los?«, fragte sie, als sie mit dem Essen fertig waren und Carina sowohl einen Nachtisch als auch einen Kaffee abgelehnt hatte. »Wenn ich dich frage, ob wir uns treffen wollen, hast du nie mehr Zeit, und selbst an der Uni sehen wir uns kaum noch.«

Carina senkte den Blick auf ihren leeren Teller und schien mühsam nach Worten zu suchen. Merle machte diese Schweigepause so nervös, dass sie ständig an ihrer Kette herumspielte, deren Perlen farblich exakt auf das Kleid abgestimmt waren.

Als ihre Kollegin endlich das Wort ergriff, klang ihre Stimme überraschend ruhig und entschlossen: »Merle, das klingt bestimmt sehr hart, aber ich muss es dir jetzt wohl mal ganz deutlich sagen. In den letzten Monaten hat sich in meinem Leben vieles geändert, und das wirkt sich auch darauf aus, wie ich meine Freizeit gestalten möchte. An erster Stelle steht für mich Hannes, mit dem ich auf jeden Fall auch Kinder haben möchte, danach kommen unser Haus und der Garten und auf Platz drei unser neuer gemeinsamer Freundeskreis. Für alles andere bleibt da beim besten Willen kein Raum mehr. Wir können gern weiterhin ab und zu mal in der Mittagspause essen gehen, aber mehr ist nicht drin, ich habe jetzt einfach andere Prioritäten. Konzentrier dich am besten darauf, andere Kontakte zu knüpfen, das habe ich dir ja schon öfter gesagt.«

Merle erstarrte innerlich und spürte, wie sich ihr Gesicht verschloss. Doch das war nur gut so, sie wollte in diesem Augenblick unter allen Umständen vermeiden, dass Carina in ihrer Mimik lesen konnte. Das Wort »Prioritäten« hallte noch immer in ihr nach wie ein falscher Ton in einer Melodie. Der Begriff war viel zu schwach und deshalb unstimmig, eigentlich hätte Carina von einer »Triage« sprechen müssen – ging es doch um nichts weniger als die Verteilung der limitierten Dosen an Aufmerksamkeit und Zuwendung, die für Merle überlebenswichtig waren. Außerdem fand sie die Argumentation inhaltlich nicht logisch, denn Hannes, das Haus mit Garten und den gemeinsamen Freundeskreis hatte es ja auch schon gegeben, als Merle nach Hamburg gekommen war und Carina von sich aus den Kontakt zu ihr gesucht hatte. Es musste also etwas geben, was ihre Kollegin ihr verheimlichte. Laut sagte sie nur, während sie sich bereits nach der Bedienung umschaute: »Damit ist dann ja alles geklärt, also können wir jetzt gehen.«

»Ja, das denke ich auch«, erwiderte Carina, »und ich bin froh, dass du es so gefasst aufnimmst. Die Rechnung können wir uns unter diesen Umständen natürlich gern teilen.«

Inzwischen stand bereits eine Kellnerin neben ihnen. »Nein, es bleibt auf jeden Fall dabei, dass ich dich einlade«, gab Merle zur Antwort. Und das nicht nur wegen deines Geburtstags, fügte sie in Gedanken hinzu; damals im September, als alles begann, hast du mich eingeladen, und heute, wo alles endet, bin ich an der Reihe. So schließt sich der Kreis. In ihrer Verwirrung gab sie deutlich zu viel Trinkgeld, da sie nicht in der Lage war, die üblichen zehn Prozent zum Rechnungsbetrag hinzuzuzählen. Den Rückweg zum Philosophenturm legten sie schweigend zurück, und als Merle im neunten Stock den Aufzug verließ, fiel der Abschied kurz aus.

Glücklicherweise hatte sie an diesem Nachmittag das Büro für sich allein, sodass es niemandem auffiel, dass sie die meiste Zeit nur regungslos auf ihren schwarzen Bildschirm starrte. Dieselbe schwarze Leere herrschte auch in ihrem Inneren; die einzigen Worte, die in unablässiger Wiederholung in ihrem Kopf hämmerten, lauteten: »Stunde null«. Der achte Mai hatte sich nicht als zukunftsweisender Tag der Befreiung erwiesen, sondern ganz im Gegenteil als Tag der Entzauberung, der nichts als Hoffnungstrümmer zurückließ.

Seit dieser Stunde null waren fünf Tage vergangen, und damit genug Zeit, damit Merle sich aus ihrer Schockstarre lösen und eine neue Strategie entwickeln konnte. Den Dienstagabend hatte sie wieder einmal mit zu viel Wein und traurigen Gedichten verbracht, begleitet von dazu passender Musik, und am Mittwoch hatte sie sich erst am Nachmittag zum Aufstehen aufraffen können. Doch bereits unter der Dusche hatte sie einen Entschluss gefasst, der ihre Energie schlagartig zurückkehren ließ: Sie würde Carina am Sonntag zu Hause aufsuchen, um ihr das zu sagen, was sie im *Abaton* nicht mehr hatte äußern können. Ein solcher Überraschungsbesuch, natürlich mit einem ganz besonderen Geschenk, würde Carina garantiert so überwältigen, dass sie einfach nicht mehr anders konnte, als endlich zu ihren wahren Gefühlen zu stehen, die sie im gutbürgerlichen Alltag mit ihrem Teddybären ständig verdrängte. Noch war nichts verloren, Carina wusste ja noch gar nicht, wie stark Merles Liebe zu ihr war – stark und beständig genug, um alle Hindernisse zu überwinden und ein Band zu knüpfen, das sie für immer miteinander verbinden würde.

Die Suche nach dem geeigneten Geschenk hatte zwei komplette Nachmittage in Anspruch genommen, bis Merle schließlich in der Wäscheabteilung des Alsterhauses fündig geworden war. Sie zögerte keinen Augenblick, das weinrote Satinnachthemd mit dem opulenten Spitzeneinsatz zu kaufen, obwohl es für ihre Verhältnisse eigentlich zu teuer war. Dieser traumhafte Hauch von Nichts war wie für Carina gemacht! Zu Hause hatte sie das Nachthemd in blaues Geschenkpapier eingepackt und eine schlichte weiße Karte dazugelegt, auf der die Worte standen: »Für unsere erste gemeinsame Nacht«.

Nun saß sie in der U2 und näherte sich der Station *Niendorf Markt*. Es war kurz vor halb drei, hoffentlich war Carina zu Hause. Schlimmstenfalls musste sie eben warten.

Doch diesmal hatte sie Glück, Carina öffnete auf ihr Klingeln sofort die Tür. Fassungslos starrte sie Merle an, unfähig, ein Wort herauszubringen. Aber damit hatte Merle gerechnet, Carina hatte es bestimmt noch nie erlebt, dass jemand so entschlossen um sie kämpfte, und wagte deshalb ihren Augen nicht zu trauen.

»Du träumst nicht, Carina«, begann sie daher ihre Erklärung, die sie zuvor mehrmals probeweise vor dem Spiegel vorgetragen hatte, »ich bin wirklich da, um dir zu sagen, wie sehr ich dich liebe. Seit ich dich zum ersten Mal gesehen habe, war mir klar, dass wir zusammengehören, und du spürst es doch auch, wenn du ehrlich zu dir bist.«

Eigentlich wollte sie jetzt zu ihrem Geschenk überleiten, das sich noch in ihrer Umhängetasche befand, doch dazu kam es nicht mehr: Carina, die schon bei ihren ersten Worten totenblass geworden war, rief zweimal laut: »Hannes!« und stürzte zurück ins Haus, ohne sich noch einmal umzusehen.

Unmittelbar danach kam Hannes an die Haustür und baute sich vor ihr auf. Seine kräftige Gestalt füllte den Türrahmen fast vollständig aus. »Verschwinde!«, herrschte er sie an. »Und lass dich hier nie wieder blicken, sonst kannst du was erleben!«

Er knallte mit Schwung die Tür zu, bevor Merle etwas erwidern konnte. Doch jetzt und hier gab es ohnehin nichts mehr zu sagen, sie musste andere Wege finden, um Carina allmählich davon zu überzeugen, dass sie es wagen konnte, sich vollständig auf sie und ihre alles überwindende Liebe einzulassen. Wege, die ihr Teddybär nicht durchkreuzen konnte. Wie lächerlich, sich derartig als Diktator aufzuspielen – als ob Carina nicht selbst entscheiden könnte, sobald sie sich von ihrer Überraschung erholt hatte. Merle warf das Päckchen mit dem Nachthemd in den Briefkasten neben der Haustür und machte sich auf den Rückweg. So leicht würde sie sich nicht geschlagen geben.

In den nächsten Tagen verfasste Merle unzählige Mails an Carina, in denen sie immer wieder ihre Liebe erklärte, die »alle Schutzwälle aus Konventionen und Lügen« einreißen und Carina das »Land der Glückseligkeit eröffnen« könne, von dem sie »insgeheim schon immer geträumt« habe. Am Schluss ihrer Nachrichten fügte sie jedes Mal ein Unendlichkeitssymbol ein. Ähnliche Botschaften schrieb sie auch mehrmals täglich über WhatsApp. Außerdem schickte sie Carina einen riesigen Rosenstrauß ins Büro, ohne dabei einen Absender anzugeben. Auf der beiliegenden Karte stand lediglich: »Ich warte auf dich …«

Carina reagierte auf all das mit keiner Silbe, offenbar ließ sie sich nach wie vor von ihrem Diktator-Teddybären einschüchtern.

Kapitel 32

Sollte sie »in ewiger Liebe und Treue« schreiben oder lieber »in unendlicher«? Merle hielt unschlüssig beim Schreiben inne und richtete den Blick vom Monitor auf ihr Smartphone, das auf dem Schreibtisch lag. Oh, eine neue Statusmeldung von Carina! Die verkleinerte Ansicht des Fotos, die in der Liste der Meldungen angezeigt wurde, ließ nicht genau erkennen, was darauf abgebildet war, Merle konnte nur sehen, dass es sich um irgendein Schriftstück handelte. Erst als sie mit dem Finger auf das Foto tippte, erlangte sie Gewissheit – eine Gewissheit, die sie so erschreckte, dass sie beinahe ihr Handy fallen ließ. Das Bild zeigte einen Mutterpass, darunter stand der folgende Text: »Voraussichtlicher Geburtstermin: 22.11.! Da machen die Hochzeitsvorbereitungen gleich noch mehr Freude!« Die beiden Sätze waren von lachenden Gesichtern und roten Herzchen eingerahmt.

In Merles Kopf überstürzten sich die Gedanken. Noch vor wenigen Tagen, als sie gemeinsam im *Abaton* saßen, hatte Carina lediglich davon gesprochen, dass sie mit Hannes auf jeden Fall Kinder haben wollte. Hatte sie zu diesem Zeitpunkt schon geplant, Merle ohne jede Vorwarnung per WhatsApp über ihre Schwangerschaft zu informieren und zugleich über die geplante Hochzeit, von der ebenfalls nie die Rede gewesen war? Ihr musste doch klar sein, was dieser doppelte Verrat für Merle bedeutete. Oder war Merle ihr tatsächlich so gleichgültig geworden, dass sie völlig gedankenlos handelte? »Geburtstermin 22.11.« – wann war das Kind dann vermutlich gezeugt worden? Merle erinnerte sich noch, dass Carina am vierundzwanzigsten Februar, einem Samstag, mit Hannes nach St. Peter-Ording gefahren war. Ein paar ruhige Tage am Meer boten doch die perfekte Gelegenheit, um … Sie musste unbedingt Gewissheit haben, es gab bestimmt eine Möglichkeit, den Termin der Empfängnis berechnen zu lassen. Nach einer kurzen Recherche wurde sie unter dem Stichwort »Zeugungsrechner« fündig und erlebte sogleich den nächsten Schock: Der Rechner gab als Tag der Zeugung den achtundzwanzigsten Februar an – ihren Geburtstag, an dem Carina sich erst spät abends und dann auch nur enttäuschend knapp bei ihr gemeldet hatte. Zwar wurde in der Zeile darunter als »möglicher Zeitraum der Zeugung« die Spanne vom vierzehnten Februar bis zum vierzehnten März angegeben, doch für Merle bestand kein Zweifel mehr, dass ihr Geburtstag das richtige Datum war. Ausgerechnet an diesem Tag hatte Carina den entscheidenden Verrat begangen, hatte sich gegen Merle und das Bekenntnis zu ihren wahren Gefühlen entschieden und stattdessen die konventionelle Scheinidylle im Eigenheim mit Kronleuchter gewählt. Aber das würde ihr noch leidtun.

Die Lust, ihre angefangene Mail an Carina fortzusetzen, war ihr gründlich vergangen, Merle löschte die Nachricht und kramte zum ersten Mal seit Langem wieder ihr Tagebuch hervor. Den Rest dieses Sonntags würde sie jetzt nutzen, um einen möglichst genauen Schlachtplan zu entwickeln. Rasch überblätterte sie die Seiten, auf denen sie im Herbst ihre Regeln für den Umgang mit Carina notiert hatte. Wie naiv war sie doch damals gewesen. Als ob man einer so unberechenbaren und allem Anschein nach ja absolut skrupellosen Person wie Carina mit Regeln beikommen könnte, die nur auf Selbstkontrolle basierten. Ebenso gut könnte man versuchen, auf diese Weise gegen eine Naturkatastrophe oder ein völlig neuartiges Virus zu kämpfen.

Um nicht wieder in die Versuchung zu geraten, Liebesworte zu verfassen oder Geschenke zu machen, musste Merle jetzt als Erstes dringend eine Liste sämtlicher Fehler und Schwächen von Carina aufstellen. Sie begann mit der »Neigung zu Rechtschreib- und Grammatikfehlern« und notierte anschließend »Spießigkeit«, »Feigheit« und »Fantasielosigkeit bei Geschenken«. Nach einer halben Stunde umfasste ihre Liste bereits fast zwei Seiten. In die letzten beiden Zeilen trug sie »Grausamkeit« und nach einigem Zögern »Übergewicht« ein, obwohl sie Carinas weibliche Figur und die Weichheit ihres Körpers immer geliebt und bewundert hatte.

Am Montagvormittag waren Merle, Sarah und Julia seit Längerem wieder zu dritt im Büro, und Sarah schlug eine gemeinsame Kaffeepause vor. Nachdem sie sich in der Cafeteria mit Kaffee und Süßigkeiten versorgt und einen Tisch draußen in der Sonne gefunden hatten, bemerkte Julia: »Ich brauche mal euren Rat – ich habe vorhin Paulsen auf dem Flur getroffen, und er hat mich gebeten, dass wir uns Gedanken über ein Hochzeitsgeschenk für Carina machen. Und im November brauchen wir dann ja auch noch etwas für das Baby. Habt ihr vielleicht eine Idee?«

Fast hätte Merle sich an ihrem Keksriegel verschluckt. Ihre Kolleginnen wussten also längst Bescheid, und Paulsen offenbar auch. Sie versuchte, sich ihre Irritation nicht anmerken zu lassen, und nahm schnell einen Schluck Kaffee.

Sarah versuchte vergeblich, ein Grinsen zu unterdrücken. »Wie wäre es mit einem Kronleuchter für das Kinderzimmer?«, schlug sie vor, und Merle und Julia fingen gleichzeitig an zu kichern. »Jetzt mal im Ernst«, fügte sie hinzu, als alle drei sich wieder beruhigt hatten. »Ich habe echt keinen Bock, mir heute schon darüber Gedanken zu machen, die Hochzeit ist ja erst im August.«

»Seit wann wisst ihr eigentlich davon?«, fragte Merle und bemühte sich, dabei möglichst unbeteiligt zu klingen.

»Carina war am Freitag kurz da, als du in der Bibliothek warst«, antwortete Julia. »Danach ist sie sofort weiter zu Paulsen, weil sie zum Essen verabredet waren, wahrscheinlich hat sie es ihm dann auch gleich erzählt.«

»Der ist bestimmt nicht begeistert«, warf Sarah ein, was Julia zu einem irritierten »Wieso?« veranlasste.

»Na, weil Carina ja eh nicht gerade das Arbeiten erfunden hat«, erläuterte Sarah, »und jetzt wird sie sicher fast nur noch damit beschäftigt sein, die Hochzeit vorzubereiten und den ganzen Kram für das Baby zu besorgen. Und wer weiß, ob sie nach der Elternzeit überhaupt wiederkommt. Aber mir kann es ja egal sein, ich werde sie garantiert nicht vermissen. Ich finde, dass es bei uns im Büro jetzt viel entspannter ist, seit sie nicht mehr da ist.«

»Geht mir genauso«, bestätigte Merle. »Am Anfang fand ich sie ja ganz nett, aber diese ständigen Deutsch-Fragen haben auf die Dauer echt genervt.«

Danach wandte sich das Gespräch anderen Themen zu, und auch während des Nachmittags war nicht mehr von Carina die Rede. Trotzdem konnte Merle nicht verhindern, dass ihre Gedanken immer wieder zwanghaft um die bevorstehende Hochzeit kreisten. Allein schon dieses Wort reichte aus, um sie aggressiv zu machen, am liebsten hätte sie ihrer Kollegin zu diesem Anlass einen gigantischen Misthaufen liefern lassen – groß genug, um die Niendorfer Insel der Seligen vollständig unter sich zu begraben. Hinzu kam, dass ihr Bedarf an Hochzeiten ohnehin schon mehr als gedeckt war. Noch immer ärgerte sie sich darüber, dass sie für die Heirat ihrer Schwanenschwester einen Urlaubstag hatte opfern müssen, und das Geld für das Geschenk hätte sie auch lieber anders investiert. Vor wenigen Tagen war das Fotobuch gekommen, Merle hatte es sogar bei der Post abholen müssen, weil der Katalog der Eitelkeiten zu umfangreich gewesen war, um in ihren Briefkasten zu passen. Sie hatte das Buch gar nicht erst mit nach Hause genommen, sondern es gleich auf dem Nachhauseweg in einem Altpapiercontainer entsorgt.

Um kurz nach sechs, als ihre Bürokolleginnen längst gegangen waren, ging Merle in den elften Stock und klopfte an Carinas Tür. Nachdem sie erwartungsgemäß keine Antwort erhalten hatte, prüfte sie vorsichtshalber nach, ob die Tür verschlossen war. Da dies der Fall war, kehrte sie in ihr eigenes Büro zurück, meldete sich an ihrem PC ab und gab stattdessen Carinas Benutzernamen in die Eingabemaske ein. Diesen Namen kannte sie schon länger, da er als Autorenangabe auftauchte, wenn Carina ihr Dateien zum Korrekturlesen schickte. Jetzt musste Merle nur noch das Passwort herausfinden, was vermutlich keine große Herausforderung darstellen würde. Sie wusste, dass Hannes' zweiter Vorname »Wilhelm« lautete, und nahm an, dass Carina aus Bequemlichkeit die Reihenfolge der Buchstaben nicht verändert und lediglich eine Zahlenkombination angehängt hatte; schließlich hatte ihre Kollegin ihr selbst einmal mit einem Augenzwinkern erzählt, dass sie bei Passwörtern ziemlich fantasielos sei, sofern es nicht um Bankgeschäfte ging. Tatsächlich landete sie schon nach wenigen Versuchen einen Treffer, das Passwort hieß »wilhelm2511«, wobei die Zahlen für das Datum von Carinas erster Verabredung mit Hannes standen, das diese ebenfalls in einem Gespräch erwähnt hatte. Nun folgte der entscheidende Schritt: Da die Beschäftigten an der Uni Hamburg ihre Dateien meist nicht mehr lokal auf ihren Rechnern, sondern in einer Cloud speicherten, konnte Merle nur hoffen, dass Carina für den Zugang zu dieser Cloud dasselbe Passwort nutzte. Auch diesmal wurde sie nicht enttäuscht, auf »wilhelm2511« war weiterhin Verlass. Jetzt konnte Merle sich ungehindert in Carinas Dateiordnern umschauen. Dabei ging sie systematisch vor und notierte sich die Namen von Ordnern und Dateien, die ihr interessant erschienen, handschriftlich auf einem Zettel. Vor allem interessierte sie sich für die Texte, an denen ihre Kollegin zurzeit arbeitete und die sie demnächst irgendwo einreichen oder als Grundlage für einen Vortrag verwenden musste. Den Ordner »Habil« hob sie sich bis zuletzt auf, vorher wollte sie noch ein paar kleine Überarbeitungen vornehmen. Sie entschied sich für einen Aufsatz, der offenbar für eine Festschrift bestimmt war und an dem Carina vor anderthalb Stunden noch gearbeitet hatte. Merle ging mit Bedacht vor, fügte hier einen Rechtschreib-, dort einen Grammatikfehler ein, veränderte die Seitenangaben in einer Fußnote und löschte eine andere Fußnote ganz. Nur kleine Veränderungen, die Carina wahrscheinlich allenfalls bei der Endkorrektur auffallen würden – sofern sie nicht wieder einmal so spät dran war, dass sie den Text unkorrigiert abschicken musste, da sie Merle ja garantiert nicht mehr um Hilfe bitten würde. Aber Hochzeitsvorbereitungen, Einkäufe für das Kinderzimmer und Abende in traulicher Zweisamkeit mit ihrem Teddybären waren natürlich viel wichtiger als Abgabetermine. Und mit noch viel höherer Wahrscheinlichkeit würde Carina unter diesen Umständen auch nicht bemerken, wann zuletzt an diesem Aufsatz gearbeitet worden war. Normalerweise achtete man darauf ja nicht, und Carina hatte schließlich keinen Grund, irgendeinen Verdacht zu schöpfen.

Als Merle auf jeder Seite mindestens einen geschickt platzierten Fehler untergebracht hatte, öffnete sie mit einem Gefühl der Vorfreude den Habilordner. Ihre Erwartungen wurden sogar noch übertroffen, denn der Ordner enthielt so gut wie nichts, lediglich ein paar Downloads von Aufsätzen, eine Literaturliste, eine ungeordnete Ideensammlung und eine seit Monaten nicht mehr bearbeitete Gliederung. Inhaltlich ging es anscheinend um eine vergleichende kulturwissenschaftliche Betrachtung der Vorgartengestaltung in mehreren europäischen Ländern, eine genaue Fragestellung war zumindest beim überfliegenden Lesen jedoch noch nicht erkennbar. Kein Wunder, dass ihre Kollegin jedes Gespräch über ihre Habilitation so krampfhaft zu vermeiden suchte. Wie schaffte sie es bloß, Paulsen weiterhin in dem Glauben zu lassen, dass es mit ihrer Arbeit gut voranging? Er würde im Viereck springen, wenn er dieses Stückwerk sehen könnte. In bester Laune schloss Merle alle Dateien, meldete sich von Carinas Account ab und machte sich auf den Weg nach Hause.

Am Donnerstagnachmittag loggte Merle sich nochmals mit Carinas Zugangsdaten in der Cloud ein. Die Gelegenheit war perfekt, da Carina ihre Sprechstunde abhielt und ihre Bürokolleginnen an Lehrveranstaltungen teilnahmen und bis kurz vor vier nicht da sein würden. Erwartungsgemäß hatte Carina die Fehler in dem Aufsatz für die Festschrift bisher nicht bemerkt. Merle fügte auf den neu geschriebenen Seiten weitere Fehler ein und wurde dabei immer kreativer und mutiger. Nach einem Augenblick des Zögerns ersetzte sie sogar die Pluralform »Kakteen« durch »Kaktusse«, wobei sie ein Kichern nicht unterdrücken konnte. Wie schade, dass es ihr nicht vergönnt sein würde, die entgleisenden Gesichtszüge des Herausgebers zu sehen, wenn er diese Textstelle las. Anschließend machte sie noch einen kurzen Abstecher in den Habilordner, wo ebenso erwartungsgemäß seit Montag keinerlei Aktivitäten stattgefunden hatten. Ob Carina wohl selbst noch daran glaubte, diese Arbeit je fertigzustellen? Erneut genoss Merle den heimlichen Triumph, die Baustelle hinter der prachtvollen beruflichen Fassade ihrer Kollegin entdeckt zu haben. Eine Baustelle, auf der nichts Entscheidendes mehr passieren würde, weil der Bauherrin für ihr ehrgeiziges Projekt längst das geistige Kapital ausgegangen war – oder vielleicht auch einfach nur der nötige Elan.

Ihre Mitarbeiterbesprechung fand in dieser Woche ausnahmsweise am Donnerstag um vier statt, da Herr Paulsen am üblichen Termin verhindert gewesen war. Carina kam erst um zehn nach vier abgehetzt in

Paulsens Büro an, als sie gerade beschlossen hatten, ohne sie anzufangen. »Bitte entschuldigen Sie die Verspätung«, wandte sie sich an ihren Chef, »ich hatte in meiner Sprechstunde gerade noch einen Notfall, und das hat sich leider ziemlich hingezogen.«

»Lass mich raten«, entgegnete Sarah augenzwinkernd. »War Problem-Lena wieder da?«

Julia unterdrückte mühsam ein Grinsen, und Paulsens Gesichtsausdruck ließ keinen Zweifel daran, dass auch er sofort wusste, von wem die Rede war.

»Ja, tatsächlich«, bestätigte Carina mit einem Seufzen, »sie hatte den letzten Termin und sollte eigentlich heute endlich ihre Arbeit abgeben, die an sich schon Ende April fällig war. Aber stattdessen gab es wieder mal nur Tränen und eine endlose Geschichte, warum es beim besten Willen nicht möglich war, den Termin einzuhalten. Und ich bin blöd genug, um mich wieder breitschlagen zu lassen, ich lerne es anscheinend nie.«

Merle traute ihren Ohren nicht. Wie konnte es sein, dass Carina dieser kleinen, unscheinbaren Versager-Studentin trotz aller nicht eingehaltenen Versprechen unerschöpfliches Verständnis entgegenbrachte und ihr Herz immer wieder aufs Neue erweichen ließ, während sie dem Menschen, der sie so liebte wie kein anderer, wie ein Stein gegenübertrat? Nein, nicht wie ein einzelner Stein, sondern wie eine kilometerhohe, schroffe und von Eis bedeckte Felswand, an der selbst der beste und mutigste Kletterer scheitern musste. Seit Merle vor zehn Tagen bei ihr zu Hause gewesen war, hatte Carina sie kaum eines Blickes gewürdigt und nur mit ihr gesprochen, wenn es sich überhaupt nicht vermeiden ließ.

Angestrengt starrte sie in ihre Teetasse und bemühte sich, dem Gespräch weiter zu folgen. »Welche Ausreden hatte sie denn diesmal?«, wollte Sarah wissen, doch Carina winkte nur müde ab. »Ach, das Übliche – finanzielle Probleme, ständige Kopfschmerzen und der Ex-Freund, der anscheinend immer noch Terror macht. So genau habe ich auch gar nicht zugehört. Meine Geduld ist jetzt jedenfalls definitiv am Ende, sie hat noch genau bis nächsten Freitag um zwölf Uhr Zeit, um die Arbeit im Geschäftszimmer abzugeben. Wenn sie es dann wieder nicht schafft, braucht sie gar nicht mehr bei mir anzukommen.«

»Ich werde Sie bei Gelegenheit an Ihre entschlossenen Worte erinnern«, bemerkte Paulsen mit einem Lächeln. »Aber jetzt sollten wir mal zur Tagesordnung übergehen …«

Von der Mitarbeiterbesprechung nahm Merle kaum etwas wahr, stattdessen sah sie innerlich unentwegt die Szene vor sich, wie Carina einer glücklichen und erleichterten Lena die korrigierte Arbeit überreichen und ihr herzlich zu einer guten Note gratulieren würde. Vielleicht würde sie Lena dabei sogar die Hand auf die Schulter legen oder ihr über den Rücken streicheln. Nein, so weit durfte es auf keinen Fall kommen.

Kapitel 33

Es war einer jener Tage, an denen man am besten einfach im Bett geblieben wäre. Nach dem Wochenende fiel es Carina ohnehin immer schwer, wieder in den Arbeitsalltag hineinzufinden, doch an diesem Montagmorgen war es besonders mühsam. Die Temperatur war über Nacht deutlich gefallen, und der Regen prasselte unablässig aus einem bleigrauen Himmel. Juni in Hamburg, dachte Carina missmutig, als sie vor dem Schuhschrank stand, um das passende Paar für den Tag auszuwählen. Eigentlich bevorzugte sie bei diesem Wetter robustes Schuhwerk, doch heute musste es trotzdem ein etwas eleganteres Modell sein, da sie am Mittag einen wichtigen Termin hatte: Sie war zum Essen mit einem Wissenschaftler aus Hannover verabredet, der im vergangenen Jahr das einmonatige Forschungsstipendium in Wien bekommen hatte, um das sie sich in Kürze selbst bewerben sollte. An diese Bewerbung mochte sie gar nicht denken, da sie mit dem Antrag noch nicht einmal angefangen hatte, obwohl die Zeit bereits drängte. Vor allem aber hatte sie überhaupt keine Lust, den ganzen September ohne Hannes in Wien zu verbringen, zumal ihre Schwangerschaft dann schon ziemlich weit fortgeschritten sein würde. Doch für ihren Chef war es offenbar selbstverständlich, dass sie dennoch ihre Bewerbung einreichen würde.

Bevor Carina ihr Büro aufsuchte, schaute sie wie üblich in ihr Postfach im Geschäftszimmer – und traute ihren Augen nicht, als sie dort einen Schnellhefter mit der Arbeit von Lena Behrends erblickte. Nachdem die Arbeit am Freitagmittag nicht da gewesen war, hatte Carina dieses Thema eigentlich innerlich abgehakt, zumal sie auf diese Weise um die Korrektur herumkam. Und nun lag da dieser Schnellhefter ohne ein einziges Wort der Erklärung oder gar Entschuldigung. Auch per Mail hatte Lena sich nicht gemeldet. Wie konnte sie Carinas nochmaliges Entgegenkommen nur so dreist ausnutzen? Carina merkte, wie Wut in ihr hochstieg, Wut auf diese Studentin, die alle Chancen verspielte und nun offenbar nicht einmal mehr Reue zeigte, aber zugleich auch Wut auf sich selbst, weil sie sich immer wieder überreden und ausnutzen ließ. Eigentlich war schon die erste Verlängerung ein Fehler gewesen, als Lena Behrends ihr Ende April weinend ein Attest vorgelegt hatte, und sie war sicher, dass sich niemand aus ihrem Kollegenkreis bereitgefunden hätte, der Studentin einen nochmaligen Aufschub zu gewähren. Man tat diesen Problemkindern damit ja auch keinen Gefallen, sondern bestärkte sie nur in ihrer Unfähigkeit, sich zu organisieren und Verantwortung zu übernehmen. Annehmen würde sie diese Arbeit jetzt jedenfalls nicht mehr, so viel stand fest. Und das würde sie »Problem-Lena«, wie ihre ehemaligen Bürokolleginnen sie nannten, auch unmissverständlich sagen, wenn sie am Donnerstag wieder in ihre Sprechstunde käme.

Vor allem aber musste sie selbst endlich aus ihren Erfahrungen lernen – hatte sie es seit ihrer eigenen Schulzeit nicht oft genug erlebt, dass sie unglückliche Menschen geradezu magisch anzog, die sie dann keines Blickes mehr würdigten, nachdem Carina ihre Probleme gelöst hatte? Ob Liebeskummer, Prüfungsangst, Stress mit den Eltern oder Einsamkeit am Neujahrsabend – die heilige Carina spendete jederzeit bereitwillig Trost und Rat. Bevor Hannes in ihr Leben getreten war, hatte es sie nur selten gestört, wenn man sie in diese Rolle drängte, schließlich war es ein gutes Gefühl, gebraucht zu werden, das sie oft sogar über ihr eigenes unfreiwilliges Single-Dasein hinweggetröstet hatte. Aber damit musste jetzt endgültig Schluss sein, auf diese Weise schadete sie sich nur selbst und zugleich auch den Menschen, die ihr wirklich nahestanden und sie nicht auf das Bild des rettenden Engels reduzierten. Entschlossen warf sie die Arbeit von Lena Behrends in ihren Ausgangskorb. Dort würde die Mappe bis Donnerstag ungelesen liegen bleiben.

Beim Blick in ihren Mailaccount erwartete sie gleich der nächste Tiefschlag: Der Herausgeber einer Festschrift, für die sie vor ein paar Tagen einen Aufsatz eingereicht hatte, schickte ihr den Text mit der Bitte um Nachbearbeitung zurück. Bei einigen Zitaten fehlten die Fußnoten mit der Quellenangabe, und er müsse leider auch darauf hinweisen, dass die Anzahl der sprachlichen Fehler seine »Toleranzschwelle« überschreite. Carina spürte, wie sie beim Lesen errötete. Wie sollte sie dem Herausgeber diese peinlichen Fehler bloß erklären – und vor allem: Wie waren sie überhaupt zustande gekommen? Sie wusste, dass sie Schwächen in der Rechtschreibung und Grammatik hatte und ihre Texte trotz aller Sorgfalt selten völlig fehlerlos waren, aber noch nie hatte sie deshalb einen Aufsatz überarbeiten müssen. Und dass sie Quellenangaben vergaß, war erst recht nicht vorgekommen. War sie durch die Hochzeitsvorbereitungen und die Vorfreude auf das Baby etwa schon so abgelenkt, dass sie die elementaren Regeln des wissenschaftlichen Arbeitens vernachlässigte? Es war die einzig mögliche Erklärung, die ihr einfiel, doch sie entschuldigte natürlich gar nichts. Carina beeilte sich daher, die Korrekturen vorzunehmen, und nahm in ihrer Antwort an den Herausgeber Zuflucht zu einer Notlüge. Ein »ernster Krankheitsfall in der engeren Familie« konnte hoffentlich zumindest bei wohlwollender Betrachtung als mildernder Umstand durchgehen.

Als Carina nach dem Mittagessen in den Philosophenturm zurückkehrte, hatte ihre Laune einen derartigen Tiefpunkt erreicht, dass sie sich in der Cafeteria erst einmal eine Tafel Schokolade besorgen musste. Eigentlich waren die Extrakalorien nach der großen Portion Hähnchencurry im *Arkadasch* absolut unnötig, aber ihre Seele brauchte jetzt etwas Süßes. Der Wissenschaftler aus Hannover hatte sich als Wichtigtuer erwiesen, der sich mit Begeisterung selbst reden hörte. Zu ihrem Forschungsvorhaben stellte er einige knappe Fragen, unterbrach sie beim Antworten mehrmals mit der Bitte, »auf den Punkt zu kommen«, und resümierte nach dem Ende des Verhörs bedauernd, dass er »das Alleinstellungsmerkmal« ihres Projekts noch nicht klar genug erkennen könne. Gerade die »unverwechselbare wissenschaftliche Handschrift« sei jedoch »essenziell«, um dieses »äußerst begehrte Stipendium« zu erhalten. Auf konkretere sachdienliche Hinweise zum Bewerbungsverfahren wartete Carina vergebens.

Zurück im Büro, beschlich sie die Ahnung, dass sich während ihrer Abwesenheit irgendetwas im Raum verändert hatte, doch sie kam nicht darauf, was es war, und tat ihr Gefühl schließlich als bloße Einbildung ab.

Wie richtig sie gelegen hatte, bemerkte sie erst mehrere Stunden später, als sie ihre Sachen packte. Am Morgen hatte sie, wie an fast jedem Tag, eine ihrer Lieblingstaschen mitgebracht, eine dunkelrote Ledertasche, die genug Platz bot, um Unterlagen zu transportieren oder kleinere Einkäufe zu verstauen, die sie auf dem Heimweg erledigte. Die Tasche war außerdem angenehm variabel, da sie sowohl über einen längeren Riemen zum Umhängen als auch über zwei kürzere Tragegriffe verfügte. Da Carina am folgenden Tag auf einen Ablesedienst warten musste und daher zu Hause arbeiten wollte, griff sie nach einem Buch und einem kleinen Stapel Kopien, die sie vorhin schon zum Mitnehmen bereitgelegt hatte. Als sie die Tasche öffnen wollte, erstarrte sie: Über die beiden Tragegriffe spannte sich der Bügel eines roten Vorhängeschlosses, das mit den Namen »Merle« und »Carina« beschriftet war, darunter waren zwei Herzen eingraviert. Carinas Gedanken überschlugen sich. Sie hatte mittags nur ihre kleine Handtasche mitgenommen, die große rote Tasche war also frei zugänglich gewesen, während sie unterwegs war. Zumindest für jeden, der sich einen Schlüssel zu ihrem Büro verschaffen konnte. Für Merle war das kein Problem, sie brauchte ja nur in das Dienstzimmer von Herrn Paulsen hinüberzugehen, der mittags fast immer in die Mensa oder eines der umliegenden Lokale zum Essen ging. Und da Paulsen und seine Mitarbeiterinnen einen gemeinsamen Online-Kalender nutzten, um ihre Termine außer Haus einzutragen, hatte Merle fest damit rechnen können, in Carinas Büro ab kurz vor eins mindestens eine Stunde lang ungestört zu sein.

Carina war fassungslos. In den letzten Tagen hatte sie ein wenig aufgeatmet, da Merle keine Nachrichten mehr geschickt und sich auch keine Vorwände überlegt hatte, um bei ihr zu klopfen. Und nun kam sie ausgerechnet mit einem Liebesschloss an! So nannte man diese Dinger doch, die Carina schon öfter an Brückengeländern gesehen hatte. Fieberhaft suchte sie das ganze Büro nach dem dazugehörigen Schlüssel ab, obwohl sie bereits wusste, dass sie ihn hier nicht finden würde. So romantisch überspannt, wie Merle war, trug sie den Schlüssel vermutlich um den Hals oder hatte ihn feierlich in der Alster bestattet. In diesem Zusammenhang fiel ihr plötzlich wieder ein, dass ihr Lieblingskugelschreiber, ein Geschenk von Hannes mit der Gravur ihres Namens, seit dem Umzug in ihr jetziges Büro unauffindbar war. Hatte Merle dabei etwa auch ihre Finger im Spiel? Was würde sie wohl als Nächstes anrichten? Carina wagte es sich gar nicht auszumalen. Auf jeden Fall würde sie morgen früh sofort zu Herrn Thomsen gehen und ihn dringend darum bitten, ihr Türschloss auszutauschen. Aber jetzt musste sie erst einmal dieses verdammte Liebesschloss aufkriegen. Sie schnaubte verächtlich, während sie in ihrer Handtasche nach dem Nageletui kramte. Als ob es auch nur im Mindesten mit Liebe zu tun hätte, einen Menschen an sich zu ketten, ihn in eine Verbindung zu zwingen, die er nicht fühlte und deshalb gar nicht wollen konnte.

Die Nagelschere versagte leider, und auch mit einer aufgebogenen Büroklammer gelang es Carina nicht, das Schloss zu öffnen. Es blieb ihr also nichts anderes übrig, als das Buch und die Kopien in eine Tüte zu packen und die Tasche mitsamt dem Schloss mit nach Hause zu nehmen. Nun konnte nur noch Hannes mit seinem gut sortierten Werkzeugkasten helfen.

Kapitel 34

»Verantwortung übernehmen und die Konsequenzen tragen!« Dieser Appell verfolgte Lena auf Schritt und Tritt, seit sie gestern Nachmittag das Büro von Frau Dr. Wagner zum letzten Mal verlassen hatte. Die Worte gellten in ihren Ohren und tanzten in roter Leuchtschrift vor ihrem inneren Auge. Geschlafen hatte sie so gut wie gar nicht mehr, nachdem Frau Wagner ihr Todesurteil gesprochen hatte, aber das war ohnehin besser, denn es gab noch so viel zu erledigen. Lena hielt beim Schreiben inne und sah sich prüfend in der Küche um. Alles war aufgeräumt, ebenso wie in ihrem Zimmer. Ihre ausgeliehenen Bücher hatte sie heute Morgen in die Staatsbibliothek zurückgebracht und ihre Kollegin Jasmin aus dem Teeladen gebeten, am Samstag für sie einzuspringen. Danach war sie erst wieder für Dienstagnachmittag eingeteilt, und bis dahin konnte Frau Hoffmann sicher Ersatz organisieren. Jetzt, am Freitag um kurz vor siebzehn Uhr, fehlte nur noch der Brief, und dann war es allmählich auch schon Zeit zum Aufbruch.

Sie griff wieder zum Kugelschreiber, um fortzufahren: »Niemanden trifft auch nur die geringste

Schuld«, schrieb sie und unterstrich die Worte »niemanden« und »geringste« jeweils sorgfältig mit dem Lineal, »es war schon seit Langem klar, dass es zwangsläufig so kommen würde. Ich war nur viel zu feige, um mir die Wahrheit einzugestehen: Ich bin in jeder Hinsicht gescheitert, weil ich einfach unfähig zum Leben bin. Im Tierreich wäre ein so minderwertiges Exemplar wie ich längst von seinen Artgenossen totgebissen worden. Es ist also nur logisch und konsequent, dass ich jetzt diesen Schritt gehe.«

»Konsequent« – da war schon wieder dieses Wort. Erneut durchlebte Lena in Gedanken jene Minuten in Frau Dr. Wagners Büro, die alles verändert hatten. Nichtsahnend und guter Dinge war sie in die Sprechstunde gekommen, wo ihre Dozentin sie mit versteinerter Miene empfangen hatte. Frau Wagner hatte ihr nicht einmal einen Platz angeboten oder sie begrüßt, sondern ihr nur die Mappe mit der Arbeit entgegengestreckt, begleitet von dem knappen Kommentar: »Aufgrund der verspäteten Abgabe – und das auch noch ohne jede Erklärung oder Entschuldigung – dürfte Ihnen klar sein, dass ich die Arbeit nicht mehr annehme. Sie können also gleich wieder gehen.« Lena traute ihren Ohren nicht und beteuerte mehrmals, dass sie die Arbeit garantiert am Freitag um kurz nach elf in Frau Wagners Fach im Geschäftszimmer gelegt habe.

»Interessant«, entgegnete ihre Dozentin. »Und wie erklären Sie sich dann, dass die Mappe nicht mehr da war, als ich gegen halb zwei in mein Fach geschaut habe?«

Als Lena daraufhin den Verdacht äußerte, dass jemand den Schnellhefter weggenommen haben müsse, geriet Frau Dr. Wagner nur noch mehr in Rage: »Ach ja?«, erwiderte sie mit einem höhnischen Auflachen. »Bestimmt war das dieselbe mysteriöse Person, die damals angeblich Ihren Namen auf der Sprechstundenliste durchgestrichen hat. Und am Montagmorgen hat sie es sich dann plötzlich anders überlegt und die Arbeit wieder hergezaubert? Stehen Sie doch wenigstens dazu, wenn Sie Mist bauen, Sie sind wirklich alt genug, um Verantwortung für Ihr Handeln zu übernehmen und die Konsequenzen zu tragen!«

Nach diesen Worten warf sie die Mappe mit der Arbeit mit Schwung auf den Besuchertisch und setzte sich an ihren Schreibtisch vor dem Fenster, sodass sie Lena den Rücken zuwandte. Lena hatte den Schnellhefter an sich genommen und schweigend den Raum verlassen. Sie konnte Frau Wagners Reaktion nur allzu gut verstehen, und das wollte sie auch unbedingt in ihrem Brief deutlich machen. »Liebe Eltern, tut mir bitte den Gefallen, meiner Dozentin Frau Dr. Wagner meinen herzlichsten Dank dafür auszurichten, dass sie so viel Verständnis für mich hatte und mir immer wieder Mut und Hoffnung geschenkt hat. Leider war es mir beim besten Willen nicht mehr möglich, sie davon zu überzeugen, dass ich meine Seminararbeit fristgerecht am 08.06. gegen elf Uhr im Geschäftszimmer abgegeben habe und mir nicht erklären kann, was danach geschehen ist. Aber ich habe es ohnehin nicht verdient, dass man meinen Worten Glauben schenkt, denn schließlich ist mein Leben schon lange nur noch eine einzige Lüge.« In wenigen Sätzen skizzierte Lena ihre Situation in den letzten Monaten, ohne dabei auf Details einzugehen. »Nun wisst ihr also«, leitete sie dann den Schlussteil ihres Briefes ein, »dass ich euch nie die wahre Lena gezeigt habe, sondern immer nur eine Fassade von Glück und Erfolg, damit ihr Gründe hattet, um stolz auf mich zu sein. Die Versagerin, die sich dahinter versteckte, hättet ihr niemals lieben können. Und jetzt, da ich endlich – wenn auch zu spät – Verantwortung für mein Versagen übernehme und die Konsequenzen trage, muss ich euch dadurch noch die letzte und schwerste Enttäuschung zumuten, von der ich nur hoffen kann, dass ihr sie mir irgendwann verzeihen könnt.«

Kapitel 35

Jetzt! Sie holte noch einmal tief Luft, breitete die Arme aus und ließ sich in die Tiefe fallen, stürzte mit dem Kopf voran zu Boden – doch was war das? Anstatt auf dem Asphalt vor dem Philosophenturm landete Carina mit einem lauten Platsch im Wasser, wo sie sogleich von einem riesigen Kraken umschlungen wurde. »Nun habe ich dich endlich!«, rief er triumphierend mit Merles Stimme, umklammerte sie noch fester und drückte sie unter die Wasseroberfläche. Carina strampelte verzweifelt mit Armen und Beinen, schluckte Wasser – und wachte schließlich schreiend auf. So wie in jeder Nacht, seitdem sie von Lenas Suizid erfahren hatte. Hannes nahm sie in die Arme, streichelte ihr Haar und ihre Schultern und versuchte sie zu beruhigen, doch die Tränen rannen ihr nur immer schneller über die Wangen. »Ich kann nicht mehr«, stieß sie schluchzend hervor, »wie soll ich bloß mit dieser Schuld weiterleben?«

»Carina, du hast keine Schuld«, wiederholte Hannes, wie er es inzwischen wohl schon Hunderte von Malen beteuert hatte. »Die Frau war psychisch total kaputt, du hast ja von der Kripo gehört, dass sie sich wohl schon seit Monaten immer wieder selbst verletzt hat. Die ist mit sich und ihrem Leben einfach nicht klargekommen, mit dir hat das gar nichts zu tun. Und irgendwann werden auch diese Träume aufhören. Wir stehen das gemeinsam durch, ich bin immer für dich da.«

»Wenn ich die Arbeit noch akzeptiert hätte, wäre das nicht passiert! Und ich hätte sehen müssen, wie verzweifelt sie war, aber ich habe ihre ganzen Problemgeschichten irgendwann einfach nicht mehr ernst genommen.«

Wieder einmal drehte sich ihr Gespräch im Kreis, Carina machte sich die schlimmsten Vorwürfe, und Hannes bemühte sich mit unendlicher Geduld, diese zu entkräften. Auch Herr Paulsen hatte mehrmals betont, dass sie keinerlei Verantwortung trage, und selbst die freundlichen Beamtinnen von der Kriminalpolizei hatten dasselbe gesagt, als sie am Nachmittag nach Lena Behrends' Tod da gewesen waren. Sie hatten Carina befragen müssen, da sie in dem Abschiedsbrief der Studentin erwähnt worden war, den man in ihrer Jackentasche gefunden hatte. Die Leiche war an jenem Freitagabend gegen sieben von einem jungen Paar entdeckt worden, das den Campus überquert hatte, um vom Grindelviertel zum Bahnhof Dammtor zu gelangen. Wie die Beamtinnen berichtet hatten, war Lena aus einem Fenster des kleinen Seminarraums im elften Stock des Philosophenturms gesprungen, in dem Paulsen immer sein Kolloquium abhielt. Eigentlich sollte man die Fenster im Turm nur kippen können, doch aus ungeklärten Gründen hatte an diesem einen Fenster der Sicherheitsmechanismus gefehlt. Ihr Chef, der sie alle paar Tage anrief, um sich nach ihrem Befinden zu erkundigen, hatte ihr im letzten Telefonat erzählt, dass die Ermittlungen in diesem Punkt ergebnislos eingestellt worden waren. Es war nicht mehr zu klären gewesen, ob man dieses Fenster bei der Sicherheitsüberprüfung übersehen hatte oder ob die Schließvorrichtung nachträglich manipuliert worden war, und ebenso unklar blieb auch, wer alles von diesem Defekt gewusst und ihn nicht gemeldet hatte.

Ein Fall voller Rätsel, denn nach wie vor war weiterhin offen, ob Lena Behrends die Arbeit wirklich fristgerecht abgegeben hatte und wo der Schnellhefter dann zwischen Freitagmittag und Montagmorgen gewesen war. Frau Martin konnte sich nicht daran erinnern, die Studentin oder die Mappe gesehen zu haben, doch das musste nichts heißen, da im Geschäftszimmer während der Öffnungszeiten ein ständiges Kommen und Gehen herrschte und viele Besucher nur schnell etwas in eines der Postfächer links neben der Tür legten, ohne die Sekretärin anzusprechen. Hinzu kam, dass Frau Martin auch immer wieder kurz den Raum verließ, um etwas aus dem Materiallager zu holen, zur Toilette zu gehen oder Aushänge an der Pinnwand anzubringen. Carina wollte so gern daran glauben, dass Lena Behrends gelogen und die Arbeit tatsächlich erst am Montag abgegeben hatte, doch selbst wenn das der Fall war, verminderte das ihre eigene Schuld nur unwesentlich. Was wäre denn schon dabei gewesen, noch ein letztes Mal großzügig und gutmütig zu sein, und sei es auch um den Preis der Inkonsequenz?

Seit dem Tod der Studentin waren bereits über zwei Wochen vergangen, und Carina war noch immer krankgeschrieben. Ans Arbeiten war beim besten Willen nicht zu denken, und das Forschungsstipendium für Wien konnte sie inzwischen vergessen; gestern, am dreißigsten Juni, war die Bewerbungsfrist abgelaufen. Ihr lag zwar ohnehin nichts an diesem Aufenthalt, doch gegenüber Paulsen war es ihr sehr unangenehm, dass sie sich nicht einmal beworben hatte, und sie rechnete es ihm hoch an, dass er das Thema nicht mehr erwähnte. Das Einzige, was sie zumindest für eine kurze Zeit aus ihren Selbstvorwürfen zu befreien vermochte, war Hannes' eindringlicher Appell, jetzt erst einmal nur an sich und das Baby zu denken. Tatsächlich hatte sie in den ersten Tagen nach dem Suizid sogar befürchtet, dass sie durch den Schock das Baby verlieren könnte. Sie wollte sich gar nicht ausmalen, was aus ihr geworden wäre, wenn sie Hannes nicht gehabt hätte – und das sagte sie ihm nun auch, nachdem er sie erneut inständig gebeten hatte, nach vorne zu schauen, um ihre Zukunft zu dritt nicht zu gefährden.

»Es ist doch selbstverständlich, dass ich für dich da bin«, bekräftigte er noch einmal, »wir schaffen das gemeinsam, und es geht jeden Tag wieder ein Stückchen voran, auch wenn du das im Moment noch nicht sehen kannst.«

Carina nickte und griff nach einem Taschentuch, um ihre Tränen zu trocknen. Ja, Hannes hatte recht, ihre Nächte waren zwar immer noch qualvoll, aber zumindest konnte sie wieder ausreichend essen und sich phasenweise durch Gartenarbeit ein wenig ablenken. Und die ungebetenen Blumengrüße, hinter denen nur Merle stecken konnte, hatten offenbar aufgehört. Beim ersten Mal waren die Blumen an ihre Haustür geliefert worden, und Hannes hatte den Karton entgegengenommen. Da ihm der Absender nichts sagte, war er bedenkenlos in die Falle gegangen und hatte Carina das Geschenk ans Bett gebracht. Als sie ihm gesagt hatte, dass sie niemanden namens »Inga Fischer« kenne, war beiden schlagartig klar gewesen, wer die wahre Absenderin war. Carina hatte daraufhin Hannes gebeten, den Karton zu öffnen, der einen großen Strauß mit weißen Callas und eine Kondolenzkarte enthielt, auf der nur die vorgedruckten Worte »Herzliches Beileid« ohne eine Unterschrift standen. Hannes hatte beides sofort draußen in die Mülltonne geworfen. In den folgenden Tagen hatte er bei der Rückkehr aus der Bank noch zweimal je einen großen Trauerkranz mit Lilien vor dem Gartentor gefunden, den Merle anscheinend persönlich dort abgelegt hatte.

Als ob er ihre Gedanken gelesen hätte, sagte Hannes nach einer kurzen Schweigepause entschieden: »Bevor du wieder anfängst zu arbeiten, müssen wir auf jeden Fall etwas wegen Merle unternehmen, solange sie weiter Terror macht, kannst du nicht zur Ruhe kommen. Diese Irre braucht jetzt ganz dringend einen deutlichen Warnschuss – ich habe da schon eine gute Idee …«

Kapitel 36

Was war das für ein Karton vor ihrer Tür? Normalerweise kam die Post doch erst gegen Mittag, und falls jemand ein Päckchen oder Paket bekommen hatte, rief Frau Martin an und bat darum, es möglichst bald im Geschäftszimmer abzuholen. Sie konnte es nicht ausstehen, wenn ihre ohnehin zu knapp bemessenen Ablageflächen auch noch stundenlang durch größere Postsendungen blockiert wurden. Irritiert blieb Merle stehen und betrachtete das Paket genauer. Es war nicht frankiert und auch nur unvollständig beschriftet, als Adresse war lediglich ihr Name angegeben, und die Informationen über den Absender beschränkten sich auf »H. Thiel«.

Merle brauchte einen Augenblick, bis sie diese Angabe richtig einordnen konnte. »Thiel« war der Nachname von Hannes, den sie auf dem getöpferten Klingelschild an Carinas Haustür gesehen hatte, als sie Anfang Dezember bei ihrer Kollegin zu Besuch gewesen war. Hannes musste den Karton an diesem Freitagmorgen also persönlich ins Historische Seminar gebracht haben. Merle spürte, wie sich ihr Herzschlag beschleunigte. Da Sarah und Julia jeden Moment kommen konnten, deponierte sie das Paket zunächst unauffällig unter ihrem Schreibtisch und schob den Papierkorb davor.

Der Vormittag verging quälend langsam, Merle konnte sich kaum konzentrieren und fühlte sich so, als ob zu ihren Füßen eine Zeitbombe läge. Als ihre beiden Kolleginnen fragten, ob sie mit ihnen in die Mensa gehen wolle, gab sie daher vor, dass sie gerade besonders gut beim Schreiben vorankomme und deshalb lieber etwas später essen werde. Inzwischen war sie so nervös, dass sie kaum die Schere festhalten konnte, um die Klebestreifen zu durchtrennen, mit denen der Karton verschlossen war. In dem Paket fand sie – natürlich abgesehen von den Pralinen – sämtliche Geschenke, die sie Carina je gemacht hatte. Nur den blauen Fisch konnte sie auf den ersten Blick nicht erkennen, doch als der Karton fast leer war, sah sie ganz unten einen Gefrierbeutel voller Glassplitter. Kein Zweifel, das mussten die Überreste des Briefbeschwerers sein, nach dem sie damals die halbe Stadt abgesucht hatte.

Ihr Herz raste jetzt, als ob sie gerade einen Sprint absolviert hätte, und ihr verschwamm alles vor den Augen. Sie brauchte dringend frische Luft. Mit letzter Kraft warf sie alle Gegenstände wieder in das Paket, verstaute es erneut hinter dem Papierkorb und lief die Treppen bis ins Erdgeschoss hinunter. Vor dem Philosophenturm stand ihr Fahrrad, sie fuhr das kleine Stück bis zur Alster und setzte sich dort auf eine Bank, um ihre Gedanken zu ordnen.

Das Glas des Briefbeschwerers war ziemlich massiv gewesen, mit einem normalen Hammer hätte man es vermutlich nicht geschafft, den Fisch in so winzige Scherben zu zerlegen. Ob Carina ihn wohl zu Hause über das Treppengeländer in den Flur geworfen hatte? Nein, die in alle Richtungen fliegenden Splitter hätten ihre gepflegte Häuslichkeit zu sehr durcheinandergebracht, und wahrscheinlich wäre die Fallhöhe auch nicht ausreichend gewesen, um dieses zentrale Symbol für Merles Liebe zu töten. Vielleicht hatte sie einen Eispickel verwendet, ihr Teddybär hatte doch sicher eine umfangreiche Kollektion an Werkzeug im Keller. Oder hatte Hannes den Fisch etwa selbst zerstört, während Carina sein mörderisches Werk lächelnd beobachtet oder ihn gar noch angefeuert hatte? Was auch immer genau geschehen war, fest stand jedenfalls, dass dieser Mord gesühnt werden musste. Aber damit würde sie sich Zeit lassen, Carina sollte erst einmal jeden Tag aufs Neue zittern, auf Schritt und Tritt mit einem Racheakt rechnen und sich dann schließlich in falscher Sicherheit wiegen.

Am Abend, als Merle wieder einmal als Letzte das Büro verließ, nahm sie den Karton samt Inhalt mit hinunter und beerdigte die materielle Chronologie ihrer Liebe in den entsprechenden Müllcontainern auf dem Campus. Nur die Handtasche steckte sie in ihren Rucksack, denn die würde sie auf jeden Fall noch brauchen.

Kapitel 37

Schon wieder dieses Gekicher – jetzt nicht mehr nur in der letzten Reihe, sondern an mehreren Stellen im Raum. Irritiert unterbrach Carina sich mitten im Satz und brauchte einige Sekunden, um den Faden ihres Vortrags wiederzufinden. Mechanisch blendete sie die nächste Folie ein, woraufhin sich das Gekicher verstärkte.

»Tja, da fehlt offenbar dein Korrekturservice«, hörte sie Sarah in der ersten Reihe flüstern. Neben Sarah saß Merle. Was hatte diese Bemerkung zu bedeuten? Bisher hatte Carina sich auf ihre Karteikarten mit den Notizen konzentriert, ja sich geradezu daran festgehalten, während sie sich Satz für Satz durch ihren Vortrag kämpfte. Nun schaute sie zum ersten Mal genauer auf den Monitor ihres Laptops und traute ihren Augen nicht. Wie war das möglich? Bereits die Überschrift enthielt zwei auffallende Rechtschreibfehler, in einem Satz fehlte das Verb, und der Satzbau ließ generell sehr zu wünschen übrig. Das war peinlich genug, doch im Vergleich zu der »Anpflanzung von Koryphäen« noch vergleichsweise harmlos. Und da bereits von Anfang an immer wieder gekichert worden war, befürchtete sie, dass die ersten drei Folien ihrer Power-Point-Präsentation nicht besser ausgesehen hatten. Vorsichtig riskierte sie einen Seitenblick zu ihrem Chef, der vorne links saß. Paulsen sah sie besorgt an und spielte nervös mit seinem Kugelschreiber.

Seit sie wieder arbeitete, hatte er sie mehrmals gefragt, ob sie sich wirklich in der Lage fühle, den aktuellen Stand ihrer Quellenedition in seinem Kolloquium vorzustellen. Es sei kein Problem, die letzte Sitzung in diesem Semester anders zu nutzen, wenn es ihr nach der langen Krankheit zu viel sei. Sie hatte Paulsen jedoch nicht nochmals enttäuschen wollen, nachdem aus der Bewerbung in Wien schon nichts geworden war. Außerdem hatte sie gehofft, dass die Arbeit an ihrem Vortrag sie ablenken würde, doch diese Hoffnung hatte sich nicht erfüllt. Carina konnte sich allenfalls ein paar Minuten am Stück konzentrieren, suchte mühsam nach Formulierungen und war schon nach einem halben Arbeitstag völlig erschöpft. Und was das Schlimmste war: Die Quellen, die sie bearbeitete, ließen sie inzwischen vollkommen gleichgültig, sie hätte ebenso gut Telefonbücher lesen können. Immer wieder verfolgten sie die quälenden Erinnerungen an Lena Behrends, und sie rechnete auf Schritt und Tritt mit einer neuen Teufelei von Merle. Diese hatte bisher zwar nicht auf die Rückgabe ihrer Geschenke reagiert, doch das musste kein positives Zeichen sein, sondern konnte auch gerade das Gegenteil bedeuten, denn je mehr Zeit sie sich für die Vorbereitung ihres Gegenschlages nahm, desto verheerender dürfte dieser ausfallen.

Unter diesen Umständen war Carina mit ihrer Präsentation nur sehr schleppend vorangekommen, die letzten Folien hatte sie erst heute Vormittag fertiggestellt. Danach war sie noch einmal für ein paar Stunden nach Hause gefahren, um sich vor dem Abendtermin etwas auszuruhen. Und nun stand sie hier in diesem Seminarraum, der sie für den Rest ihres Lebens wie ein stummer Vorwurf an den Suizid ihrer Studentin erinnern würde, und lieferte den mit Abstand peinlichsten Auftritt ihrer gesamten wissenschaftlichen Laufbahn ab. Dass ihr Vortrag nicht brillant sein würde, hatte sie von vornherein gewusst, aber so viele und so grobe Fehler hätten ihr selbst bei noch so großem Stress und Zeitdruck nicht unterlaufen dürfen.

Moment mal – hatte sie so etwas neulich nicht schon einmal erlebt? Natürlich, jetzt fiel es ihr wieder ein. Der Aufsatz für die Festschrift war ähnlich fehlerhaft gewesen – das konnte doch kein Zufall sein.

Carina blickte auf und stellte fest, dass die Zuhörer sie erwartungsvoll, zum Teil auch schon leicht ungeduldig anblickten, anscheinend hätte sie längst weitersprechen müssen. Rasch blendete sie die folgende Folie ein, versuchte ihre Gesichtszüge unter Kontrolle zu behalten und zwang sich, mit dem nächsten Unterpunkt fortzufahren, obwohl weiterhin gelacht und getuschelt wurde und ihre Gedanken sich überschlugen. Einfach weitermachen, Carina, befahl sie sich, stell dir vor, du bist eine Nachrichtensprecherin, die mit gleichmäßig ruhiger Stimme ihre Meldungen vorlesen muss, auch wenn sie noch so große Katastrophen zu berichten hat.

Tatsächlich nahmen die Katastrophen auf ihren Folien kein Ende: Es blieb nicht bei den Koryphäen anstelle der Koniferen, sondern sie hatte offenbar auch andere Fremdwörter verwechselt, obwohl sie deren Bedeutung genau kannte – »engagieren« statt »arrangieren«, »Delikt« statt »Relikt« und »konsterniert« statt »konstatiert«. Als sie etwa zwei Drittel ihres Vortrags bewältigt hatte, erreichte die Peinlichkeit schließlich ihren Höhepunkt. Carina traute ihren Augen nicht, doch da stand tatsächlich schwarz auf weiß: »1928, also mitten im Zweiten Weltkrieg …« Reflexartig klickte sie die Folie weg, obwohl sie noch gar nicht alle Punkte behandelt hatte.

Der Rest des Kolloquiums verging wie in Zeitlupe, Carina schwitzte immer stärker, und der Boden schien unter ihr zu schwanken. Mehrmals verhaspelte sie sich, vergaß mitten im Satz, was sie hatte sagen wollen, und starrte krampfhaft an die gegenüberliegende Wand, weil sie wusste, dass sie endgültig die Contenance verlieren würde, wenn sie es wagte, jemandem aus dem Publikum in die Augen zu schauen. Noch immer kreisten ihre Gedanken um diese Jahreszahl, die es einfach nicht hätte geben dürfen. Eigentlich hätte es »1942« heißen müssen, und eine Zahl wie »1932« oder sogar »1842« hätte man sich noch mit einem Tippfehler erklären können, doch wie konnte es gleich zu zwei falschen Ziffern kommen?

Endlich – die letzte Folie. Aber noch immer gab es keine Gnade für Carina. Als sie feststellte, dass diese Folie überhaupt keine Quellenangaben, sondern nur die betreffende Überschrift enthielt, war sie so fassungslos, dass es ihr die Sprache verschlug. Sie war absolut sicher, dass sie die Angaben am Vortag in diese Folie eingefügt hatte. In diesem Moment wurde ihr schlagartig alles klar. Die einzig mögliche Erklärung für all diese Fehler war, dass Merle ihr Passwort kannte und dieses Wissen missbrauchte, um ihre Dateien zu manipulieren. Und das mindestens schon seit Anfang Juni, als sie an dem Text für die Festschrift gearbeitet hatte. Sie musste so schnell wie möglich ihr Passwort ändern und sämtliche Dateien überprüfen, vielleicht hatte Merle ja noch mehr Texte geändert oder gar gelöscht.

Erst nach einer endlos erscheinenden Schweigepause gelang es Carina, die Bildschirmpräsentation zu schließen und zur Diskussion überzuleiten. Diese fiel zum Glück sehr kurz aus, die meisten Zuhörer und Zuhörerinnen hielten den Blick auf ihre Notizen gerichtet oder sahen mit betont unbeteiligten Mienen aus dem Fenster. Auch Merle meldete sich nicht zu Wort, und Carina vermied es, in ihre Richtung zu sehen.

Normalerweise gingen die Teilnehmer des Kolloquiums anschließend noch ins *Arkadasch*, wo Herr Paulsen immer einen Tisch reserviert hatte, doch dazu fühlte Carina sich jetzt beim besten Willen nicht in der Lage. Als der allgemeine Aufbruch begann, ging sie daher auf ihren Chef zu und bat ihn, sie für heute zu entschuldigen, da es ihr nicht gut gehe. Paulsen forderte die anderen rasch auf, bereits vorauszugehen, und kündigte an, dass er gleich nachkommen werde.

Sobald alle den Raum verlassen hatten, sagte er in einem Tonfall, den Carina noch nie von ihm gehört hatte: »Liebe Frau Wagner, ich bin derjenige, der sich entschuldigen muss. Mir hätte klar sein müssen, dass ich Ihnen diesen Vortrag in Ihrem Zustand nicht zumuten darf – erst recht nicht in diesem Raum, der …« Er unterbrach sich, schluckte und fuhr dann fort: »Meinen Sie nicht, dass es besser wäre, sich noch einmal ein paar Tage Ruhe zu gönnen? Auch im Interesse Ihres Kindes.«

Carina hatte eigentlich zumindest den Verdacht äußern wollen, dass »irgendjemand« ihre Präsentation manipuliert haben müsse, entschied sich nun jedoch spontan dagegen. Dass Paulsen besorgt um sie war und sich sogar vorwarf, seine Fürsorgepflicht als Chef verletzt zu haben, war ihr zwar unangenehm, doch diese Reaktion war eindeutig das kleinere Übel. Würde sie ihren Verdacht aussprechen, so wäre die Wahrscheinlichkeit sehr hoch, dass er ihr keinen Glauben schenken, sondern sie vielmehr für einen Menschen halten würde, der nicht bereit war, Fehler einzugestehen – und dem man deshalb nicht vertrauen konnte. Sie begann zu ahnen, wie Lena Behrends sich gefühlt haben musste, doch darüber durfte sie jetzt unter keinen Umständen weiter nachdenken, um nicht erneut zusammenzubrechen. Daher entgegnete sie lediglich, dass ihr die »peinlichen Fehler außerordentlich unangenehm« seien und es ihr offenbar tatsächlich noch deutlich schlechter gehe, als sie wahrhaben wolle. Sie bedankte sich für sein Verständnis und seine Anteilnahme und wünschte ihm noch einen schönen Abend.

Zurück in ihrem Büro, meldete sie sich nochmals an ihrem Laptop an, loggte sich in der Cloud ein und kontrollierte als Erstes, wann die Datei mit ihrer Präsentation zuletzt geändert worden war. Das war um 16:12 Uhr der Fall gewesen, während sie sich zu Hause ausgeruht hatte. Damit war eindeutig erwiesen, dass jemand anderes ihr Passwort genutzt hatte, und wer außer Merle hätte ein Motiv dafür gehabt? Rasch änderte sie das Passwort und wählte diesmal eine völlig willkürliche Buchstaben- und Zahlenkombination. Das hätte sie schon längst tun sollen, heutzutage wusste doch jeder, wie wichtig sichere Passwörter waren. Eigentlich hätte sie jetzt noch sämtliche Dateien auf Veränderungen überprüfen müssen, doch das musste bis morgen warten. Sie war völlig erschöpft und konnte es kaum abwarten, sich endlich ins Bett zu legen.

In der Nacht bekam Carina starke Kopfschmerzen, die auch während des folgenden Tages anhielten. Erst am Freitag war sie wieder in der Lage, zur Uni zu fahren. Ihre Hand zitterte, als sie ihre Bürotür aufschloss. Nun hatte Merle schon wieder einen ganzen Tag Zeit gehabt, um hier alles Mögliche anzustellen.

Wie berechtigt ihre Vorahnung gewesen war, konnte sie bereits erkennen, als sie an die Garderobe trat, um ihre Jacke aufzuhängen: Am mittleren Haken baumelte ein Teddybär, der genauso aussah wie der Bär, den Hannes ihr geschenkt hatte. Er war mit einem Lederriemen stranguliert worden, der Carina vage bekannt vorkam. Bei näherem Hinsehen konnte sie ihn als den Trageriemen der Handtasche identifizieren, die eines von Merles Weihnachtsgeschenken gewesen war. An der Brust des Teddys war mit einer Stecknadel eine schwarz umrandete Karte befestigt, auf der »Hannes Thiel« zu lesen stand. Darunter hatte Merle seinen Geburtstag und ein zweites Datum notiert, vor das sie ein Kreuz gemalt hatte. Es war das Datum des gestrigen Tages.

Carina schaffte es gerade noch, ihren Schreibtischstuhl zu erreichen, bevor ihre Beine ihr den Dienst versagten. Wie sollte sie bloß ihren normalen Alltag weiterführen und dabei noch ihrer Arbeit nachgehen, wenn sie sich nirgends mehr sicher fühlen konnte? Schon nach der Aktion mit dem Liebesschloss war sie bei Herrn Thomsen gewesen, um ihn um ein neues Türschloss zu bitten. Dieser hatte ihren Bericht über die Nachstellungen durch »eine Kollegin« jedoch barsch als »Tüdelkram« abgetan und unmissverständlich deutlich gemacht, dass er »für so'n Schiet« keine Zeit habe. Das Schloss auf eigene Kosten austauschen zu lassen, wollte sie nicht riskieren, da das spätestens bei der Rückgabe der Schlüssel Ärger geben dürfte. Und selbst wenn sie ein neues Büroschloss hätte, so stünde es ihrer Kollegin ja immer noch frei, sie jederzeit unangemeldet zu Hause zu überfallen, sie anzurufen oder anderweitiges Unheil anzurichten – Merles Einfallsreichtum war ja anscheinend unerschöpflich und die Skala des Psychoterrors nach oben offen. Und solange dies so blieb, war sie Merle rettungslos ausgeliefert und konnte nichts tun, um zu entkommen.

Kapitel 38

Jetzt! Der große Zeiger von Merles Armbanduhr rückte auf die Zwölf vor. In diesem Augenblick erhob Merle ihr Glas und trank den ersten Schluck. Es war erst zehn Uhr morgens, und normalerweise trank sie um diese Zeit keinen Alkohol, doch heute, am dreizehnten August, waren für sie alle Gesetze und Konventionen aufgehoben. In wenigen Minuten würden Carina und Hannes einander das Eheversprechen geben, und das an einem Datum, das an Symbolik kaum zu überbieten war. Vermutlich war es dem glücklichen Paar selbst gar nicht bewusst, doch als Merle den Hochzeitstermin erfahren hatte, war ihr sofort der Mauerbau eingefallen. Mit der Trauzeremonie würde ein neuer Staat entstehen, dessen Regierung ihr niemals ein Einreisevisum bewilligen würde. Das Eheversprechen war für Carina und Hannes eine undurchdringliche Mauer, die jede andere Art von Beziehung aussperrte. Ein Schutzwall gegen jegliche Störung durch all die Unwürdigen, die auf der handverlesenen Prioritätenliste des Traumpaares keinen Platz mehr fanden. Und während Paulsen, Sarah, Julia und einige andere Mitarbeiterinnen aus dem Institut ab zwölf Uhr zum Sektempfang in

Niendorf eingeladen waren, hatte Merle nur durch Gespräche im Kollegenkreis mitbekommen, was für diesen Tag geplant war. Aber immerhin hatten diese Informationen ausgereicht, um ihre eigenen Pläne zu schmieden.

Nach außen hin hatte sie sich unauffällig verhalten, hatte bereitwillig ihren Beitrag für das Hochzeitsgeschenk bezahlt, das aus einem Gutschein für ein Wellnesswochenende und einer großen Tischdecke mit Rosenmuster bestand, und die dazugehörige Karte unterschrieben. Und es war ihr gelungen, ihren Chef und die Kolleginnen in dem Glauben zu lassen, dass auch sie eine Einladung erhalten habe und selbstverständlich am Sektempfang im trauten Heim des Brautpaares teilnehmen werde. Heute Morgen hatte sie dann im Geschäftszimmer angerufen, um sich krankzumelden. Sie bedauere es außerordentlich, dass sie wegen eines Magen-Darm-Infekts zu Hause bleiben müsse und dadurch auch die Hochzeitsfeier verpassen werde. Frau Martin, die sich selbst schon seit Wochen auf diesen Empfang freute, war voller Mitleid, wünschte ihr gute Besserung und versprach, sie bei Paulsen und Carina zu entschuldigen. Das war also geregelt, und am besten würde sie morgen auch noch fehlen, damit ihr Infekt glaubwürdiger wirkte. Dabei war ihre Krankmeldung jedoch eigentlich höchstens als halbe Lüge zu werten, denn schon der Gedanke an die Hochzeitszeremonie, die jetzt in vollem Gange sein musste, reichte aus, damit ihr übel wurde. Übel vor Trauer, Enttäuschung und Wut. Hinzu kam ein Gefühl der Ohnmacht, denn nichts von all dem, was sie heute noch tun würde, könnte die Mauer dieses Ehebundes zum Einsturz bringen. Anstelle von Sekt hatte sie daher für diesen Vormittag eine Mischung aus Campari und Grapefruitsaft gewählt, ein hohes Glas voller zweifacher Bitterkeit. Der passende Geschmack für den Verzicht auf das Unerreichbare, der heute endgültig besiegelt wurde. Das Unendlichkeitssymbol, das sie immer wieder in ihre Nachrichten an Carina eingefügt hatte, wurde vermutlich gerade in diesem Moment definitiv durchtrennt und so in die beiden Ringe verwandelt, die die Brautleute fortan als Zeichen ihrer Verbundenheit Tag und Nacht tragen würden.

Kurz vor halb elf. Die Zeremonie dürfte sich allmählich ihrem Ende nähern, der Fließbandbetrieb im Standesamt musste ja pünktlich weitergehen. Für sie hingegen boten die nächsten Stunden nichts als zähe, klebrige Langeweile. Es hatte keinen Sinn, zu früh loszufahren, da das Brautpaar nach dem abendlichen Festmenü im engsten Familien- und Freundeskreis sicher nicht vor zehn Uhr abends nach Hause zurückkehren würde. Und tagsüber wollte sie lieber nicht nach draußen gehen, da sie offiziell ja als krank galt. Ihre Vorbereitungen für den Abend waren längst abgeschlossen, die Rosen standen schon seit Tagen ohne Wasser auf dem Balkon, sie hatte die Kleiderfrage geklärt und sonst alles Nötige in ihre schwarze Handtasche gepackt. Nur ihre persönliche Kriegsbemalung fehlte noch, aber darum würde sie sich erst unmittelbar vor ihrem Aufbruch kümmern, damit der Anblick umso eindrucksvoller wäre.

Merle musste grinsen, als ihr das Wort »Kriegsbemalung« in den Sinn kam. Ja, diese Wortwahl war absolut angemessen, und deshalb gab es auch keinen Anlass für ein schlechtes Gewissen. Noch vor wenigen Monaten hätte sie es für undenkbar gehalten, jemals wieder etwas Vergleichbares zu tun wie damals in Saarbrücken, und sie erinnerte sich noch allzu gut daran, wie ihre Selbstvorwürfe sie sogar in Form von Albträumen verfolgt hatten. Heute konnte sie über diese Skrupel nur noch höhnisch lächeln. Mit den Hochzeitsplänen und der Schwangerschaft hatte Carina sie gleich doppelt verraten – von der Zeugung des Kindes an Merles Geburtstag ganz zu schweigen – und war sogar noch zu feige gewesen, um diesen Verrat explizit zu äußern. Also brauchte sie sich nicht zu wundern oder gar zu beklagen, wenn Merle sich entsprechend revanchierte.

Wie erwartet schlich der Tag in lähmender Ereignislosigkeit dahin, Merle erledigte lustlos ein paar Arbeiten im Haushalt, zwang sich irgendwann dazu, eine Kleinigkeit zu essen, damit ihr Kreislauf stabil blieb, und landete dann am frühen Abend mit einer weiteren Campari-Mischung vor ihrem Laptop, wo sie sich im Internet Hochzeitssendungen anschaute. Mit jeder Folge wurde sie wütender, am liebsten hätte sie all die weißen Träume aus Tüll und Seide zerrissen und in die lächelnden Gesichter der Bräute geschlagen, bis sie sich vor Schmerz verzerrten. Diese Reaktion war ganz in ihrem Sinne, denn Wut bedeutete Energie, und Energie würde sie heute Abend auf jeden Fall brauchen, um die jetzt noch so arglos glückliche Carina möglichst unsanft von ihrer rosa Wolke zu stürzen.

Um halb neun zog sie eine schwarze Hose und ein langärmeliges schwarzes T-Shirt an, trug einen ebenfalls schwarzen Augenbrauenstift auf, der ihren ohnehin hellen Teint krankhaft blass erschienen ließ, und nahm dann einen neuen Einwegrasierer aus dem Badezimmerschrank. Sie schob den linken Ärmel hoch, stützte den Ellenbogen auf dem Rand des Waschbeckens ab und fuhr mehrmals entschlossen mit der Klinge über die Innenseite ihres Unterarms. Den brennenden Schmerz spürte sie kaum, und sobald die Wunden nicht mehr bluteten, zog sie den Ärmel wieder herunter, ohne zuvor ein Pflaster aufzukleben. Anschließend holte sie die Blumen vom Balkon, griff nach ihrer Handtasche und den Schlüsseln und machte sich auf den Weg zur U-Bahn-Station.

In der Bahn bemerkte sie, dass sie wiederholt von anderen Fahrgästen gemustert wurde. Vor allem der völlig verwelkte Rosenstrauß zog irritierte Blicke auf sich, und in ihrer schwarzen Kleidung wirkte sie wie eine griesgrämige Krähe unter lauter fröhlich bunten Sommervögeln. Den ganzen Tag hatte die Sonne unermüdlich vom Himmel gestrahlt, um dem perfekten Paar das perfekte Hochzeitswetter zu bescheren, und auch jetzt war es noch sommerlich warm.

In Niendorf war um diese Zeit nicht mehr viel Betrieb auf den Straßen. Als Merle um Viertel vor zehn das Haus von Carina und Hannes erreichte, brannte dort kein Licht, und es drang kein Geräusch nach außen. Offenbar waren die beiden noch nicht zurück. Als sie den Garten betrat, leuchtete eine Lampe über der Haustür auf, die anscheinend durch einen Bewegungsmelder gesteuert wurde. Merle durchquerte den Garten schnell und hoffte, dass niemand von den Nachbarn aufmerksam wurde. Sie verbarg sich hinter dem Haus, sodass man sie von der Straße aus nicht sehen konnte.

Um zehn nach zehn hörte sie, wie sich ein Auto näherte. Vorsichtig spähte sie um die Hausecke und erkannte ein Taxi, das gerade vor dem Gartentor hielt. Das Paar stieg aus, Hannes öffnete seiner frisch angetrauten Gattin mit einer galanten Verbeugung das Tor und ließ sie vorausgehen. Über der Haustür leuchtete die Lampe wieder auf. Hannes schloss auf und machte sich bereit, um Carina über die Schwelle zu tragen. Merle musste all ihre Willenskraft aufbieten, um nicht zu kichern. Die beiden ließen in ihrem Hochzeitsdrehbuch aber auch wirklich keine noch so kitschige Szene aus. Carina, der man ihre Schwangerschaft mittlerweile schon deutlich ansah, wirkte in den Armen ihres Mannes wie ein weißer Elefant – oder besser gesagt, wie ein Dinosaurier in einer riesigen Wolke aus spitzenbesetztem Stoff. Natürlich ein fleischfressender Saurier, der sich vorzugsweise von Herzen ernährte, die er zuvor zertrampelt hatte. Die beiden achteten nicht auf sie, während sie sich vorsichtig an der Wand entlangschlich.

Als der Teddybär sich gerade von seiner Last befreit hatte und Carina noch im Türrahmen einen Kuss geben wollte, sprang Merle mit einem Satz aus ihrem Hinterhalt hervor. Mit Schwung schleuderte sie den verwelkten Strauß direkt vor die Füße des Brautpaars, das wie erstarrt in seiner Position verharrte.

»Hier ist noch etwas Rosenduft für euch!«, rief sie, wobei sie eine Stinkbombe warf, die sie in ihrer Handtasche mitgebracht hatte. Das Geschoss streifte Carinas Brautkleid und zerplatzte vor der Garderobe im Flur. Beide fuhren zusammen, und Carina hielt sich die Hand vor die Nase. Bevor sie sich so weit von ihrem Schock erholt hatten, um die Tür schließen zu können, schob Merle den Ärmel ihres Oberteils hoch und entblößte die Schnittverletzungen, die jetzt blutverkrustet waren. »Und das ist mein Hochzeitsgeschenk für dich!«, stieß sie hervor, wobei sie den verletzten Arm in Carinas Richtung drehte. »Erinnert dich das vielleicht an etwas? So hat es bei Lena auch angefangen …«

Carina, die leichenblass geworden war, klammerte sich mit einem Aufschrei an Hannes fest. Dieser hatte nun seine Handlungsfähigkeit zurückerlangt und zog sie rasch mit sich in den Flur. Während er bereits die Tür schloss, bohrten sich seine Augen in Merles Gesicht. Er erinnerte sie jetzt nicht mehr an einen Teddybären, sondern an einen Tiger, der auf dem Sprung war, um sein Beutetier totzubeißen. Seine Stimme war leise, aber dabei hart wie Stahl: »Wenn ich noch ein einziges Mal etwas von dir höre oder sehe, hole ich sofort die Polizei – ist das klar? Und jetzt verschwinde – so etwas wie dich sollte es eigentlich gar nicht geben!« Daraufhin fiel die Tür ins Schloss, und Merle hörte, wie drinnen eine Sicherheitskette vorgelegt wurde.

Kapitel 39

»Nicht dich habe ich verloren, sondern die Welt.« Wieder ein Zitat, das ihr wie auf den Leib geschrieben war. »Eine Art Verlust« von Ingeborg Bachmann hatte schon lange zu ihren Lieblingsgedichten gehört, doch noch nie hatte sie die bittere Wahrheit dieser Schlussverse in so schmerzhafter Deutlichkeit gespürt wie in den letzten Tagen. Die Erde drehte sich weiter, aber Merle war nicht mehr dabei, war aus der Welt gefallen und trieb jetzt orientierungslos durch die finsteren Weiten des Universums. Und sie hatte es auch nicht besser verdient, denn so etwas wie sie sollte es eigentlich gar nicht geben.

Seit der Szene an Carinas Haustür waren zehn Tage vergangen, zehn Tage, die sie weitgehend im Bett verbracht hatte, meist in einem Zustand zwischen Schlafen und Wachen, in dem ihr Gehirn allenfalls Gedankensplitter produzierte, die unablässig im Kreis tanzten, ohne dabei einer erkennbaren Choreografie zu folgen. Sie hatte geweint, stunden- und nächtelang, bis ihre Tränen irgendwann versiegten und ihr Inneres sich in eine Wüste verwandelte. Am zweiten Tag nach der Hochzeit war sie zu einer Ärztin in der Nachbarschaft gegangen, da an Arbeiten weiterhin nicht zu denken war und sie ab dem dritten Fehltag ein Attest brauchte. Sie hatte ein furchtbar schlechtes Gewissen gehabt, doch anscheinend hatte sie einen so elenden Anblick geboten, dass die Ärztin kaum Fragen gestellt und sie gleich bis zum Ende der folgenden Woche krankgeschrieben hatte. Danach hatte sie das Haus nur noch zweimal verlassen, um im nächstgelegenen Supermarkt das Nötigste einzukaufen. Nötig war zurzeit vor allem Wein, damit sie nachts zumindest ein paar Stunden schlafen konnte. Appetit hatte sie kaum, und zum Kochen fehlte ihr die Energie. Wahrscheinlich wäre es ohnehin das Beste, wenn sie verhungern und auf diese Weise einfach verschwinden würde. Die Welt wäre ohne sie besser dran, und wer würde sie schon vermissen? Sie hatte ja nie richtig dazugehört, sondern war im Leben immer nur Zuschauerin oder bestenfalls Statistin gewesen.

Der Albtraum, von dem sie monatelang verschont geblieben war, suchte sie nun wieder jede Nacht heim, doch die Handlung hatte sich verändert: Die Gestalten von Elea und Carina tauchten jetzt abwechselnd auf, und auch die Schauplätze vermischten sich. Über dem Tisch, auf dem die Bowle stand, hing ein frei schwebender Kronleuchter, den Merle mit der Vase zerschlug. Am Schluss des Traums wurde sie von einem riesigen Teddybären gepackt und eine düstere Kellertreppe hinuntergetragen. In seinen Armen verwandelte sie sich jedes Mal in einen gläsernen Fisch und verlor ihre Stimme. Als sie den Kellerraum erreichten, warf der Bär sie mit Schwung auf den Steinboden und erhob mit den Worten »So etwas wie dich dürfte es gar nicht geben!« einen Eispickel.

Nach diesem Traum war Merle jedes Mal nassgeschwitzt, und ihr Herz raste. Einschlafen konnte sie danach meist nicht mehr. Manchmal gelang es ihr, für einige Augenblicke in einem Gedicht Trost zu finden oder in ihre geliebten Internatsgeschichten zu flüchten, die jetzt immer griffbereit auf ihrem Nachttisch lagen. Tagsüber lenkte sie sich oft mit Serien ab, am besten ging das mit Krankenhausserien, denen sie früher nie etwas hatte abgewinnen können. In ihrer momentanen Verfassung war es jedoch genau das Richtige, Ärztinnen und Schwestern dabei zuzusehen, wie sie durch ihre aufopferungsvolle Arbeit Schmerz und Leid linderten, und sich vorzustellen, sie wäre eine von ihnen.

Aber irgendwann war jede Folge zu Ende, und sie wurde wieder in eine Realität katapultiert, in der sie ein Monster war, das seinen Mitmenschen nichts als Unheil brachte. Hinzu kam die Frage, wie es jetzt weitergehen würde, die mit jedem Tag drängender und bedrohlicher wurde. Ihre Krankschreibung galt noch bis einschließlich morgen, am Montag musste sie entweder nochmals zu ihrer Ärztin gehen oder ihre Arbeit wieder aufnehmen. Noch immer hatte sie keine Ahnung, wie sie sich entscheiden sollte. Der bloße Gedanke, sich wieder jeden Tag von morgens bis abends auf anspruchsvolle Literatur konzentrieren und sogar selbst wissenschaftliche Texte schreiben zu müssen, versetzte sie bereits in Panik – wie sollte sie das bewältigen, wenn sie es nicht einmal schaffte, regelmäßig zu duschen und sich morgens richtig anzuziehen? Ganz abgesehen davon, dass sie nicht einschätzen konnte, inwieweit Herr Paulsen und ihre Kolleginnen mitbekommen hatten, was zwischen ihr und Carina vorgefallen war. Dass Carina von ihrem Besuch am Hochzeitsabend erzählt hatte, hielt Merle zwar für sehr unwahrscheinlich, doch es war sicher nicht unbemerkt geblieben, dass sie schon lange kaum noch miteinander sprachen. Und dass Merle, die bisher nie gefehlt hatte, jetzt ausgerechnet seit dem Hochzeitstag krankgemeldet war, dürfte ebenfalls für Gerüchte sorgen und neugierige Fragen nach sich ziehen, sobald sie wieder in die Uni kam.

Weiterhin zu Hause zu bleiben, wo sie keine sinnvolle Aufgabe hatte und sich selbst schutzlos ausgeliefert war, würde jedoch ebenfalls die Hölle sein. Oder sollte sie einen dritten Weg wählen und sich irgendwo eine andere Stelle suchen, am besten weit weg von Hamburg, wo niemand etwas von ihr und Carina wusste? Doch dazu müsste sie erst einmal Bewerbungen schreiben, sofern es überhaupt geeignete Stellen gab, und wie sollte sie ihrem Chef diesen Schritt erklären? Nein, es hatte keinen Sinn, jetzt noch länger über diese Fragen nachzudenken, bis Montag war ja zum Glück noch etwas Zeit.

Merle hatte sich gerade wieder an ihren Laptop gesetzt, um fünfundvierzig Minuten lang in eine weitere Folge ihrer momentanen Lieblingsserie zu entfliehen, als das Klingeln ihres Festnetztelefons sie aufschrecken ließ. Wer mochte das sein? Ihre Mutter rief normalerweise nur am Wochenende an, und Inga hatte sich schon ewig nicht mehr gemeldet. Rasch ging sie ins Wohnzimmer und erkannte Paulsens Büronummer auf dem Display. Sie begann zu zittern und überlegte einen Augenblick lang, den Anruf nicht anzunehmen, griff dann aber doch zum Hörer. Wenn sie jetzt nicht ans Telefon ging, würde er es wieder probieren, und sie müsste bis dahin nur in noch größerer Angst leben.

»Hallo, Frau Jansen, hier ist Malte Paulsen. Ich mache mir Sorgen um Sie und würde gern wissen, wie es Ihnen geht.«

Die Stimme ihres Chefs klang freundlich und anteilnehmend, bisher deutete nichts darauf hin, dass er über sie und Carina Bescheid wusste.

Sie erwiderte, dass es ihr weiterhin »nicht so gut« gehe und es noch offen sei, wann sie wieder arbeiten könne. Hoffentlich würde er jetzt nicht nachfragen, was sie hatte.

Paulsen räusperte sich und schien einen Moment lang nach Worten zu suchen. Schließlich fuhr er fort: »Ich möchte auf keinen Fall übergriffig sein, und Ferndiagnosen sind immer schwierig, also sehen Sie es mir bitte nach, wenn ich mit dem, was ich jetzt sage, völlig daneben liege.« Er legte nochmals eine kurze Schweigepause ein, als ob er seinen Mut zusammennehmen müsste. »Meine Vermutung ist, dass Sie etwas sehr Schlimmes erlebt haben. Was das ist, geht mich nichts an, doch ich möchte Ihnen gern einen Rat geben, der mir selbst schon öfter in schwierigen Situationen geholfen hat: Konzentrieren Sie sich auf das, was in Ihrem Leben gut funktioniert, und das ist auf jeden Fall Ihre Arbeit. Auch wenn Sie erst einmal vielleicht nur eine Stunde pro Tag konzentriert arbeiten können – entscheidend ist, dass Sie überhaupt wieder anfangen. Sobald man sich bewegt, verändert sich etwas, aber das brauche ich Ihnen ja eigentlich nicht zu sagen, Sie sind ja Expertin für Reiseberichte!« Bei diesen Worten lachte er ein wenig, und Merle spürte, dass sich auch auf ihrem Gesicht ein kleines Lächeln ausbreitete.

Sie wusste selbst nicht, wie ihr geschah, als sie sich mit fester Stimme antworten hörte: »Vielen Dank für Ihren Rat, Herr Paulsen. Sie können ab Montag wieder mit mir rechnen.«

Kapitel 40

Perfekt! Jetzt war alles genauso, wie sie es sich vorgestellt hatte. Carina stellte die Gießkanne an ihren Platz zurück und betrachtete nochmals mit einem zufriedenen Lächeln die neu gestaltete Fensterbank. Sie hatte einiges umräumen müssen, um für alle Topfpflanzen aus dem Büro einen passenden Platz zu finden. Doch die Mühe hatte sich gelohnt, und sie freute sich schon darauf, das Zimmer jetzt anders zu nutzen, das ihr bisher als häuslicher Arbeitsplatz gedient hatte. Sie nahm auf dem kleinen Sofa an der linken Wand Platz und stellte fest, dass sie sich schon lange nicht mehr so wohl und entspannt gefühlt hatte wie an diesem Vormittag. Es war Freitag, der erste November, und mit dem neuen Monat begann für sie auch ein neuer Lebensabschnitt.

Bereits am Samstag hatte Hannes zusammen mit einem befreundeten Kollegen ihr Büro ausgeräumt. Die beiden hatten sämtliche Ordner, Bücher und sonstigen Materialien in Kisten verpackt, die jetzt im Heizungskeller standen. Dort waren sie gut aufgehoben, bis Carina eines Tages dazu in der Lage sein würde, über ihren weiteren Verbleib zu entscheiden. Sie selbst hatte das Büro nach ihrer Hochzeit nie wieder betreten, und es hatte sie gestern größte Überwindung gekostet, noch ein letztes Mal für ein paar Minuten in ihr ehemaliges Dienstgebäude zurückzukehren, um ihre Schlüssel im Geschäftszimmer abzugeben und die Rückgabe mit ihrer Unterschrift zu bestätigen. Glücklicherweise war sie um kurz nach acht keiner ihrer ehemaligen Kolleginnen begegnet. Anschließend war sie so erschöpft gewesen, dass sie sich zu Hause nochmals hinlegen musste.

Nein, sie war noch längst nicht vollständig wiederhergestellt, weder körperlich noch psychisch. Nach dem Überfall am Hochzeitsabend hatte sie tagelang mit hohem Fieber und höllischen Kopfschmerzen im Bett gelegen und sich immer wieder übergeben müssen, und sie fragte sich oft, inwieweit ihr Kind durch all das Unheil in Mitleidenschaft gezogen wurde, das Merle verursacht hatte. Ihre Hochzeitsreise nach Südfrankreich hatten sie zunächst verschoben und diesen Reiseplan schließlich ganz aufgegeben, da Carina sich nur sehr langsam erholte. Daher war sie von Herzen dankbar gewesen, als Hannes Anfang September freudestrahlend verkündet hatte, dass es ihm nach langem Suchen gelungen sei, noch eine freie Ferienwohnung in St. Peter-Ording zu finden. Dort hatten sie zwei erholsame Wochen verbracht, in denen Carina zumindest wieder so weit zu Kräften gekommen war, um eine Entscheidung zu treffen: Nach vielen ausführlichen Gesprächen mit Hannes hatte sie sich entschlossen, ihre Stelle im Historischen Seminar aufzugeben.

Sie wollte und konnte nie wieder Verantwortung für Studierende übernehmen, und falls sie irgendwann einen anderen Beruf ergreifen würde, schwor sie sich, keine privaten Kontakte zu Kolleginnen mehr zuzulassen.

Ende September hatte sie dann Herrn Paulsen zu einem Gespräch getroffen, das auf ihren Wunsch in einem Café in Niendorf stattgefunden hatte. Sie hatte ihren Entschluss damit begründet, dass es ihr nach dem Tod von Lena Behrends nicht mehr möglich sei, weiter an einem Ort zu arbeiten, an dem sie auf Schritt und Tritt an diese Tragödie erinnert wurde. In diesem Zusammenhang deutete sie auch an, dass es im Historischen Seminar »jemanden« gebe, der ihre eigenen Schuldgefühle »auf äußerst geschmacklose Weise« bestätigt habe. Paulsen hatte sehr verständnisvoll reagiert und war einfühlsam genug gewesen, auf Nachfragen zu verzichten. Er hatte ihr angeboten, sich mit ihrer Entscheidung noch einige Monate Zeit zu lassen, zumal für sie in Kürze ohnehin erst einmal die Mutterschutzfrist beginnen würde. Als sie sich nicht umstimmen ließ, akzeptierte er ihre Kündigung zum einunddreißigsten Oktober. Er äußerte sein Bedauern, sie als Mitarbeiterin zu verlieren, und bot ihr an, sich jederzeit wieder an ihn zu wenden, wenn sie ihre Habilitation doch noch fortsetzen wolle.

Seit diesem Gespräch ging es ihr besser, auch wenn sie nach wie vor Schlafstörungen hatte, immer noch gelegentlich von dem Kraken träumte und jedes Mal zusammenzuckte, wenn es an der Haustür klingelte.

Auch beim Öffnen des Briefkastens, um die Post zu holen, hielt sie unwillkürlich den Atem an und bekam erst wieder richtig Luft, wenn sie sich vergewissert hatte, dass kein Brief von Merle gekommen war. Um eine neue Festnetznummer hatte sich Hannes bereits kurz nach der Hochzeit gekümmert, und inzwischen hatte Carina auch ihre Handynummer und ihre private Mailadresse gewechselt. Außerdem verfügte ihr Haus jetzt über eine Alarmanlage.

Am liebsten hätte Hannes gleich prophylaktisch die Polizei eingeschaltet, ohne ein eventuelles weiteres Lebenszeichen von Merle abzuwarten. Als Carina ihm sagte, dass sie sich zu Befragungen nicht in der Lage fühle und das Thema Merle lieber gar nicht mehr ansprechen wolle, lenkte er jedoch ein und meinte, dass seine Drohung am Hochzeitsabend hoffentlich ausreichen werde. Tatsächlich ließ Merle nichts mehr von sich hören, und an guten Tagen konnte Carina sich nun zumindest ansatzweise vorstellen, sich irgendwann wieder so unbefangen und sicher zu fühlen wie früher. Das Univiertel allerdings würde für sie wohl immer eine Tabuzone bleiben.

Am besten ging es ihr, wenn sie aufräumte oder sich ganz bewusst darauf konzentrierte, ihr Zuhause ansprechend zu gestalten. Wenn alle Dinge ihren festen Platz hatten, den nur sie allein bestimmte, hatte sie wenigstens vorübergehend das Gefühl, die Kontrolle über ihr Leben zurückzuerlangen. Und ein Blumenarrangement oder ein liebevoll gedeckter Tisch bereitete ihr nicht nur einen ästhetischen Genuss, sondern wurde vor allem zu einem geschützten Ankerplatz, an dem ihre Gedanken eine Zeitlang zur Ruhe kommen konnten.

Heute fühlte sie sich bereit für den nächsten Schritt: Nach mehreren Monaten wollte sie zum ersten Mal wieder mit einer Buchbindearbeit beginnen. Bis zu Konstantins Geburtstermin waren es nur noch etwa drei Wochen, und sie hatte sich vorgenommen, ein Fotoalbum für ihn anzulegen. Das Papier, das sie für den Einband ausgewählt hatte, trug ein Muster in verschiedenen Grüntönen. Grün wie die Hoffnung auf das neue Leben zu dritt, in dem die Erinnerung an Merle mit jedem Tag weiter verblassen würde.

Epilog

Welchen Hosenanzug sollte sie morgen tragen? Schwarz oder lieber doch Hellgrau? Ihre Wetter-App prognostizierte für Berlin sommerliche Temperaturen, sodass Merle sich für den hellgrauen Anzug entschied. Dazu würde sie eine weiße Bluse mit kurzen Ärmeln tragen. Ihre Schuhe und ihre Umhängetasche hatten exakt denselben Grauton wie der Anzug, und passender Schmuck durfte natürlich auch nicht fehlen. Dabei würde ihr äußeres Erscheinungsbild morgen ohnehin nur eine Nebenrolle spielen, denn Herr Paulsen hatte keinen Zweifel daran gelassen, dass ihr der Job an der Freien Universität bereits so gut wie sicher war. Es handelte sich um eine Stelle in einer interdisziplinären Forschergruppe zum Thema »Äußere Mobilität und innerer Wandel«, in deren Rahmen Merle ein Projekt über Wanderpilger bearbeiten würde. Ihre Betreuerin, Evelien de Haan, war seit Jahrzehnten gut mit Paulsen bekannt, der sie ausdrücklich empfohlen hatte.

Die Ausschreibung kam genau zum richtigen Zeitpunkt, Merle hatte ihr Promotionsverfahren inzwischen mit der bestmöglichen Benotung abgeschlossen, und auch die Arbeiten an ihrer Quellenedition näherten sich dem Ende. Seit jenem Telefonat mit ihrem Chef hatte sie es tatsächlich geschafft, seinen Rat konsequent zu befolgen und sich auf ihre beruflichen Aufgaben zu konzentrieren, und auch sonst hatte sich vieles verändert: Merle hatte ihre gesamte »blaue Kollektion« sowie die wenigen roten Kleidungsstücke aussortiert, sie las keine Gedichte mehr und hatte sämtliche Tagebücher verbrannt. Außerdem hörte sie seit dem Wendepunkt nur noch Instrumentalmusik. Reine Klangfarben, ungetrübt von den giftigen Schlacken der Erinnerung, die in jeder noch so banalen Formulierung lauern konnten. In ihrer Freizeit traf sie sich häufig mit Frauen, die sie über »Lesarion« kennengelernt hatte. Bei diesen Begegnungen machte Merle von Anfang an unmissverständlich klar, dass sie nicht an einer Beziehung interessiert war. Was sie wollte, waren einfach nur ein paar angenehme Stunden ohne tiefere Gefühle und ohne den damit zwangsläufig verbundenen Rattenschwanz aus Erwartungen, Konflikten und Enttäuschungen. Kurzgeschichten, die gar nicht erst den Anspruch erhoben, das Anfangskapitel eines mehrbändigen Romans zu sein, der dann doch nur unvollendet in einer Schublade verschwinden würde.

Zu Sarah und Julia bestand kein Kontakt mehr, beide hatten Hamburg mittlerweile verlassen. Carinas Stelle hatte Paulsen neu besetzt, Felix war ein sympathischer Kollege, mit dem sie manchmal in der Mittagspause essen ging. Neulich hatte ihr Chef ihr erzählt, dass er Carina zufällig in der Stadt getroffen habe. Sie sei wieder schwanger und offenbar sehr zufrieden als Hausfrau und Mutter. Merle hatte diese Nachricht mit Gleichmut aufgenommen. Sollte Carina doch in ihrer Spießer-Idylle glücklich werden, Merle konnte ohnehin nicht mehr begreifen, was sie jemals an dieser Person gefunden hatte. Immerhin hatte sie aus ihrer Erfahrung gelernt und würde garantiert nie wieder ihre wertvolle Lebenszeit für die Jagd nach dem Unerreichbaren vergeuden.

Auf Berlin freute sie sich schon sehr; durch den Umzug würde sie ihr früheres Ich endgültig hinter sich lassen. Vorgestern hatte sie mit Evelien de Haan telefoniert, um den Termin für das Vorstellungsgespräch abzusprechen. Es war ein relativ kurzes Telefonat gewesen, doch die herzliche und offene Art ihrer vermutlichen neuen Chefin gefiel ihr sofort, und der niederländische Akzent verlieh Frau de Haan einen besonderen Charme. Merle war zuversichtlich, dass morgen alles nach Wunsch verlaufen und diese Professorin ihr die Tür zu einem neuen Lebensabschnitt öffnen würde.

Evelien. Ein außergewöhnlicher Name – er klang wie eine Symphonie aus Blau- und Goldtönen.

PF 1621, D – 72006 Tübingen, Telefon: 0049 (0) 7071 66551
Mobil 0049 (0) 172 7233958, gehrke@konkursbuch.com
konkursbuch.de Facebook: konkursbuch.verlag
Vorsatzblätter und Umschlag mit Fotos von Gesine Carl.
Lektorat: Regina Nössler.

Gerne schicken wir Ihnen auch unser gedrucktes Gesamtverzeichnis.
ISBN-Buch: 978 3 88769-329-9 E-Book: 978-3-88769-328-2